M)

W0392756

10|18
12, avenue d'Italie — Paris XIIIe

Du même auteur
dans la collection 10/18

La plume du corbeau, n° 2307
Miss Silver entre en scène, n° 2308
Miss Silver intervient, n° 2362
Le point de non-retour, n° 2363
Pleins feux, n° 2406
Les lèvres qui voient, n° 2407
La roue de Sainte-Catherine, n° 2437
Le chemin de la falaise, n° 2450
L'empreinte du passé, n° 2473
Le châle chinois, n° 2494
Au douzième coup de minuit, n° 2519
Le rocher de la Tête Noire, n° 2534
Un anneau pour l'éternité, n° 2575
Le masque gris, n° 2597
A travers le mur, n° 2624
Meurtre en sous-sol, n° 2654
L'héritage d'Allington, n° 2684
Le mystère de la clef, n° 2709
Le trésor des Benevent, n° 2754
L'affaire William Smith, n° 2770
Comme l'eau qui dort, n° 2792

LA DAGUE D'IVOIRE

PAR

PATRICIA WENTWORTH

Traduit de l'anglais
par Claude BONNAFONT

10|18

INÉDIT

« Grands Détectives »
dirigé par Jean-Claude Zylberstein

Titre original :
The Ivory Dagger

ISBN 2-264-02554-9

CHAPITRE PREMIER

Sur son lit d'hôpital, le jeune homme sortit un bras et se retourna. Sa première pensée consciente fut qu'il avait dû appeler car le son de sa voix résonnait à ses oreilles, mais il ignorait pourquoi il avait appelé et ce qu'il avait dit. Il cligna des yeux dans la lumière et se souleva sur un coude. Un paravent entourait son lit.

Une infirmière apparut à l'angle du paravent et le regarda. Elle avait un aimable visage rond et de beaux yeux.

— Oh ! dit-elle. Alors, vous vous êtes réveillé.

— Où ai-je atterri ? demanda-t-il.

Elle s'avança droit vers lui et lui saisit le poignet.

— Vous restez bien tranquille. Le docteur sera là dans un instant.

— Mais je n'ai pas besoin de docteur. Je vais très bien.

— Tant mieux, dit-elle. Vous étiez dans un train qui a déraillé. Vous avez pris un coup sur la tête. C'est tout.

— Oh ! fit-il. Ça m'a l'air d'aller très bien.

Elle disparut derrière le paravent et revint avec une mixture de céréales lactée, style bouillie pour nourrisson.

Entre-temps, il s'était assuré que toute sa personne était là au grand complet et d'un seul tenant. Lorsqu'elle avait reparu, elle l'avait trouvé debout près de son lit, absorbé par une tâche expérimentale : s'assurer de la fiabilité de sa station debout sur une jambe. Ladite jambe étant plutôt branlante, il ne fut pas vraiment fâché d'avoir à réintégrer le lit et d'encaisser des réprimandes. Quand on transgresse les règles, la tâche de l'infirmière est de réprimander.

Quand il eut terminé ses céréales, elle repartit et il se rallongea, songeur : depuis combien de temps était-il dans cet hôpital ? Ses muscles avaient fondu et ses mains étaient d'une vilaine pâleur maladive. On ne perd pas en un ou deux jours un bon vieux bronzage. Il voulait savoir combien de temps exactement il avait perdu, comment il s'était trouvé dans un train qui avait déraillé et où il était à présent. La dernière chose dont il se souvenait était une visite rendue à Jackson, à San Francisco. Après ça, *nix*, comme ils disaient là-bas.

Vingt bonnes minutes s'écoulèrent avant l'arrivée du médecin. Jeune, brun, dynamique.

Il l'interpella exactement dans les mêmes termes que l'avait fait l'infirmière :

— Oh ! Alors, vous vous êtes réveillé.

Cette fois, le jeune homme avait préparé sa repartie.

— Depuis combien de temps suis-je dans les vapes ?

— Un bon bout de temps.

— Combien ?

— Un mois.

— Allons donc !

— Si vous ne me croyez pas...

Il respira profondément et répéta :

— Un mois...

Le docteur fit signe que oui :

— Un cas très intéressant.

— Vous voulez dire que je dors depuis un mois ?

— Non... Vous ne dormiez pas à proprement parler, encore que vous vous soyez arrangé pour dormir copieusement. Simple perte de conscience. Vous ne saviez pas qui vous étiez. Le savez-vous maintenant ?

— Évidemment. Je suis Bill Waring. J'ai traversé l'Atlantique à propos de brevets pour le compte de ma société, Rumbold, Londres, appareillage électrique et autres.

Le docteur hocha la tête.

— Vous êtes arrivé ici sous le nom de Gus G. Strohberger et nous nous sommes escrimés pendant une dizaine de jours avant de découvrir que vous n'étiez pas Gus. Il a fallu attendre le retour de la famille Strohberger qui était en voyage. Ils sont venus pour vous identifier et ont affirmé que vous n'étiez pas Gus. Nous avons dû reprendre les recherches à zéro.

— Où sont passés mes papiers? demanda Bill abasourdi.

— Le train a flambé. Vous avez de la chance d'être ici, vous savez. Gus n'en a pas eu autant. Mais un sac de voyage portant son nom n'a pas brûlé entièrement et les gens qui vous ont dégagé ont cru qu'il vous appartenait. Ils vous ont tiré de là juste avant que le feu ne vous happe. Je le répète : vous avez eu une sacrée chance.

Bill Waring grimaça :

— « Né pour être pendu », déclama-t-il gaiement.

Ils ne lui donnèrent son courrier que le lendemain. Une lettre très correcte du vieux Rumbold, datée de dix jours plus tôt : tout à fait désolé d'apprendre l'accident. Espère que la convalescence se passe bien. Aimable coup de brosse à reluire pour avoir rempli sa mission avant de se confier à un train voué à un déraillement. Surtout pas d'imprudence; attendre rétablissement complet avant de rentrer. Il y avait d'autres lettres mais elles étaient sans intérêt.

Lila n'en avait envoyé qu'une; elle n'avait pas été expédiée par avion, datait de six semaines et devait attendre Bill à New York quand son train s'était glorieusement singularisé. Il la lut trois fois, sourcils froncés. Si l'infirmière Anderson avait été présente, elle l'aurait certainement adjuré de se détendre. Comme elle n'était pas là, il lut la lettre une quatrième fois, le visage crispé. En réalité, il n'y avait vraiment pas de quoi. La lettre était courte et disait peu de choses. Lila Dryden avait vingt-deux ans. Une fillette aurait pu rédiger sa lettre.

Il la lut pour la cinquième fois :

« Cher Bill,

« Nous avons été très occupées. Il a fait très chaud et on aurait été mieux à la campagne. J'en ai assez de Londres. Nous avons dîné avec Sir Herbert Whitall et sommes allés au théâtre. Il a chez lui des choses merveilleuses. Il fait collection d'ivoires mais je trouve que la plupart sont affreux. Il a une statuette; il dit que je lui ressemble mais j'espère que non. C'est un ami de tante Sybil et il est vieux. Nous allons déjeuner avec lui demain puis nous irons dans sa maison de campagne pour le week-end. Tante Sybil dit que c'est un site touristique. Elle a l'air de l'aimer beaucoup mais j'espère qu'elle ne va pas l'épouser parce que je ne l'aime vraiment pas beaucoup. Je pensais que j'aurais pu passer le week-end avec Ray Fortescue pendant qu'elle y serait, mais elle dit que je dois venir aussi, et ça ne sert à rien de dire le contraire de ce que veut tante Sybil. Elle m'appelle. Il faut que j'y aille,

Lila. »

Il plia la lettre et la remit dans son enveloppe.

CHAPITRE II

— C'était une histoire franchement inepte, dit Lady Dryden. Une tranche de cake, Corinna ?

Mrs Longley regarda le cake onctueux, bourré de fruits confits, et succomba.

— Je ne devrais pas, dit-elle en choisissant la plus épaisse des deux tranches déjà coupées.

Lady Dryden acquiesça. Elles avaient été ensemble au collège et elle ne mâchait jamais ses mots :

— Tu grossis.

— Oh ! Sybil !

— Parfaitement, reprit Lady Dryden. Du cake à l'heure du thé, c'est fatal.

— Oh ! tu sais...

— Naturellement, si cela t'est égal.

Corinna Longley aurait bien voulu que l'on change de sujet. Elle avait été de ces jolies filles élancées et insipides, dotées d'une masse de cheveux, d'immenses yeux bleu ciel, de mains et de pieds menus et ravissants. A cinquante ans, les mains et les pieds étaient toujours minuscules. La chevelure chatoyait entre le châtain clair et le gris, la silhouette s'était épaissie. Bien sûr, elle s'en désolait, mais pas assez pour se passer de cake avec son thé. Tout ça, c'était bon pour Sybil qui ne prenait jamais un kilo et qui ne permettait jamais qu'il se passe quoi que ce soit qu'elle n'ait voulu et organisé. Elle avait toujours su très exactement ce qu'elle voulait et s'était toujours arrangée pour l'obtenir. Ce n'était pas simple question de chance. Certaines personnes obtiennent ce qu'elles veulent, et Sybil Dryden était de celles-ci. A preuve la façon dont elle avait mené cette affaire de Lila. Corinna y revint délibérément ; d'abord pour en finir avec le sujet de l'embonpoint, mais aussi parce que ce serait un des beaux mariages de l'automne et qu'il lui plairait d'être dans le coup.

— Tu me parlais de Lila, dit-elle. C'est vrai, elle a une chance folle. Lui est richissime, non ?

Lady Dryden lui jeta un regard condescendant et dit d'un ton réprobateur :

— Voyons, Corinna !

Puis après une courte pause, elle reprit :

— Herbert Whitall est un homme que n'importe quelle jeune fille serait fière d'épouser. Bien sûr, il a de l'argent. Lila n'est pas faite pour être la femme d'un homme pauvre. Tu sais qu'elle n'est pas très solide et, de nos jours, une fille qui épouse un salarié n'a pas la vie facile entre les corvées domestiques, les mioches et pas la moindre aide à espérer. Je suis bien d'accord : Lila a beaucoup de chance.

Mrs Longley prit dans le plat la seconde tranche de cake. Elle avait toujours faim à l'heure du thé et peut-être que Sybil ne le remarquerait pas.

Vain espoir. Lady Dryden haussa les sourcils. Une nuance de mépris ombra un instant ses redoutables yeux pâles. Des yeux très curieux, ni bleus ni gris mais étrangement lumineux entre les cils très noirs. Les gens disaient qu'elle les maquillait mais c'était faux. Sybil avait toujours eu ces pupilles pâles et assez terrifiantes entre des cils presque noirs. Corinna dit très vite :

— Tu as raison. Ma pauvre Ann ne s'amuse pas tous les jours entre ses trois bébés, le cabinet médical dans la maison, les repas à des heures impossibles et, bien entendu, même pas une aide quotidienne. Je me demande comment elle s'en tire. Moi, je ne pourrais pas. Mais elle tient de son père, elle a l'esprit pratique. Ce n'est pas le cas de Lila, je crois. Tout de même, personnellement, j'aimais bien Bill Waring.

Lady Dryden réitéra sa remarque :

— C'était une histoire franchement inepte. Encore un peu de thé, Corinna ?

— Oui, merci. Est-il toujours aux États-Unis ?

— Je pense que oui.

— Est-il... Est-il... Comment prend-il la chose ?

Lady Dryden reposa la théière.

— Ma chérie, je t'en prie ! A t'entendre, on dirait que Lila l'a plaqué. Alors que cette stupide affaire s'est tout simplement évanouie.

Mrs Longley prit sa tasse et protesta :

— Non, merci. Jamais de sucre ! espérant que ce renoncement serait mis au compte de sa rigueur.

Soutenue par le sentiment de sa force de caractère, elle se lança :

— Évanouie ?

Lady Dryden inclina la tête :

— Quelques mois de séparation donnent aux jeunes gens l'occasion de découvrir s'ils tiennent réellement l'un à l'autre. Très peu de ces amours adolescentes résistent à l'épreuve.

Mrs Longley se dit que des fiançailles entre une jeune fille de vingt-deux ans et un homme de vingt-huit ans entraient difficilement dans cette catégorie mais elle était trop maligne pour l'exprimer à haute voix. Elle émit un murmure indistinct, le genre de murmure qui incite le causeur à poursuivre ; elle en fut récompensée.

Lady Dryden reprit :

— Je te le confie en toute sincérité : j'ai dit un mot à Edward Rumbold ; c'est lui qui dirige la société pour qui travaille le jeune Waring et c'est aussi un vieil ami. Quand il m'a raconté qu'il devait envoyer quelqu'un aux États-Unis pour une affaire de brevets, je lui ai dit : « Pourquoi ne pas donner sa chance à Bill Waring ? » J'ignore s'il en a tenu compte. Je crois qu'ils étaient sur le point d'envoyer quelqu'un d'autre. Mais ce quelqu'un était malade. Quoi qu'il en soit, c'est Bill qui est parti et toute l'affaire s'est évanouie.

— Tu veux dire qu'il n'a pas écrit ?

Lady Dryden eut un petit rire.

— Oh ! si ! Au début, des tartines à chaque courrier. Un déluge. Et puis, plus rien.

Les yeux de Mrs Longley s'agrandirent démesurément.

— Sybil, tu n'as pas...

Lady Dryden émit de nouveau son petit rire.

— Corinna ! Ma chérie ! Tu lis trop de romans victoriens à base de cœurs déchirés et de lettres interceptées. Je ne peux t'en offrir autant. Les Américains sont très hospitaliers. Bill Waring s'est trouvé pris dans un tourbillon d'affaires le jour et de sorties la nuit. On l'a si bien distrait qu'il n'a plus trouvé, ou qu'il n'a plus pris le temps d'écrire à Lila. Elle n'a pas apprécié qu'il la laisse tomber et Herbert Whitall a pris l'initiative. Voilà toute l'histoire. Rien d'un mélodrame, comme tu vois. Elle a beaucoup de chance et elle se marie la semaine prochaine. A propos, as-tu reçu ton carton ?

— Oh oui ! J'attends ce jour avec impatience. J'imagine que sa robe est ravissante. Il lui a donné ses perles, je suppose.

— Oui. Par chance, elles lui vont admirablement.

Tout en parlant, Mrs Longley avait reposé sa tasse et commencé à rassembler son sac et ses gants.

— Eh bien, je vais te quitter. Allan aime que je sois à la maison quand il rentre. Bien sûr, les perles, c'est très joli mais ma mère ne m'a pas laissée porter, le jour de mon mariage, le petit collier que tante Mabel m'avait donné. Elle disait que les perles sont des larmes. Elle les avait subtilisées et enfermées à clé. Bien sûr, j'ai été très heureuse mais je ne pense pas que les perles y soient pour grand-chose.

Ce disant, elle laissa tomber son sac qui s'ouvrit : son porte-monnaie s'en échappa ainsi que son poudrier. Après les avoir récupérés sous la table basse, elle se sentit subitement assez brave pour demander :

— Il est nettement plus vieux qu'elle, n'est-ce pas ?

Lady Dryden répondit froidement :

— Herbert Whitall a quarante-sept ans. Lila a beaucoup de chance.

A posteriori, Corinna Longley s'était étonnée de son courage. Une fois rentrée, elle avait raconté l'épisode à Allan : « J'avais tout simplement senti que je devais dire quelque chose. Bien sûr, il a une énorme fortune, elle aura une maison ravissante, des domestiques en veux-tu, en voilà et tout ce qu'elle voudra. Mais il est vraiment bien plus vieux, je n'aime pas son regard et elle était amoureuse de Bill Waring. »

Sur le moment, elle fixa sur Lady Dryden de beaux yeux bleus noyés et demanda d'une voix étranglée :

— Sybil, est-elle heureuse ?

CHAPITRE III

Lila Dryden se contemplait dans la psyché qui lui renvoyait sa silhouette élancée, parfaite, et la reproduisait dans le grand miroir mural derrière elle. Elle pouvait ainsi admirer la coupe impeccable de sa robe de mariée. Elle aurait préféré un tissu plus doux et plus blanc, mais c'était au moment où elle devait épouser Bill Waring. Elle n'aimait vraiment pas le satin épais et lourd, choisi par tante Sybil. Il lui rappelait la statuette d'ivoire de la collection de Herbert Whitall. Il l'avait sortie de la niche pour la poser sur la cheminée afin que tout le monde puisse la voir et dise qu'elle lui ressemblait. Lila détestait cette statuette. Elle était très vieille. Elle avait horreur d'entendre dire qu'elle ressemblait à une chose vieille de milliers d'années. Elle avait l'impression que... En fait, elle n'aurait pu dire quelle impression elle ressentait mais elle ne l'aimait pas.

Elle regarda dans la glace et vit sa propre silhouette ivoire qui se répétait à n'en plus finir. Elle n'aimait pas ça non plus. C'était comme un rêve abominable. Des centaines de Lila Dryden qui s'éloignaient dans une interminable perspective brumeuse, des centaines de silhouettes aux cheveux d'or pâle dans la robe de satin que tante Sybil avait choisie.

La statuette d'ivoire avait eu jadis des cheveux dorés.

L'or en avait disparu sous l'effet de l'usure parce que la statuette était terriblement vieille, mais Herbert Whitall la lui avait montrée en pleine lumière pour qu'elle voie les vestiges de dorure demeurés ici et là. Elle l'avait entendu dire, de sa voix qu'elle redoutait le plus : « L'or et l'ivoire. Comme vous, ma ravissante Lila. »

Ces pensées ne s'écoulaient pas. Elles étaient là, comme le tapis sous ses pieds. Le tapis était là, étendu sur un parquet solide. C'était très sot d'avoir l'impression de s'éloigner en flottant, comme si elle allait rejoindre toutes ces Lila d'or et d'ivoire dans cet inquiétant univers de miroirs. Elle entendit Sybil Dryden demander :

— Pensez-vous qu'elle supporterait une nuance à peine plus soutenue à la ceinture ?

Et la réaction immédiate de Mme Mirabelle, violemment émue :

— Oh ! Non ! Non ! Non ! Elle est parfaite, absolument parfaite. Je ne prendrai pas la responsabilité d'y toucher. Mademoiselle sera la plus belle des mariées et elle aura la plus belle des robes, parfaite dans sa simplicité ! On dirait une statue antique !

Sa silhouette courte et corpulente pénétra dans le miroir, une centaine de Mirabelle qui filaient vers un point de fuite, toutes noires et admirablement corsetées, avec des mains qui s'agitaient et un torrent de mots.

Sybil Dryden hocha la tête.

— Oui, c'est bien ainsi, dit-elle de son ton calme et posé.

Elle se leva et entra dans le tableau, elle aussi, autre silhouette noire, longiligne. Tante Sybil est raffinée de la tête aux pieds. Tout en elle est élégant, depuis les ondulations impeccables de ses cheveux nuancés de gris sur les tempes jusqu'à la cambrure de ses pieds. L'ensemble noir n'évoque pas le deuil : des diamants étincellent sur la cravate nouée autour de la gorge. Le petit chapeau apporte l'ultime touche de sobre élégance que les miroirs se renvoient inlassablement.

Des centaines de tante Sybil... Lila les voyait dans un brouillard tourbillonnant. Elle entendit Mirabelle s'exclamer, et le brouillard se mua en avalanche d'étincelles.

Lady Dryden était l'efficacité personnifiée. Elle attrapa la silhouette chancelante qui s'écroulait et, comme un drap blanc recouvrait le plancher de la salle d'essayage, la robe de mariée n'en souffrit pas.

CHAPITRE IV

Ray Fortescue descendit du bus et remonta la rue. Elle portait son nouveau tailleur d'automne : rien ne donne plus confiance en soi que de se sentir sous son meilleur jour. Le tailleur était une réussite, de même que le petit chapeau assorti, incliné en arrière. Ils s'accordaient parfaitement et étaient juste deux tons plus clairs que ses cheveux brun foncé. Un rameau de feuilles et de baies automnales agrémentait le chapeau; leur teinte rappelait celle du rouge à lèvres qui flattait sa peau brune. Ray n'était pas une beauté mais elle avait des atouts et savait en tirer le meilleur parti. Ses yeux d'ambre clair aux cils sombres étaient largement ouverts. Son visage exprimait l'équilibre, du caractère et la maîtrise de soi; quant à sa silhouette, bien des jeunes filles auraient pu l'envier. Le tailleur brun la mettait vraiment en valeur.

Elle sonna à la porte de la petite maison dont les jardinières remplies d'asters égayaient la peinture vert vif. Lady Dryden aurait beau dire et faire, elle irait voir Lila. Et Lila avait beau appeler Lady Dryden « tante Sybil » et Lady Dryden avait beau tenir Lila sous sa coupe, la vérité vraie était qu'il n'existait aucun lien de parenté entre elles. Le vieux John Dryden avait adopté Lila; cinq ans plus tard, Sybil l'avait épousé et plus ou moins poussé dans la tombe. Ray se souvenait qu'il leur donnait des bonbons derrière le dos de Sybil et cela finissait toujours par la même recommandation : « Mieux vaut ne pas le dire à votre tante. Elle pense que les bonbons sont mauvais pour vous. Mais, ajoutait-il avec un petit rire, nous sommes mieux informés, n'est-ce pas ? » Bien entendu, ce n'était pas un système d'éducation exemplaire, mais c'est le genre de choses qui arrivent sous un régime totalitaire.

La vieille femme de chambre de Lady Dryden lui ouvrit la porte.

— Bonjour, Palmer. Je suis venue voir Miss Lila.

Palmer la toisa d'un air condescendant. L'imitation est la forme la plus sincère de la flatterie ; pourtant, malgré la meilleure volonté du monde, cela ne marchait pas. Lady Dryden était naturellement condescendante, Palmer ne l'était pas mais elle s'obstinait à essayer.

— Eh bien, Miss Ray, je ne sais que vous dire. Miss Lila s'est évanouie ce matin après son dernier essayage et Madame a insisté pour qu'elle reste au calme.

Le moral de Ray monta en flèche. Lady Dryden était manifestement sortie. Ses joues se colorèrent. Elle arbora son plus large, son plus chaleureux sourire et s'avança dans le hall.

— Oh ! oui ! dit-elle, elle en fait beaucoup trop. Armez-vous d'un grand bâton, Palmer, et ne laissez entrer personne. Moi, je ne compte pas. Où est-elle ? Dans sa chambre ?

— Madame a dit que...

Ray était à mi-hauteur de l'étroit escalier avant que Palmer eût terminé sa phrase. Quand elle s'engagea dans le corridor, Palmer avait abandonné la partie. En reniflant, elle descendait l'escalier du sous-sol. Madame ne serait pas contente, Palmer ne le savait que trop, mais comment aurait-elle pu fermer la porte au nez de Miss Ray ? Des cousines germaines, c'est presque aussi proche que des sœurs. Et Miss Ray serait demoiselle d'honneur. Palmer renifla de nouveau ; elle s'attendait au pire.

Lila était sur le divan, ravissante et fragile. Une boîte à maquillage était posée sur ses genoux, remplie d'échantillons de rouges à lèvres, de rouges à joues et de vernis à ongles. Elle venait d'étaler sur ses pommettes un rouge appelé « fleur de pommier » et contemplait le résultat dans le miroir à main de son nouveau nécessaire de toilette. Elle regrettait qu'il soit en ivoire mais Herbert ne voulait entendre parler de rien d'autre. Tous les instruments étaient gravés d'une initiale or pâle. Le nécessaire faisait l'admiration de tout le monde. Elle leva les yeux lorsque Ray entra et dit d'une voix languide :

— Je suis en train d'essayer tous mes échantillons. Tu aimes ce « fleur de pommier » ?

Ray s'assit et contempla d'un œil critique l'effet produit.

— Oui, il est très joli. Tu devrais t'y tenir. Le rouge à lèvres est merveilleusement assorti.

— Ils le sont tous. J'ai passé du vernis sur un de mes ongles et j'ai pensé que c'était bien. La plupart des autres tons me vont affreusement mal. Ils sont trop vifs.

— Ça fait des années que je te répète que les tons vifs ne te vont pas.

— Tu les portes bien, toi, protesta Lila d'un ton maussade.

Ray se mit à rire.

— Écoute, si je ne m'arrange pas un peu la figure, personne ne me regarde. Quoi qu'il en soit, ce n'est pas ton style. Tu te cantonnes à ton « fleur de pommier » et tu me files toutes ces belles couleurs barbares.

Lila repoussa la boîte.

— De toute façon, je suis affreuse, dit-elle. Je me suis évanouie ce matin pendant que j'essayais cette horrible robe de mariée.

Il y avait une pointe de complaisance dans son ton mélancolique. Ray prit une profonde inspiration et demanda :

— Si elle est horrible, pourquoi la portes-tu ?

Lila posa le miroir d'ivoire. Sa main tremblait. Sa voix tremblait aussi :

— Tante Sybil l'a choisie.

— Tu ne peux rien choisir toi-même ?

— Tu sais bien que je ne peux pas.

— Pas même le mari ?

Lila se mit à pleurer doucement, comme un enfant. Les larmes jaillissaient de ses beaux yeux et ruisselaient sur ses jolies joues. Ses lèvres tremblaient.

— Tu sais que je ne peux pas.

Ray pêcha un mouchoir propre dans la poche de son tailleur brun et le lui tendit.

— Arrête, Lila ! dit-elle brusquement. Inutile de pleurer, ça n'y changera rien. Je suis venue te dire quelque chose. Alors tu sèches tes larmes et tu m'écoutes.

Lila prit le mouchoir et se tamponna les yeux.

— Qu'est-ce que c'est ?

— J'ai rencontré Mr Rumbold ce matin.

— Tu... Tu l'as rencontré ?

— Il dit que Bill revient en Angleterre.

Lila cessa de se tamponner le visage et dit :

— Oh !

— Demain.

— Oh ! répéta Lila.

— Par le train de Southampton.

Lila laissa tomber son mouchoir. Elle se tordait désespérément les mains.

— A quoi bon ?

— Lila, rien ne t'empêche d'aller le chercher à la gare, n'est-ce pas ?

— Oh ! non ! Je ne pourrais pas !

— Oh ! si ! Tu pourras. Tu pourras aller à la gare. Tu pourras dire à Bill que Lady Dryden a fait pression sur toi et t'a poussée à épouser Herbert Whitall, mais que tu ne veux pas ? Alors, qu'est-ce qu'il en pense ? J'ai cru comprendre que Bill va avoir une augmentation... et il ne faut que trois jours pour se marier. Alors, qu'est-ce que tu en dis ?

Lila se redressa brusquement. Elle avait l'air terrifiée.

— Je ne pourrais pas, je ne pourrais pas, je ne pourrais pas ! Il n'a pas écrit. Pas une lettre depuis un temps fou. Tante Sybil a toujours dit que ça ne mènerait à rien et c'est ce qui s'est passé. Et ce n'était pas de vraies fiançailles, tante Sybil a toujours dit que ça n'en était pas.

Les sourcils sombres de Ray se rejoignirent au-dessus de ses yeux brillants de colère.

— Et tante Sybil a toujours raison ! Pour l'amour du ciel, Lila, réveille-toi ! C'est toi et c'est Bill qui savez si oui ou non vous étiez fiancés, ce n'est pas Lady Dryden. Si tu étais heureuse, j'aurais fermé mon clapet. Si tu désirais épouser Herbert Whitall, je me serais tue. Mais tu n'es pas heureuse. Et tu ne veux pas l'épouser. Tu es majeure. Tu es parfaitement libre de sortir de cette maison et d'aller chercher Bill Waring à la gare. Tu as l'air d'un lapin pris au collet. Alors que la porte est ouverte et que tu peux sortir. As-tu l'intention de te laisser hypnotiser ? De rester dans le piège en prétendant que la porte n'est pas ouverte et que tu ne peux en sortir ?

La terreur se lisait toujours sur le visage de Lila.

— Il n'a pas écrit, répéta-t-elle.

— Il n'a pas écrit parce qu'il ne pouvait pas. Il a eu un accident. Il était à l'hôpital, Mr Rumbold me l'a dit. Mais maintenant, il est remis et il revient demain. Qu'est-ce que tu comptes faire ?

Deux grosses larmes roulèrent sur le fard à joues. Lila dit d'une voix faible :

— Je ne peux pas. Je ne peux rien faire.

— Tu peux si tu le veux.

Elle secoua la tête.

— Il est trop tard. Toutes les invitations sont parties et

trois cents cadeaux de mariage sont arrivés. Je ne peux plus rien faire maintenant.

Sur ces mots, la porte s'ouvrit brusquement. Lady Dryden entra.

CHAPITRE V

Bill Waring sauta sur le quai. Il héla un porteur et se dirigea vers la sortie, les yeux fixés sur le portillon à la recherche de Lila. Une masse de voyageurs piétinaient alentour, attendant le train suivant. Dans un instant, il la verrait. Il lui avait envoyé un câble, bientôt suivi d'un télégramme de Southampton ; donc, elle serait forcément là. Simplement, avec tout ce monde, il ne pouvait pas la voir. Il houspilla le porteur, saisit son bagage et fonça vers le contrôleur pour lui remettre son billet.

Mais quand il eut passé le portillon, ce ne fut pas Lila qui s'avança vers lui les bras tendus, mais Ray. Ray Fortescue avec ses yeux rayonnants et son grand sourire chaleureux. Elle s'écria « Ohé ! Bill ! » et avant d'avoir compris ce qu'il allait faire, il l'avait embrassée. Ça s'était fait tout naturellement. Sa bouche souriait, ses yeux pétillaient, il l'avait embrassée. Après tout, pourquoi pas ? Il y avait longtemps qu'ils se connaissaient. Elle était la cousine de Lila et la meilleure amie qui soit. Il la saisit par les épaules et demanda :

— Où est Lila ?

— Elle n'a pas pu venir.

Saisi d'une appréhension prémonitoire, il demanda :

— Elle n'est pas malade ?

— Non.

— Elle n'est pas à Londres ? Mais j'ai aussi télégraphié à Holmbury.

— Elle n'a pas pu venir, dit Ray Fortescue. Lady Dryden... Écoute, Bill, je vais te raconter tout ça mais pas sur un quai de gare. Il y a eu des histoires. Sortons d'abord d'ici. Je t'emmène. Ma cousine Rhoda est sortie, nous aurons l'appartement pour nous seuls et je te raconterai tout. Lila n'est pas malade. Elle n'a pas pu venir, tout simplement. Tiens, voilà ton porteur. Il va falloir faire la queue pour avoir un taxi.

Il lui lança un long regard. Il y avait quelque chose de bizarre dans l'air mais elle ne lui expliquerait rien ici. Il sentit frémir en lui l'antagonisme profond qui l'avait toujours opposé à Sybil Dryden. Lila lui était beaucoup trop soumise. Ce n'était pas parce que son mari avait adopté une nièce au énième degré qu'elle avait tout pouvoir sur cette nièce. Une fois qu'ils seraient mariés, Lady Dryden serait tout bonnement remise à sa place. C'était gentil de la part de Ray d'être venue le chercher. Il en était touché.

Elle marchait à ses côtés et bavardait gaiement, tout en se raidissant intérieurement. Quand on s'apprête à porter un coup de couteau à la personne que l'on aime le plus au monde, comment ne pas être tendue ? Ce n'était pas le moment de se sentir faible ni de se dérober. Il était préférable que le coup lui vienne d'elle plutôt que de qui que ce soit, parce qu'elle l'aimait. Elle ne s'était jamais leurrée sur ce point : elle aimait Bill et Bill aimait Lila. En fait, elle aussi aimait Lila et elle n'y pouvait rien. Lila était de l'espèce des gens fragiles et désarmés qui ont besoin d'être aimés. Mais le fait qu'on l'aimait ne suffisait pas. Ni elle, ni Bill, ni personne ne pouvait parler à sa place, dire non à Herbert Whitall, non à Sybil Dryden. Entre ces deux-là, Lila n'avait pas plus de chance de s'en tirer qu'un fil de la Vierge dans une tempête à décorner les bœufs.

Elle regarda Bill. Il avait l'air grave, le regard interrogateur. Il avait maigri et aurait eu besoin d'une bonne coupe pour discipliner ses cheveux blonds, épais et rebelles. Dans son style tout d'une pièce, il était aussi beau que Lila. Il n'aurait jamais dû tomber amoureux d'elle mais, bien sûr, c'est ce qui était arrivé. Les hommes grands et baraqués craquent toujours devant les exquises petites choses sans défense.

Leurs regards se croisèrent.

— Que se passe-t-il, Ray ? Dis-le-moi.

— Pas ici, pas maintenant.

Voyant arriver un taxi, elle repartit vivement :

— Tu as maigri.

— J'ai pris un train qui a déraillé. Ça m'a mis K.O. pendant un mois.

Ray sentit son cœur tout près de dérailler, lui aussi. Voilà exactement le genre de choses qui peuvent arriver quand un océan vous sépare : un déraillement, l'hôpital... Il aurait aussi bien pu être mort et enterré, elle n'en aurait rien su avant de rencontrer Mr Rumbold qu'elle avait croisé la veille par hasard. « Waring revient demain, lui avait-il dit. Bill Waring. » Mais si Bill Waring était mort là-bas, aux États-Unis, elle aurait entendu Mr Rumbold dire : « J'imagine que vous êtes au courant à propos de Bill Waring. Un train qui a déraillé... Sale histoire... Hélas oui ! Il est mort. »

— Oh ! Bill ! dit-elle en posant la main sur son bras.

Elle ne s'en rendait pas compte mais elle avait perdu ses couleurs et la peur avait figé son regard.

Il se mit à rire :

— Remets-toi, Ray ! Je suis là ! J'ai envoyé un câble dès que j'ai repris mes esprits. J'espère que personne ne s'est inquiété.

Elle retira sa main.

— Je n'en savais rien. Je crois que personne ne l'a su.

Il fronça les sourcils :

— Ça fait presque trois semaines que j'ai télégraphié à Lila. Tu ne l'as pas vue depuis ?

— Non, pas souvent.

— Ray, qu'est-ce qui se passe? Pourquoi ne l'as-tu pas vue? Elle a été malade? Vous vous êtes disputées?

— Bien sûr que non. Simplement, elle n'avait pas le temps. Lady Dryden la harcèle sans répit. Tu sais comment elle est : Lila est tout simplement incapable de lui résister.

Il se détourna brusquement et demeura silencieux pendant tout le trajet, le front collé à la vitre du taxi. Mais après avoir payé le taxi, déposé les bagages dans le hall, les avoir entassés dans l'ascenseur et de nouveau déposés dans l'appartement que Ray partageait avec sa cousine, Bill ferma rudement la porte du salon et dit non moins brutalement :

— Qu'est-ce qui cloche? Tu ferais mieux de le dire carrément.

— Oui, acquiesça Ray.

Elle alla jusqu'au piano et, tout en retirant ses gants, contempla le couvercle en bois de rose. Rhoda tenait beaucoup à ce qu'il y ait toujours un bouquet sur le piano. Les chrysanthèmes rouges et ocre reflétaient sur la surface luisante leurs couleurs sourdes. Elle dit lentement :

— Oui, il y a quelque chose qui cloche.

— Quoi?

— Lila ne t'a rien dit?

— Non.

— Oh! gémit Ray en se rapprochant d'un pas. Elle aurait dû t'écrire. Quelqu'un aurait dû t'écrire.

— M'écrire quoi?

Les mauvaises nouvelles ne peuvent s'éliminer purement et simplement. Il faut nécessairement qu'elles soient dites. Ray s'efforça de maîtriser sa voix :

— Elle va épouser Sir Herbert Whitall.

Il y eut un silence terrifiant. Le nom de Herbert Whitall semblait suspendu entre eux. Prendre consistance.

Ray s'obligea finalement à relever la tête et à le regarder. Il avait le genre de peau mate et pâle parfois associée à une grande force physique. A cet instant, tout le sang s'en était retiré et Bill avait l'air d'un fantôme. D'une voix terrible à force d'être contrainte, il dit :

— Ce n'est pas vrai.

D'accord, elle allait devoir le convaincre, remuer le couteau dans la plaie et tuer en lui la chose qui ne voulait pas que s'éteigne sa foi en Lila. C'était une mission atroce mais qui devait être remplie. Elle dit :

— Bill...

Et n'alla pas plus loin. Il l'avait agrippée aux épaules.

— C'est un mensonge ! Je te dis que c'est un mensonge !

Il la tenait prisonnière et il lui faisait mal. Ses yeux étincelaient. Trébuchant sur les mots, il répéta d'une voix sourde :

— C'est un mensonge ! Elle ne peut pas... C'est toi qui as tout inventé. Dis-le que ça n'est pas vrai !

Elle ne dit rien mais ses yeux soutenaient la fureur des siens avec une grande tristesse.

Ils restèrent ainsi jusqu'à ce que, subitement, il retirât ses mains et reculât.

— Je suis désolé, dit-il en posant sur ses mains, puis sur Ray, un regard incrédule. Je n'avais pas l'intention de te faire mal.

Ses épaules meurtries étaient plutôt un soulagement qu'autre chose mais elle ne pouvait le lui dire.

— Ça n'a pas d'importance, assura-t-elle.

— Comment ça s'est-il passé ?

— Tu n'écrivais pas. Lady Dryden en a tiré le parti maximum. Herbert Whitall a pris l'initiative.

— Je lui ai télégraphié il y a trois semaines. Et de nouveau le jour où j'ai embarqué. Je lui ai écrit cinq lettres de l'hôpital après avoir repris connaissance.

— Elle ne les a pas reçues. Je suis certaine qu'elle ne les a pas reçues.

— On me le paiera !

Sa voix était claire et calme. Tranchante comme un couperet. Ray faillit crier, mais se contint et plaida vivement :

— Bill, tu ne dois pas, ce n'est pas bien. J'ai fait de mon mieux, réellement. J'aurais fait n'importe quoi. Tu le sais !

— Oui. Tu n'y es pour rien. Je dois voir Lila.

Ray le regarda. Dans son esprit, une voix disait : « On ne peut pas aider les gens qui ne s'aident pas eux-mêmes. Lila ne s'aide pas. » Mais elle demeura silencieuse parce qu'elle n'avait rien à dire.

D'ailleurs, Bill s'était repris en main. Quelque chose s'était refermé sur la rage sauvage qui l'avait dominé. Elle savait que la rage était là mais une porte avait été claquée, munie d'une fermeture de sécurité. Une rafale de questions suivit.

— Sont-ils fiancés ?

— Oui.

— Est-ce officiel ?

— Oui.

— Du travail vite fait, hein ? Mais ils ne pouvaient pas se permettre de perdre du temps. J'aurais pu revenir. Je suis revenu. Ils n'ont pas été tout à fait assez astucieux. La date du mariage est-elle fixée ?

— Oui.

— Quand ?

Elle aurait voulu détourner les yeux mais ne le pouvait.

— La semaine prochaine, dit-elle.

Le visage de Bill ne frémit pas.

— Il faut que je la voie.

— Lady Dryden ne te laissera pas l'approcher.

Il rit.

— Qu'elle essaie seulement de m'empêcher d'entrer !

Ray reprit un peu de couleurs. Elle avança d'un pas.

— Bill, ce n'est pas une bonne idée. Si tu forces sa porte, il y aura une scène.

— Que veux-tu que ça me fasse ?

— A toi, rien. Je pense à Lila. S'il y a une scène, elle aura peur et si elle a peur, elle va s'effondrer.

Avec un calme absolu, il affirma :

— Je la verrai.

— Ce n'est jamais bon de s'imposer par la force.

Il marcha jusqu'à la fenêtre et revint.

— Non, tu as raison. Je la verrai ici. Appelle-la et dis-lui de venir. Ne parle pas de moi. Fais-la venir simplement.

— Elle devinera que tu es là.

— Comment ?

— Je lui ai dit que tu rentrais. J'ai essayé de la faire venir à la gare à ta rencontre.

— Qu'a-t-elle dit ?

— Elle a dit qu'il était trop tard.

La voix plaintive résonnait aux oreilles de Ray : « Toutes les invitations... trois cents cadeaux... » Ray ne pouvait transmettre à Bill ces propos.

Bill dit sèchement :

— Serait-elle en train de monter vers l'autel à son bras, il ne serait pas trop tard ! Si je ne peux la voir nulle part ailleurs, je la verrai ici ! Tu l'appelles et tu lui dis que je suis chez toi. Si elle veut une scène, j'irai sur place lui en faire une. Si elle ne veut pas de scène, qu'elle vienne ici. Dis-le-lui !

Le téléphone se trouvait sur une table gigogne dont le profil fonctionnel était dissimulé par une poupée minaudière, vêtue de vert et de lavande, aux larges jupons déployés. Un vrai nid à poussière. En composant le numéro, Ray avait l'impression que les touches qu'elle relâchait l'une après l'autre étaient comme des oiseaux qui s'envolaient ; comme les oiseaux de l'Arche, brusquement lâchés dans le chaos et la tempête. La vision fantastique traversa son esprit et s'évanouit, laissant derrière elle une impression de fatalité. Bill lui avait dit d'appeler et elle avait appelé. A présent, ce qui devait arriver arriverait.

Après le déclic du combiné que l'on soulevait, elle reconnut la voix douce et posée de Palmer :

— Allô ?

— Bonsoir, Palmer. Ray Fortescue à l'appareil. Puis-je parler à Miss Lila ?

La communication était bonne. Bill, debout près de Ray, entendit Palmer renifler. Tous deux l'entendirent annoncer :

— Miss Lila et Madame sont parties pour la campagne. Pour le week-end, à Vineyards.

Ray raccrocha.

— Qu'est-ce que Vineyards ? La propriété de Whitall ?

— Oui.

— Où ?

Elle le lui expliqua.

— Merci, dit Bill.

Il quitta la pièce sans ajouter un mot. Quelques secondes encore, et la porte de l'appartement se refermait derrière lui.

Ray demeura seule avec ses angoisses.

CHAPITRE VI

Vineyards était nichée au cœur des Downs. A droite et à gauche, des bois s'étendaient ; entre eux, dans l'espace dégagé qui les séparait, se dressait la maison, précédée d'une succession de terrasses ensoleillées, étagées en gradins. Le site était beaucoup plus ancien que la demeure. Une villa romaine l'avait occupé jadis, et c'était un Romain qui avait planté les premiers vignobles sur la pente exposée au midi. La bombe qui avait détruit la troisième terrasse avait mis au jour une mosaïque profondément enfouie sous le sol. Il n'y avait plus trace à présent des ravages dus à la guerre mais les tesselles étaient exposées au musée du comté. Après le départ des Romains et le passage des Normands, un monastère s'était implanté à Vineyards ; retroussant leurs manches et leur froc, les moines avaient soigné la vigne. Leur demeure avait disparu, comme la villa romaine avant elle, balayée par le feu après la dissolution des monastères sous Henri VIII. Élisabeth avait donné le domaine à Humphrey de Lisle, lequel y édifia une maison simple et belle qui fit le bonheur de cinq générations ultérieures de Lisle. Les vignes s'étiolèrent et disparurent, à l'exception du célèbre pied qui escaladait la maison et, seul survivant des vignobles situés sur la pente, d'un autre cep géant qui retombait tout du long de la terrasse inférieure, dans la grâce de son feuillage et la luxuriance de ses grappes vert pâle. La famille de Lisle dégénéra comme les vignes. La dernière descendante de la lignée fit entrer la propriété dans la famille Wootton qui lui ajouta un fronton à pilastres et massacra le hall élisabétain pour y introduire un escalier de marbre dans le style italien et des cariatides armées de torchères. Les Wootton ajoutèrent aussi des bâtiments, à droite et à gauche du corps principal, ce qui acheva de les ruiner. Vineyards fut vendue et revendue. Elle changea de mains quatre fois au cours du XIXe siècle. En 1940, le ministère de l'Air réquisitionna le domaine.

Six ans plus tard, Herbert Whitall l'acheta et y ramena l'ordre. Adrian Grey, qui n'était ni secrétaire, ni architecte, ni régisseur mais une combinaison informelle des trois, était convaincu qu'ils avaient fait là du très bon travail. Les terrasses s'étageaient harmonieusement et la maison avait été délivrée de quelques excroissances. Malheureusement, Herbert Whitall s'était montré intraitable à propos de la cage d'escalier. Il aimait réellement cette horreur.

Ayant décelé cette passion désastreuse, le pacifique Adrian avait soupiré et rentré dans ses cartons les beaux projets de restauration de l'escalier en chêne, tel qu'à l'origine il s'élevait noblement vers la galerie qui courait sur trois côtés du hall et desservait les ailes réservées aux chambres. C'était un homme grand et mince, voûté comme un intellectuel; cinq années de service dans l'armée n'avaient pu le débarrasser de cette imperfection. Il avait été blessé, puis avait passé un long moment à l'hôpital avec une jambe abîmée qui ne cicatrisait pas; pour finir, il avait été affecté aux services auxiliaires. Quant au reste, il avait quarante ans, un caractère aimable et doux, et le ferme désir de vivre en paix avec ses semblables, y compris avec Herbert Whitall qui l'indisposait parfois aux limites du supportable. Dernièrement, l'idée lui était venue que ces limites pourraient être franchies.

En ce cas, il se trouverait ailleurs d'autres intérêts et il avait la chance de disposer d'un modeste revenu personnel. Mais Vineyards lui manquerait terriblement.

Debout sur la terrasse supérieure, il regardait la mer qu'on apercevait dans le lointain. Les jours commençaient à raccourcir. Le soleil brillait toujours mais sa lumière automnale avait le ton des feuilles jaunissantes qui éclairaient la masse sombre des forêts. Cette terrasse était un piège à soleil. Il posa un genou sur la balustrade basse dont le marbre était chaud. Il n'y avait pas de vent. La nuit serait claire et la journée du lendemain belle encore. L'automne était à Vineyards la plus aimable des saisons.

Son regard se reporta vers la mer et il savoura sa solitude. Les mondanités campagnardes n'étaient pas sa tasse de thé et il lui faudrait faire des frais à Lady Dryden qui lui donnait toujours l'impression qu'il n'avait rien à dire. Bien entendu, c'était sans importance car elle pouvait à elle seule entretenir la conversation, et n'y manquait pas d'ailleurs. Cette certitude aurait dû le soulager; elle lui donnait en fait le sentiment de se trouver dehors par grand vent.

Il en était là de ses réflexions quand un bruit léger lui fit tourner la tête. Lila Dryden était arrivée par une des grandes portes-fenêtres qui donnaient sur la terrasse. Elle portait un ensemble de flanelle grise et un pull-over blanc, et elle était nu-tête. L'or pâle de ses cheveux était la seule couleur qui accrochait l'œil jusqu'au moment où elle releva ses paupières aux cils blonds, découvrant le bleu myosotis de ses yeux.

Elle s'avança vers lui et s'assit sur la balustrade.

— Ils discutent, dit-elle.

— Ah! oui?

— Ils parlent de moi. Je n'aime pas ça.

Aussi loin que remontaient ses souvenirs, elle avait connu Adrian. Quand elle avait sept ans, il avait dessiné pour elle le plan d'une merveilleuse maison de poupée, puis il lui avait construit la maison. Généralement, les adultes essayaient de vous forcer à faire des choses que vous n'aviez pas envie de faire. Pas Adrian. Il essayait toujours de découvrir ce que vous désiriez faire, puis vous aidait à le réaliser. Cela vous donnait un sentiment très rassurant et très reposant. Elle avait vingt-deux ans à présent et rien ne l'avait incitée à revenir sur l'opinion qu'elle s'était forgée à sept ans. Les gens voulaient certaines choses et ils insistaient jusqu'à ce qu'ils les obtiennent. Ils disaient que c'était pour votre bien, ou que vous deviez le faire pour eux, ou encore parce qu'ils étaient amoureux de vous mais, finalement, tout ça revenait au même : ils vous obligeaient et vous deviez céder. Seul Adrian ne vous forçait pas. Il écoutait et il était gentil.

En ce moment même, il était gentil.

— Ne vous en faites pas, Lila.

Les yeux bleus étaient levés vers lui. Ils avaient un regard douloureux.

— C'est tante Sybil. Pourquoi veut-elle que je fasse ça ?

Il demanda très doucement :

— Que veut-elle que vous fassiez ?

— Pourquoi veut-elle que j'épouse Herbert ?

— Vous ne le désirez pas ?

Des larmes brillaient dans ses yeux. Elle secoua la tête.

— Je ne veux pas me marier. Avec personne. J'ai peur.

Il s'assit auprès d'elle sur le parapet.

— Écoutez, chère Lila, vous ne croyez pas que vous avez tout simplement le trac ? Vous connaissez ma sœur Marian, celle qui a un si gentil mari et quatre enfants ? Eh bien, deux jours avant son mariage, elle est venue me trouver pour me dire qu'elle ne voulait plus se marier et que je devais l'expliquer à Jack. Elle m'a dit qu'elle savait très bien que c'était atroce de sa part et qu'elle serait traînée dans la boue mais qu'elle ne pouvait tout simplement pas l'épouser, un point c'est tout. Si bien que je suis allé trouver Jack et le lui ai dit. Il a éclaté de rire et s'est écrié : « Eh bien, c'est ce qu'on va voir ! » De fait, dès qu'elle a vu Jack, elle s'est pendue à son cou et s'est mise à sangloter en disant qu'elle craignait de ne plus jamais le revoir. Je me suis éclipsé. Plus tard, quand je lui ai demandé pour quelle raison elle nous avait ridiculisés tous les deux, elle m'a ri au nez en disant que c'était le trac et que je n'aurais pas dû l'écouter. Lila, vous ne pensez pas que...

— Non, dit-elle en secouant misérablement la tête. Je ne suis pas comme ça.

— En êtes-vous bien sûre ?

Elle fit signe que oui :

— Vous ne comprenez pas, dit-elle.

— Et si vous essayiez de m'expliquer ? Si vous le souhaitez, bien sûr...

De nouveau, elle inclina légèrement la tête. C'était facile de parler avec Adrian. Il ne vous y forçait pas, ne se moquait pas et n'essayait pas de vous faire dire ce que vous n'aviez pas l'intention de dire. Une teinte rosée colora passagèrement ses joues.

— Je n'aime pas qu'on me touche.

— Chère Lila !

Il était très troublé mais contrôla sa voix pour qu'elle ne trahît pas ce trouble. Elle se saisit d'une de ses mains qu'elle serra dans les siennes, tremblantes.

— Je ne le supporte pratiquement de personne. Même avec Bill. Je n'aimais pas quand il m'embrassait pour de bon. Pourtant, j'aime beaucoup Bill.

— Bill Waring ?

— Tante Sybil dit que nous n'étions pas fiancés. Ce n'était pas officiel parce qu'il est parti pour l'Amérique. Elle a dit : « Attends qu'il revienne. » Seulement, il n'a pas écrit. Ray dit qu'il était à l'hôpital, qu'il a eu un accident. Elle voulait que j'aille le chercher au train. Mais je ne pouvais pas, n'est-ce pas ? C'est seulement après que j'ai pensé que si j'y étais allée, peut-être que je ne n'aurais plus été obligée d'épouser Herbert.

— Vous ne voulez pas l'épouser ?

— Oh ! non ! fit-elle avec un long soupir.

— Mais, ma pauvre Lila, pourquoi avez-vous accepté ?

— C'est tante Sybil, elle m'a forcée.

— Mais Lila...

— Elle peut vous obliger à faire n'importe quoi. Et pas seulement moi. Elle insiste, elle insiste jusqu'à ce que vous ne puissiez plus dire non, fit-elle en levant vers lui un regard pitoyable. Pourquoi veut-elle que je l'épouse ?

— Je ne sais pas, Lila, mais personne ne peut vous y forcer si vous ne le voulez pas.

Elle lâcha sa main aussi brusquement qu'elle s'en était emparée.

— Vous ne comprenez pas.

Sa voix lasse et désespérée lui serra le cœur. Il dut attendre quelques secondes avant de reprendre.

— Lila, écoutez-moi. Dites à Lady Dryden et dites à Herbert que vous avez besoin d'un peu de temps. Il n'est pas très courant que des fiançailles et un mariage se succèdent à quelques semaines d'intervalle. Je pense qu'ils n'aimeraient guère que l'on jase à ce sujet et, si vous dites que vous sentez que l'on vous a bousculée, je ne vois pas comment ils pourraient refuser de vous accorder un répit.

Elle ébaucha un geste d'impuissance :

— Ça ne marchera pas. J'ai essayé hier soir. Elle n'a rien voulu entendre. Les invitations sont parties.

— Elle pourrait dire que vous avez attrapé la rougeole ou Dieu sait quoi. Ma cousine Élisabeth a fait ça.

— Tante Sybil ne le fera pas.

Il aurait pu se persuader lui-même qu'elle le ferait. Mais, dans l'état émotionnel où se trouvait Lila, il n'avait guère de chance de l'en convaincre. Ses pensées revinrent à Bill Waring. Elle avait parlé d'aller le chercher à la gare. Bill devait donc être rentré. Il la regarda, l'air malheureux, et posa sa question :

— Est-ce que Bill Waring est revenu ?

— Oui.

— L'avez-vous vu ?

— Oh ! non !

Chose tout à fait inhabituelle, il fronça les sourcils.

— Vous aviez parlé de l'attendre à la gare. Quand est-il rentré ?

Elle prit sa respiration.

— Hier. Ray voulait que j'aille le chercher. Mais je ne pouvais pas. N'est-ce pas, Adrian ?

Au lieu de répondre : « Non, si vous n'en aviez pas envie », comme elle s'y attendait, Adrian la surprit :

— Pourquoi ne pouviez-vous pas ?

Ses joues pâles rosirent et ses yeux s'agrandirent :

— Les invitations... tante Sybil...

— Cela ne vous aurait pas arrêtée si vous aviez vraiment voulu y aller.

Il attendit un instant avant d'insister :

— N'est-ce pas ?

Elle le regarda d'un air suppliant, comme un enfant :

— Il ne m'avait pas écrit. Tante Sybil disait qu'il m'avait complètement oubliée. Je ne savais pas qu'il avait eu un accident.

— Un accident ?

— C'est ce qu'a dit Ray ; qu'il a été à l'hôpital et qu'il ne savait même plus qui il était. Alors, évidemment, il ne pouvait pas écrire. Mais, à présent, il va bien. Elle a rencontré Mr Rumbold qui le lui a dit.

— Et vous ne voulez toujours pas le voir ?

Elle secoua la tête :

— J'ai pensé qu'il serait furieux que j'épouse Herbert.

— Lila, chère Lila ! Vous ne vous attendiez tout de même pas à ce qu'il s'en réjouisse !

Elle tendit la main et la glissa dans la sienne.

— Je ne supporte pas quand les gens sont en colère. Bill pique des colères terribles !

— Contre vous ?

— Non, pas vraiment, fit-elle d'un ton dubitatif. Mais s'il le faisait, je ne pourrais pas le supporter. Une fois, on a vu un homme qui jetait des pierres sur un chien et il a eu la patte cassée et j'ai cru que Bill allait le tuer. Il m'a fait atrocement peur.

Si Adrian fut tenté de sourire, il réprima la tentation. Il imaginait trop bien Bill Waring en justicier expéditif. Sincèrement désireux de savoir, il demanda :

— Qu'a-t-il fait ?

— D'abord il l'a mis K.O. et chaque fois qu'il se relevait, il cognait de nouveau. Le nez du pauvre homme saignait horriblement. Et il avait l'air d'aimer ça.

— L'homme ?

Cette fois, le sourire avait indéniablement éclos. Lila regarda Adrian d'un air de reproche.

— Non, Bill. Il a attaché une attelle à la patte du chien et l'a conduit chez le vétérinaire. Vous voyez, je sais bien comment il est quand il se met en colère. Et ça ne servait à rien que Ray me dise d'aller l'attendre à la gare parce que je ne pouvais pas. De toute façon, c'était hier.

On sentait un certain soulagement dans cette conclusion mais la peur reprit vite le dessus.

— Adrian, c'est horrible ! Ray dit qu'il va débarquer ici. C'est pour ça que je voulais vous parler.

— Bill vient ici ?

— Oui. Il ne doit pas. Elle dit qu'il veut me voir. Et ce n'est pas bien, n'est-ce pas, Adrian ? Elle vient de me téléphoner, à l'instant, pendant que tante Sybil et Herbert discutaient. Ray a dit qu'il doit passer la journée à

Londres aujourd'hui et voir Mr Rumbold et qu'ensuite il viendra. Je lui ai dit qu'il ne fallait pas, je lui ai demandé de ne pas le laisser partir et elle a répondu qu'on ne peut pas tenir un cyclone enfermé dans sa poche. Ray dit toujours des choses comme ça. Et je ne comprends pas ce qu'elle veut dire mais j'ai pensé que ça avait l'air de vouloir dire qu'il est terriblement en colère. Vous le pensez aussi ?

Adrian répondit avec modération :

— S'il vous aime, vous ne pouviez pas vous attendre à ce qu'il ne soit pas furieux d'apprendre que vous épousiez quelqu'un d'autre. Surtout s'il pense que vous êtes toujours fiancés.

— Oh ! dit-elle d'une voix tremblante, ce n'était pas officiel.

— Je doute qu'il y attache la moindre importance.

Elle retira sa main.

— Mais il ne doit pas venir. Vous l'en empêcherez, n'est-ce pas ? Tante Sybil serait furieuse et... et Herbert aussi. Vous l'arrêterez, Adrian ?

Bénédiction ou malédiction, le ciel avait doté Adrian d'une imagination vivace qui lui fournit un tableau mouvementé de Bill Waring résolu à voir Lila et poursuivant son objectif, faisant fi des vains scrupules. Avec la participation de Lady Dryden et de Herbert Whitall, tous les ingrédients d'une scène magistrale seraient réunis. Ce qu'il ne voyait pas, c'est ce qu'il aurait pu faire pour empêcher la chose. Il n'avait jamais ressenti le besoin pressant d'enfourcher les tornades et de contrôler la tempête. Il était seulement capable de brandir un parapluie sur la tête chérie de Lila.

— Vous ne le laisserez pas venir ! répéta-t-elle.

— Je ferai ce que je pourrai, dit-il, car il ne pouvait promettre davantage.

Ils avaient tout l'air d'être coincés dans une impasse. Ce qu'il voulait, c'était éloigner Lila de Vineyards. Sa voiture était au garage et il avait assez d'essence pour la conduire chez Marian. Lila était majeure et personne ne pourrait les empêcher de partir. C'était tout à fait jouable, mais il n'aurait pu le faire : l'entreprise était contraire à son éthique. Ensuite, il se le serait amèrement reproché. Pour l'instant, il ne pouvait que veiller sur elle.

Ce qu'il aurait effectivement répondu, il ne le sut jamais, car Miss Whitaker arriva sur la terrasse, vêtue de gris ecclésiastique, d'un chemisier blanc à col montant et d'une sévère écharpe noire : la parfaite secrétaire, toute sa personne le proclamait. Dans le genre rigide, elle était loin d'être laide : cheveux sombres impeccablement ondulés, mains soignées, de beaux yeux encore qu'un peu rapprochés, des sourcils bien arqués. D'un pas rapide, elle s'avançait vers eux :

— Lady Dryden vous demande, dit-elle à Lila.

CHAPITRE VII

Herbert Whitall travaillait dans son bureau, qui était exactement ce qu'un bureau doit être. Une seule chose lui faisait défaut, l'indéfinissable atmosphère qui aurait suggéré que des générations l'avaient tour à tour imprégné de leur présence et de leur travail. C'était vrai de l'agencement présent de la pièce. Alors que la salle elle-même, qui datait du XVIIIe siècle, très claire et de belles proportions, avait eu le temps de se patiner. Adrian Grey, qui en avait choisi avec goût le mobilier, pensait à présent que tous ces objets de même époque souffraient de l'absence des modestes et précieux vestiges généralement épars dans une pièce où un homme se sent bien. Les beaux rideaux semblaient avoir été posés la veille et pas un des fauteuils recouverts de cuir ne présentait la moindre trace d'usure. C'était une belle pièce, parfaitement adaptée, à laquelle manquait la touche du confort intime.

Bien entendu, personne n'aurait songé à qualifier Herbert Whitall de « confortable ». Son grand-père, vulgaire et rusé, avait édifié une fortune impressionnante au milieu du règne de Victoria. Chemins de fer, acier, fer, tout ce qu'il touchait devenait or en barres. Son fils avait décroché le titre de baronnet. Herbert Whitall, homme d'affaires compétent, avait étayé la fortune familiale et on lui prêtait des ambitions politiques. Le plus habile tailleur de Savile Row avait ajouté l'élégance à sa haute et maigre silhouette. Il avait le nez long et mince, les lèvres fines et rectilignes des FitzAscelin[1]. Sa mère, Adela FitzAscelin, descendait en droite ligne d'Ascelin de Gand qui avait traversé la mer avec le Conquérant. Cette lignée maternelle lui avait donné le goût des ivoires hors du commun mais la race obstinée des Whitall s'exprimait à travers l'avidité implacable avec laquelle ce goût s'exerçait. Être surclassé par un autre collectionneur était impensable. Ce qu'il désirait, il l'obtenait, quels que soient les efforts et le prix exigés. Il avait un regard froid et avide, et les longues mains fines de sa famille maternelle. Mais, alors que depuis des générations les FitzAscelin avaient laissé leur patrimoine à l'abandon, Herbert Whitall pouvait se targuer à juste titre d'avoir obtenu tout ce qu'il voulait et de savoir comment tout garder. Debout devant la cheminée, il tendait ses longs doigts vers le feu qu'on venait d'allumer, un feu de bois, comme il convient dans une maison de campagne. Il s'en dégageait une fine odeur qu'il appréciait. On avait procédé à l'abattage de quelques vieux pommiers et Adrian avait donné l'ordre que leur bois soit réservé au salon et au bureau. Un type très avisé, Adrian ; très utile.

Lorsque Miss Whitaker entra, Sir Herbert se retourna et s'adressa à elle sur un ton familier :

— Sybil Dryden m'a dit que nous devrions avoir quelques personnes à dîner ce soir. Le moins de *tête-à-tête*[2] possible. Il semble que Lila soit nerveuse. Il faudrait que tu passes quelques coups de fil.

Elle se dirigea vers le bureau.

— Qui voulez-vous convier ?

— Eh bien, il y a déjà Eric Haile. Tu ne l'aimes pas, hein ?

1. Fitz : fils de. Préfixe jadis affecté en Angleterre aux enfants illégitimes des rois et des princes. Vient du franco-normand *fiz* : fils. *(N.d.T.)*

2. En français dans le texte.

Ses sourcils soigneusement épilés se haussèrent.

— Il n'entre pas dans mes attributions d'aimer ou non vos invités et vos parents.

— Oh ! Ce n'est pas un proche parent. Juste le petit-fils de ma grand-tante Emily, autrement dit mon...

— Votre cousin issu de germains, je crois.

— Milly, tu sais tout. Tu es une vraie perle. Qu'est-ce qui te déplaît chez Eric Haile ?

— Il ne me plaît ni ne me déplaît.

Herbert Whitall se mit à rire.

— Tout le monde le trouve charmant. C'est l'ornement et le boute-en-train des réceptions. C'est pourquoi je l'ai choisi pour garçon d'honneur. Grâce à Dieu, il est aussi le seul parent que je me connaisse. Espérons qu'il mettra un peu d'entrain dans la réception de ce soir. Pour l'instant, les perspectives sont plutôt mélancoliques.

Elle l'écoutait, impassible, comme une bonne secrétaire qui attend que son patron en vienne aux choses sérieuses. Puis, quand il se tut, elle répéta sa question, presque dans les mêmes termes.

— Qui désirez-vous inviter ?

— Les Considine, ce sont des amis de Sybil. Le vieux Richardson : j'aimerais lui montrer cette dague à la poignée d'ivoire qui va le faire saliver. Combien cela fait-il ?

— Cinq hommes et trois femmes.

— Plus toi. C'est le mieux que nous puissions faire. Richardson ne sait pas se tenir en société et Sybil sera le prétexte pour les Considine, mais il est trop tard pour solliciter d'autres convives. Dis que Lila a été surmenée à Londres.

Elle souleva le récepteur de l'appareil posé sur le bureau tandis que Herbert retournait vers le feu et vers ses réflexions. Un mince sourire étirait ses lèvres. Il tendit les mains vers la joyeuse flambée.

Millicent Whitaker savait téléphoner, elle parlait calmement et s'exprimait avec clarté. Après avoir reposé l'appareil pour la dernière fois, elle annonça :

— Tout est réglé. Ils viendront tous. J'ai dit huit heures moins le quart.

— Parfait. Richardson sera en retard, comme toujours.

Elle quitta le fauteuil du bureau où elle s'était installée pour téléphoner.

— Je ferais bien de prévenir Marsham.

— C'est ça. Vas-y.

Elle avait atteint la porte quand, subitement, elle fit demi-tour :

— Avez-vous pris des dispositions pour me remplacer ?

Appuyé contre la cheminée, il la regarda sans accorder grande attention, semblait-il, à sa question. Il n'y avait pas trace de gris dans ses cheveux sombres mais ses tempes commençaient à se dégarnir et il portait son âge. Lorsqu'elle répéta sa question sur un ton plus vif, il sourit et répondit :

— Bien sûr que non.

Elle se rapprocha de lui.

— Herbert, je ne resterai pas ici après ton mariage. Je te l'ai dit il y a un mois.

— Oublie tout ça, ma chère.

— J'ai l'intention de faire ce que j'ai dit. Que tu aies ou non trouvé quelqu'un, je partirai.

— Non, je ne crois pas, ce serait absurde et tu as trop de bon sens.

Elle secoua la tête :

— Je ne resterai pas.

Subitement l'expression de Sir Herbert changea. Les yeux durs, le nez fin, le port de tête lui donnaient l'air d'un prédateur.

— Ma chère Millicent, tu es non seulement absurde mais de surcroît ennuyeuse. Tu es une excellente secrétaire et je n'ai pas l'intention de me passer de tes services. Si tu veux une augmentation, tu l'auras.

Elle secoua la tête.

— Je ne resterai pas.

Il se mit à rire :

— Dès cet instant, ton salaire a doublé.

Le sang lui monta aux joues.

— Attention, Herbert ! Tu pourrais aller trop loin.

— Toi aussi, ma chère. On devrait toujours savoir où se trouve son intérêt. Je vais signer la semaine prochaine mon testament remanié. D'après le précédent, tu étais largement avantagée. Pour longs et loyaux services. Dix ans, c'est bien ça ? Il dépend exclusivement de toi que ce legs figure ou non dans mon prochain testament. Je t'ai toujours dit que je prendrais des dispositions pour toi et pour l'enfant, et suis tout prêt à tenir ma promesse. Mais si tu quittes mon service, le legs disparaît.

Il lui fallut un moment pour se contrôler mais elle parvint à demander d'une voix calme :

— Pourquoi veux-tu que je reste ?

— Je n'aime pas les changements et je ne trouverai jamais une secrétaire aussi efficace.

— Je ne peux pas rester. Tu n'as pas le droit de me demander ça.

— Allons, Milly ! Je ne veux plus entendre parler de ces inepties. Tu restes ! Si tu m'ennuies encore avec cette histoire, je crains d'être obligé de faire une chose qui ne te plaira pas du tout. Vois-tu, j'ai gardé ce chèque.

Le sang reflua du visage de Miss Whitaker :

— Ce n'est pas vrai ! Tu l'as brûlé sous mes yeux !

— J'ai brûlé sous tes yeux un chèque en blanc qui m'a coûté deux pence, une petite comédie uniquement destinée à te mettre l'esprit en repos. Le chèque que tu avais, disons modifié, se trouve... tu voudrais bien savoir où il se trouve, hein ? Mais tu vas continuer à te demander où il est. Tu n'as rien à en redouter aussi longtemps que tu te comporteras comme je le souhaite et seulement si tu cesses de m'assommer avec ces absurdités.

Ils étaient à moins de deux mètres l'un de l'autre.

Aucun des deux ne fit un mouvement pour réduire cette distance. Elle le regarda fixement jusqu'à ce que les sombres couleurs de la colère se retirent de son visage qui devint livide. Elle parut sur le point de parler, ses lèvres frémirent mais pas un son ne sortit de sa bouche. Ce n'était pas des mots qui la feraient vivre, elle et son enfant.

Il dit de sa voix tranquille et familière :

— Va vite prévenir Marsham.

Puis, quand elle fut près de la porte, il la rappela :

— Dis-lui qui doit venir dîner et ensuite envoie-le-moi. Il y a un point sur lequel je voulais attirer son attention.

La main sur la poignée de la porte, elle s'était immobilisée, un peu surprise :

— Et tu as oublié ?

— Ma chère Milly, je n'oublie jamais rien, tu devrais le savoir. Disons que j'avais remis la chose à plus tard.

Avant de sortir, elle fit peser sur lui un regard dur.

CHAPITRE VIII

Il était entre six heures et demie et sept heures lorsque Bill Waring franchit avec sa vieille guimbarde le portail à colonnes de Vineyards. Il sauta de sa voiture et tira vigoureusement la cloche. A vrai dire, il avait épuisé les réserves de patience qu'il était capable d'emmagasiner. Rumbold l'avait retenu interminablement; il avait interrompu leur entretien pour recevoir quelqu'un d'autre, puis avait insisté pour qu'ils déjeunent ensemble avant de reprendre leur discussion. A l'heure où Bill avait pu se libérer, il n'était plus possible d'arriver à Vineyards avant le coucher du soleil. Comme il ne connaissait pas Herbert Whitall et ne souhaitait pas le connaître, comme il pouvait difficilement s'attendre à un accueil chaleureux de la part de Lady Dryden, les conventions et la prudence la plus élémentaire auraient dû lui suggérer qu'il serait plus judicieux de trouver un point de chute pour la nuit et de remettre au lendemain matin son projet de voir Lila. Mais la prudence n'avait jamais été son fort et il se souciait comme d'une guigne des conventions.

Il remonta l'allée de Vineyards avec l'assurance du propriétaire, appuya sur la sonnette avec détermination et attendit, brûlant d'ardeur. Marsham astiquait l'argenterie, si bien que la porte lui fut ouverte par Frederick, le jeune domestique, un garçon grand et bien bâti qui s'était placé temporairement, entre la fin de l'école et le début du service militaire, pour se faire un peu d'argent. Frederick savait que l'heure était tardive pour une visite mais ne se sentit pas le courage de le faire remarquer. Le gentleman impatient qui demandait à voir Miss Dryden était peut-être un parent ou un invité dont Mr Marsham aurait oublié de lui signaler la venue. Quand Bill Waring, passant devant lui, fut entré dans le hall, il l'introduisit dans la petite pièce à gauche de la porte d'entrée, alluma le lustre et, s'étant enquis de son nom, il partit à la recherche de Miss Lila. Après s'être assuré qu'elle n'était pas au salon, il s'apprêtait à explorer d'autres lieux quand il croisa Lady Dryden.

— Madame, s'il vous plaît, un gentleman vient d'arriver qui demande Miss Dryden.

Elle leva les sourcils.

— Un gentleman ? Comment s'appelle-t-il ?

— Mr Waring, madame.

Lady Dryden dissimulait sans efforts ses sentiments. Si Frederick ressentit d'intuition qu'elle était mécontente et que ce mécontentement pouvait être redoutable, ce ne fut ni son regard ni sa voix qui le lui soufflèrent.

— Miss Dryden est dans sa chambre, répondit-elle calmement. Il est inutile de la déranger. Je vais voir ce gentleman. Où est-il ?

Lorsque la porte s'entrouvrit, l'appréhension de Bill fut à son comble car, sitôt qu'il verrait Lila, il connaîtrait la réponse qu'il était venu chercher. Si elle s'élançait vers lui, si elle voulait qu'il la tire du guêpier où on l'avait en quelque sorte poussée, il était prêt à la faire sortir sur-le-champ de cette maison et à l'emmener très loin dans son tacot. Ray l'hébergerait et ils se marieraient dès que possible. Il pensait que cela prenait trois jours — un jour franc de délai légal — au bureau de l'état civil. Il avait lu ça quelque part, il ne pouvait se rappeler où, mais ce n'est pas le genre de chose qu'on invente. Si elle ne voulait pas de lui, si elle était heureuse...

La porte grande ouverte laissa passer Lady Dryden. Eh bien, à première vue, ce serait la guerre à couteaux tirés. Pas une vulgaire querelle, ce n'était pas le genre de la dame. Simplement une voix et des manières raides et glaciales. Les amabilités mondaines n'étaient pas de mise.

Elle s'arrêta à un mètre de la porte, l'examina comme s'il était en soi une atteinte au savoir-vivre et demanda :

— Pourquoi êtes-vous venu, Mr Waring ?

Une question purement rhétorique, estima Bill, mais il ne voyait pas d'objection à y répondre. Cela lui ferait du bien de formuler sa volonté et cela ferait du bien à Lady Dryden de l'entendre.

— Je suis venu pour voir Lila.

— Je crains que vous ne puissiez la voir.

— Je crains que vous ne puissiez m'en empêcher.

— Vraiment, Mr Waring ? Je crois que vous découvrirez que vous faites erreur. Il y a dans la maison un valet de chambre et un majordome, ainsi que Mr Grey et Sir Herbert Whitall. Vous admettrez, je pense, qu'ils pourraient vous mettre dehors. Ce serait une scène déplaisante et humiliante, qui pourrait bouleverser Lila. Je préfère croire que vous vous conduirez en gentleman et que vous sortirez d'ici calmement. Je lui demanderai si elle souhaite vous voir et, dans l'affirmative, je vous le ferai savoir demain dans la matinée. En admettant que vous désiriez que nous procédions ainsi, vous pourrez téléphoner et, au cas où Miss Dryden souhaiterait vous parler, elle sera parfaitement libre de le faire.

S'il avait été le moins du monde enclin à sous-évaluer son adversaire, on ne l'y reprendrait jamais plus. Avec une aisance presque nonchalante, elle avait démontré la force de sa position. S'il le souhaitait, il pouvait provoquer son expulsion déshonorante d'une maison où il n'avait pas été invité ; et passer ainsi pour un intrus que l'on vide à coups de pied dans le derrière. Il n'avait pas besoin que Lady Dryden lui explique l'effet que cela produirait sur Lila.

Buté, il rumina longuement ces pensées puis la regarda droit dans les yeux et déclara :

— J'appellerai demain matin. Je n'avais pas l'intention de venir si tard. Si je n'avais pas été retenu, je serais venu plus tôt. Je n'ai pas davantage l'intention de bouleverser Lila mais elle doit me recevoir.

Elle soutint son regard hostile avec une froideur imperturbable.

— C'est à elle d'en décider.

Il poursuivit comme si elle n'avait rien dit :

— Quand j'ai quitté l'Angleterre, nous étions fiancés. En ce qui me concerne, je compte toujours épouser Lila. Si elle souhaite rompre nos fiançailles, elle doit le faire elle-même. Je n'accepterai de personne d'autre l'annonce d'une rupture.

— Je n'ai jamais admis qu'il s'agissait de fiançailles, Mr Waring.

Il avait l'air et il se sentait aussi têtu qu'un mulet. Lady Dryden y trouvait quelque plaisir. Elle ne l'avait jamais aimé. Il se présentait maintenant comme une menace précise et le jeu était dans sa main. Vaincre cette obstination, batailler contre cet entêtement puissant suscitait en elle un agréable sentiment de pouvoir. Lila était sous sa coupe ; devant ce fait, il était impuissant. Elle s'écarta de la porte et dit :

— Bonsoir, Mr Waring.

Il quitta la pièce car il n'y avait réellement rien d'autre qu'il pût faire à ce moment et dans ce lieu.

Elle ne fit pas appel à Frederick pour le reconduire mais demeura dans l'entrée pour le voir partir. Quand il descendit les marches du porche, il entendit la clé jouer dans la serrure.

Ah ! c'était ainsi qu'elle jouait le jeu ! Eh bien, c'était maintenant son tour d'avancer ses pions ! Il lui donna dix minutes pour monter au premier étage ou pour retourner au salon. Pendant ce temps, il alla garer son tacot au-delà du premier virage de l'allée. Assis au volant, il sortit un stylo et du papier, griffonna quelques lignes et rédigea l'enveloppe au nom de Miss Lila Dryden. Puis il revint à pied jusqu'au porche et sonna à la porte d'entrée.

Il eut de nouveau la chance de tomber sur Frederick.

— Désolé de vous déranger, dit-il, mais je crois que j'ai oublié ma casquette.

Même Lady Dryden aurait eu mauvaise grâce à mobiliser ses videurs contre un individu qui venait poliment récupérer son bien. Bill était enchanté d'avoir pensé à oublier sa casquette. Lady Dryden l'avait mis dans un tel état de rage qu'il aurait fort bien pu oublier n'importe quoi. Être en rage, c'est assez semblable à affronter une tempête : on ne s'entend pas penser.

Frederick apporta la casquette et Bill sortit de sa poche deux billets d'une livre :

— Je serais vraiment satisfait que Miss Lila Dryden reçoive cette lettre en mains propres. Pouvez-vous vous en charger ?

— Oh ! oui, monsieur, dit Frederick.

Les billets changèrent de main. Bill fit un petit signe de tête et repartit. La porte d'entrée se referma.

Porté par un zèle romantique, Frederick grimpa lestement l'escalier de service et frappa à la porte de Miss Lila Dryden. La manœuvre avait duré moins d'une minute. Nul n'avait surpris l'aller et retour exécuté par Frederick.

Lila prit la lettre d'une main tremblante. Elle ferma la porte à clé avant d'oser la lire et, après l'avoir lue, elle s'assit sur son lit, ce que tante Sybil réprouvait vivement, et se mit à pleurer.

CHAPITRE IX

A sept heures un quart, Lady Dryden voulut entrer chez Lila et trouva la porte fermée à clé. Un enfantillage grotesque. Elle avait horreur des gens qui s'enferment à clé, particulièrement lorsqu'il s'agissait de Lila. C'était une mesure de défense et, selon Lady Dryden, un symptôme de méfiance. Elle frappa résolument à la porte et ordonna d'un ton impérieux :

— Lila, ouvre immédiatement.

Après un bref délai, Lila ouvrit et recula d'un pas devant le regard surpris de sa tante. Elle portait toujours sa jupe grise et son pull blanc ; la veste qu'elle avait retirée traînait sur le lit. Ses pleurs avaient cessé depuis peu mais son visage en gardait la trace.

— Tu devrais déjà être prête pour le dîner. Dépêche-toi de te changer, dit sèchement Lady Dryden.

— Je crois que je ne pourrai pas.

— Que tu ne pourras pas quoi ?

— Rien du tout, murmura Lila d'une voix mourante.

Elle avait l'impression que jamais elle ne pourrait faire toutes les choses qui l'attendaient : s'habiller, enfiler une des toilettes neuves de son trousseau qu'elle détestait, descendre pour le dîner et parler ou seulement écouter le temps d'une interminable soirée, supporter le baiser de Herbert Whitall qui lui dirait bonsoir, se faufiler dans le noir quand tout le monde serait endormi et dire à Bill que, désormais, elle n'était plus sa fiancée ; et dans six jours, moins d'une semaine qui filait atrocement vite, enfiler la robe de satin ivoire, épouser Herbert Whitall tandis que Lady Dryden la conduirait à l'autel. Toutes ces obligations se présentaient avec la même intensité à son esprit, également effroyables, difficiles, impossibles.

Totalement éperdue, elle regarda Lady Dryden.

— Ma pauvre Lila, tu as l'air de dormir debout. Pour l'amour du ciel, passe-toi de l'eau sur la figure ! D'abord de l'eau chaude, ensuite de l'eau froide, beaucoup d'eau froide. Ça te réveillera. Mets ta robe de crêpe, c'est exactement ce qui convient pour un petit dîner. Tu sais qu'il y a quelques invités et ces tons ivoire sont ceux qui t'avantagent le plus. Tu ferais bien de te maquiller un peu. Tu es trop pâle. Il est grand temps que tu quittes Londres.

Lila fit glisser sa jupe grise, retira son pull-over et s'aspergea consciencieusement d'eau chaude puis d'eau froide. L'eau chaude était apaisante, l'eau froide picotait la peau. Le visage enfoui dans la serviette, elle entendit Lady Dryden demander :

— Qu'est-ce qui t'a chagrinée ?

— Bill, répondit-elle.

Lady Dryden tressaillit comme si l'eau froide l'avait éclaboussée en pleine figure.

— Comment a-t-il pu te chagriner ? Tu ne l'as pas vu.

— Il a écrit.

Balbutiés dans la serviette, les mots étaient à peine audibles.

Lady Dryden fut si soulagée que son rire parut presque cordial.

— C'est tout ? Évidemment, il est un peu triste. Mais il surmontera sa déception. Tu n'imagines quand même pas que tu es son premier amour et tu ne seras sûrement pas le dernier. Qu'as-tu fait de sa lettre ?

Lila s'était retournée. Elle repliait la serviette.

— Je l'ai brûlée.
— Où ça?
— Après l'avoir reçue.
La voix de Lady Dryden prit une intonation nettement plus ferme :
— J'ai demandé « où ». Tu n'as rien pu brûler ici.
— Au rez-de-chaussée, après l'avoir reçue.
— Et quand l'as-tu reçue?
L'emploi de Frederick était en jeu. D'autres choses aussi. Des choses plus importantes.
Lila fit alors la chose la plus avisée qu'elle pouvait faire : elle éclata en sanglots. Lady Dryden l'aurait giflée avec bonheur. Elle se contint, ramassa le gant de toilette mouillé et la serviette et dit avec une froide autorité :
— Assez de sottises. Rince-toi la figure et essuie-toi. Et arrange-toi pour ne plus pleurnicher.
— Je ne veux pas l'épouser, dit Lila d'une voix tremblante.
— Personne ne t'a demandé d'épouser Bill Waring.
Lila secoua pitoyablement la tête :
— Je ne peux pas épouser Herbert, je ne peux pas.
— Personne ne t'a demandé d'épouser qui que ce soit, repartit Lady Dryden d'une voix raide. Tout ce qu'on te demande, c'est de te comporter comme un être civilisé et de t'habiller pour le dîner, et c'est exactement ce que tu vas faire!
Elle alla vers la penderie dont elle sortit une robe ivoire longue et fluide. Elle suspendit la jupe et la veste sur un cintre, plia le pull-over qu'elle rangea dans un tiroir avant de se diriger vers la porte.
— Dépêche-toi, dit-elle. Nous attendons les Considine à huit heures moins le quart.

CHAPITRE X

Lady Dryden se dirigea vers le bureau. Si Eric Haile était déjà arrivé, elle ne pourrait voir Herbert Whitall seul, mais il y avait de bonnes chances qu'elle puisse placer quelques allusions bien choisies.

— Puis-je entrer? demanda-t-elle en découvrant avec satisfaction qu'il était seul et déjà habillé pour le dîner.

— Je vous en prie.

La formule était exactement ce que l'on pouvait attendre d'un hôte bien élevé, mais le sarcasme sous-jacent n'avait pas échappé à l'oreille perspicace de Sybil Dryden qui décida de ne pas en tenir compte. Elle dirait exactement ce qu'elle avait à dire et, à moins que Herbert Whitall ne fût vraiment stupide, ses propos produiraient l'effet voulu.

Elle traversa la pièce, un gracieux sourire aux lèvres, s'arrêta devant lui et fit observer combien le feu agrémentait la pièce à la tombée du jour.

Amusé, il écouta poliment cette remarque profondément originale.

— Ma chère Sybil, est-ce vraiment pour me dire ça que vous me cherchiez? J'attends Eric Haile d'un instant à l'autre. Lui aussi a besoin de me voir. Je pense qu'il veut solliciter un emprunt. Alors, si vous désirez me dire quelque chose...

Elle ne manifesta nul agacement.

— Seulement ceci, Herbert. Je viens de trouver Lila en larmes. La crise classique des futures jeune mariées, toutes les fiancées passent par là. Mais il faut traiter la chose avec tact. Ne soyez pas trop tendre.

Il émit un rire bref :

— J'en ai bien rarement l'occasion. Je ne la vois quasiment jamais seule.

— C'est mieux ainsi. Croyez-moi, vous ne sauriez être trop prudent. Voilà ce que j'avais à vous dire et je vais vous laisser à votre entretien avec Mr Haile. Je souhaite qu'il soit plus agréable que vous semblez l'espérer.

Il rit de nouveau :

— Rassurez-vous, cela ne me trouble pas. Gardez vos vœux pour Eric. C'est lui qui en a besoin.

— Vous me semblez — elle hésita quelques secondes à la recherche du mot juste — vindicatif.

— C'est très exactement ce que je suis. Ne le saviez-vous pas ? J'en veux pour mon argent. Si je n'obtiens pas mon dû, si je ne l'obtiens pas, Sybil, je peux être extrêmement vindicatif. Ne l'oubliez pas.

Il l'avait accompagnée jusqu'à la porte. Il l'ouvrit et s'effaça pour la laisser passer. Elle sortit, la tête haute.

Elle entra au salon, vide pour le moment. C'était une pièce solennelle, dotée de quatre fenêtres dissimulées derrière des rideaux brochés de fleurs aux teintes douces sur fond ivoire. Canapés et fauteuils étaient recouverts dans les mêmes tons. Un grand miroir Empire entre deux fenêtres lui renvoya son image, belle, longue et svelte dans une robe noire très ajustée. Un double rang de perles et une fleur en diamants illuminaient la silhouette qui, sans eux, aurait été sévère. Très peu de femmes de son âge pouvaient exhiber un décolleté et des épaules sans défaut; pas d'empâtement, pas d'affaissement, pas de rides. Elle était une belle femme et sa maturité n'offrait aucun indice précurseur de déclin.

Un bruit de voix s'élevait dans le hall et elle fit demi-tour pour accueillir les Considine. Elle était très consciente de produire un effet légèrement intimidant.

De même que Corinna Longley, Mabel Considine était une vieille amie de classe de Sybil Dryden. Dès cette époque et malgré l'uniforme strict du collège, Mabel n'avait jamais réussi à paraître nette. Mais, au fil du temps, la jeune fille dénuée de chic s'était créé un style personnel nettement farfelu, surprenant chez une femme mûrissante. Elle disciplinait à force d'épingles, de résilles et de bandeaux d'abondants cheveux poivre et sel, hérissés en épis rebelles. Quant à sa toilette, c'était un désastre. Elle adorait la friperie, les vieux coupons et les invendus qu'elle confiait à une couturière du village qui les combinait en vilaines nippes informes. Sa tenue, ce soir-là, avait été élaborée à partir d'une pièce de soie artificielle luisante et d'un coupon de satin cramoisi. Un long sautoir de corail faisait trois fois le tour de son cou fripé.

Elle s'avança radieuse et primesautière. Les manières étaient juvéniles, le visage déjà marqué.

— Sybil ! Tu es magnifique ! On te dirait tout droit descendue de la couverture de *Vogue* ! Comment fais-tu ? N'est-ce pas, George, qu'elle est merveilleuse ? Jamais personne ne croirait que nous avons le même âge !

Grand et coloré, George dissimulait son embarras en multipliant les amabilités. Il détestait les femmes chic, surtout les femmes d'âge mûr toujours chic. Sybil Dryden lui donnait l'impression que sa propre jaquette datait d'un quart de siècle et qu'il avait les mains calleuses. Et pourquoi pas ? Il faisait beaucoup de choses de ses mains. Il venait de terminer le nouveau poulailler et il avait déterré des pommes de terre. Bien sûr, il avait les mains calleuses et il n'avait pu faire disparaître entièrement la créosote incrustée sur son pouce droit. Pourtant, il avait fait de son mieux. Alors ? Et il aimait ses vieux vêtements. Ils avaient connu de bons moments ensemble et ils étaient si confortables. Il aimait qu'une femme soit confortable. Grâce à Dieu, personne n'oserait prétendre que Mabel avait du chic. Confortable, voilà ce qu'était Mabel. Et gentille. Toujours en train de se dépenser pour les autres. Il devait faire acte d'autorité sinon elle serait devenue l'esclave de tout leur voisinage. Beaucoup trop dévouée. Mais quand il commandait, il était obéi.

Tout en méditant de la sorte, il serrait les mains et protesta poliment « Mais pas du tout, pas du tout », lorsque Herbert Whitall arriva nonchalamment en priant que l'on excusât son retard.

Là-dessus, la discussion s'étendit un bon moment sur le thème : le quart a-t-il sonné, oui ou non ? L'église du village avait un carillon mais quand soufflait le vent d'ouest, le son ne parvenait pas jusqu'à Vineyards. Quoi qu'il en soit, personne ne l'avait entendu. Mrs Considine consulta sa montre-bracelet rustique qui annonçait huit heures moins cinq, tout en reconnaissant qu'elle avançait de cinq minutes par jour et qu'elle ne se souvenait plus au juste quand elle l'avait réglée pour la dernière fois.

Mr Eric Haile fit son entrée pendant cette discussion. S'il avait eu avec son hôte un entretien déplaisant, il n'en montra rien. Son beau visage coloré était tout sourire, et il salua Lady Dryden et les Considine avec des manières affables, teintées d'une touche de familiarité.

— Chère madame, qu'ai-je besoin de vous demander « Comment allez-vous ? » tant la réponse est visible à l'œil nu !... Mrs Considine, parée comme toujours de vos propres œuvres !... Alors, Considine ! Comment vont les poules ?

Lady Dryden se raidit légèrement mais il n'en avait cure. Ses yeux vifs et noirs filaient d'une personne à l'autre et il semblait parfaitement assuré de l'accueil qui lui serait fait. Il n'aurait pu paraître plus foncièrement chez lui si Vineyards et la fortune de son cousin avaient été siens par droit de naissance.

— La rumeur publique m'a appris que vous avez acheté de nouveaux trésors à la vente Harrington, Herbert...

Il fut interrompu par le majordome qui annonçait le professeur Richardson, petit homme rond, au crâne chauve et au visage de bébé fâché qui déboula dans la pièce en assurant qu'il n'était pas en retard. Il ne l'était jamais. Les gens ne consultaient jamais leur montre mais recherchaient toutes les occasions de mettre dans leur tort ceux qui le faisaient.

— Quant à Whitall — le professeur serrait la main de Lady Dryden —, il mettrait n'importe quoi sur le dos de n'importe qui. Ne lui faites jamais confiance. Lui-même ne l'a jamais fait et ne le fera jamais. Il plumerait un orphelin aveugle et affamé, perdu dans une tempête de neige. Ah ! Ah ! fit-il, secoué par un rire explosif. N'ai-je pas raison, Whitall, hein ?

Il eut droit à un sourire aimable et à un tapotement sur l'épaule.

— Mon cher Richardson, je traque un gibier autrement rentable que les orphelins aveugles. Vous, par exemple, ou Mangay. Et je pense que j'ai réussi un beau coup à la vente Harrington. Mangay aurait bien aimé cette dague.

Le professeur écarquilla les yeux.

— Je suppose que oui. Il n'a pas une bourse inépuisable, pas plus que moi. Personnellement, je ne voulais pas de cet objet. Probablement pas authentique. Je n'ai pas pris la peine d'aller à la vente.

Les lèvres minces de Herbert Whitall souriaient.

— Inutile... Bernstein poussait les enchères pour votre compte, hein ?

Le crâne dénudé du professeur Richardson s'assombrit. Les frisettes rousses qui, sur la nuque, entouraient sa calvitie comme une ruche élisabéthaine frissonnèrent, animées, semblait-il, d'une colère individuelle. Ses sourcils, un rien plus pâles, se hérissèrent. Ses yeux étincelèrent de rage et il éclata de rire :

— Pour mon compte ? Pas du tout ! Qui vous a dit ça ? Ragots et mensonges ! Très douteuse, l'origine de cette dague. Un faux, très probablement. Mrs Considine, ma gouvernante m'a dit de vous prévenir que les poules que vous lui aviez fournies se sont mises à pondre. Elle est heureuse comme une reine.

— Que je suis contente ! s'exclama Mabel Considine, les yeux brillants.

Miss Whitaker entra et salua discrètement. Elle s'était maquillée avec soin, sans parvenir à dissimuler sa pâleur. Comme Lady Dryden, elle était en noir, mais un noir différent : col montant, manches longues, jupe aux chevilles. La broche qui ornait son corsage était dans le style autorisé aux modestes collaboratrices. Mais Miss Whitaker n'avait pas l'air modeste. En apparence seulement, mais pas pour un œil averti. Herbert Whitall était plaisamment conscient de son orgueil exacerbé. Eric Haile, lui, était intrigué. Et Mabel Considine, qui s'apprêtait à faire des frais au membre le moins considéré de l'assemblée, songea : « Mon Dieu, j'ai bien peur que cette fille ne soit pas heureuse. J'espère qu'elle ne s'est pas trop attachée à lui. C'est hélas souvent ce qui arrive aux secrétaires. »

Herbert Whitall regarda sa montre.

— Lila est en retard, dit-il, en se tournant vers Lady Dryden. Elle va bien, n'est-ce pas ?

A cet instant, la porte s'ouvrit. Lila et Adrian Grey entrèrent. Elle portait la robe de crêpe imposée par Lady Dryden. Ses lignes pures évoquaient la simplicité de la statuaire grecque. Pâle et ravissante, elle semblait affreusement lasse. Adrian lui parlait lorsqu'ils firent leur entrée. Elle ébaucha un sourire à son adresse.

Marsham sonna le gong et ils passèrent à la salle à manger.

CHAPITRE XI

Tout bien considéré, le dîner aurait pu être pire. Herbert Whitall savait être un hôte agréable lorsqu'il en avait décidé ainsi. Ce soir-là, il s'était imposé de jouer ce rôle. Le tact mondain de Lady Dryden était à la hauteur des situations les plus tendues, et l'on pouvait compter sur Eric Haile pour diffuser les derniers scandales et les derniers *bons mots*[1], sur Mabel Considine pour débiter un flot ininterrompu de potins locaux. Diplomatiquement placée entre Mr Considine et Adrian Grey, Lila pouvait se contenter d'être belle et d'émettre de temps à autre une onomatopée. Pendant de longs moments, elle n'eut même pas à se donner cette peine, car Adrian et Mr Considine s'étaient lancés dans une discussion serrée sur la culture extensive comparée au labour profond et là, franchement, elle ne trouvait rien à dire.

La table était ovale et, comme Lila était aussi loin que possible de Herbert Whitall, elle parvint à se détendre. Sur sa droite se succédaient Adrian, le professeur et Mrs Considine ; à sa gauche, George Considine, Miss Whitaker, Eric Haile et Lady Dryden.

Avec un malin plaisir, Eric s'interrogeait sur les réactions de Miss Whitaker. Allait-elle rester ou partir ? Si

1. En français dans le texte.

elle restait, comment Herbert s'y prendrait-il pour manœuvrer cet attelage à trois ? Il se demandait jusqu'à quel point Lady Dryden était au courant et estima qu'elle veillerait certainement à ce que Lila n'en sache pas trop. Ces réflexions ne l'empêchaient pas de trousser une nouvelle histoire sur un évêque, une belle jeune minette et une descente de police dans un night-club. Bien entendu, personne n'y croirait mais il espérait choquer Mrs Considine. Toutefois, celle-ci parlait avec ferveur au professeur Richardson de son neveu, Jimmy Grove, qui accomplissait de réels progrès au jardin sous la tutelle de George. Lors de l'éclat de rire général qui salua la fin de l'histoire, Mabel ébaucha simplement un sourire étonné.

Le dîner et le service étaient l'un et l'autre excellents. A la fin du dîner, la tension avait manifestement diminué et l'atmosphère était plus réjouie. Le café fut servi au salon et les hommes y rejoignirent très vite les dames. La température de la pièce était parfaite et l'odeur du bois de pommier l'embaumait. La conversation s'écoulait, facile et décousue, jusqu'au moment où Herbert Whitall posa sa tasse et se leva.

— Eh bien, Richardson, dit-il d'un ton malveillant, puisque vous mourez d'envie de voir la dague...

— Je ne vois pas pourquoi vous vous imaginez qu'elle m'intéresse, grogna le professeur.

— Oh ! mais vous devez. Vous allez me démontrer qu'il s'agit d'un faux, n'est-ce pas ? Si vous n'avez pas votre loupe, je peux vous en prêter une. Ce sera captivant d'assister au combat entre votre obstination et votre conscience de collectionneur. Bien sûr, vous pourriez avoir réduit celle-ci à néant, mais je vous accorde le bénéfice du doute. Allons-y.

Il se rendit à l'autre extrémité de la pièce et tira un grand rideau dissimulant un volet d'acier qui isolait la niche où il gardait ses ivoires. Il inséra une clé dans le volet qui glissa, découvrant un profond renfoncement semi-circulaire, sans fenêtre et pourvu d'étagères tapissées de velours bleu profond. Des plaques, des statuettes d'ivoire et autres chefs-d'œuvre de l'art étaient disposés sur les étagères et contre le fond. La statuette que Lila détestait occupait la place d'honneur. D'une simplicité archaïque, elle avait la tête légèrement inclinée et tenait un objet rond, sans doute un fruit ou peut-être un symbole immémorial de la vie. Malgré son désir mauvais de confondre le professeur, Herbert Whitall n'aurait pu refuser à sa déesse l'hydromel de ses louanges.

— Parfaite, non ? dit-il. Crétoise, évidemment.

Le professeur gonfla ses joues jusqu'à ce qu'elles ressemblent à des ballons jumeaux. Puis il expira d'un seul coup en proférant un son comme « Pooh ! « ou « Pah ! »

— Gréco-égyptienne !

Herbert Whitall sourit d'un air supérieur.

— Très puissante influence égyptienne en Crète. Voir les figurines d'ivoire d'Haghia Triada[1]...

— Sottise ! proféra le professeur Richardson.

Mais la bataille fut aimablement déclinée.

— Quoi qu'il en soit, parfaite, mon cher ami. Lila aurait pu poser pour elle. Elle n'aime pas que je le dise, mais on ne peut pas ne pas voir la ressemblance. Inutile, d'ailleurs, de se disputer à propos de la perfection.

Le professeur grommela :

— Où est cette dague dont vous vous êtes entiché ?

Herbert Whitall la sortit : une longue lame pourvue d'une poignée délicatement sculptée d'un motif à la vigne : tige souple, feuille gracieuse et grappe charnue, le tout exquisément équilibré, agréable à tenir et suffisamment petit pour orner la ceinture d'une femme.

— L'histoire veut que Marco Polo l'ait rapportée de Chine.

1. En Crète du Sud, résidence estivale des seigneurs de Phaïstos, deuxième capitale (entre 1900 et 1400 av. J.-C.). *(N.d.T.)*

Le professeur s'étouffa.

— Cette lame n'a jamais vu la Chine !

— Accordé. Elle est évidemment postérieure à la poignée. Si Marco Polo l'a réellement ramenée en Italie, il se peut que la lame ait été cassée ou que lui-même ou quelqu'un après lui ait cru pouvoir la perfectionner. Après tout, l'Italie et l'Espagne pouvaient se targuer d'être les maîtres dans le travail de l'acier. Cette lame est indéniablement un travail italien. La dague sous sa forme actuelle est apparue dans la dot de Bianca Corner, qui entra par mariage dans la famille des Falieri en 1541. Elle figure dans l'inventaire de ses effets personnels.

— *Une* dague d'ivoire figurait parmi ses effets personnels. Après quoi, silence total à propos de la dague jusqu'au milieu du XVIIIe siècle, lorsque Lord Abington la découvre à Venise, affublée de cette ridicule histoire de Marco Polo ! A partir de là, je vous l'accorde, l'origine est claire !

Herbert Whitall leva les sourcils.

— Ridicule ?

— Absurde ! confirma le professeur. Une niaiserie fabriquée de toutes pièces ! Le genre de sornettes qu'on fait gober aux ignorants et aux naïfs !

Mabel Considine posa la main sur son bras et le serra doucement.

— Très jolie, n'est-ce pas ? Ces grappes ! Avez-vous vu, professeur, qu'il y a une mouche sur l'une d'elles ! Mais je crains de ne pas aimer les dagues et autres instruments de ce genre. Je ne peux m'empêcher de me demander s'ils ont servi à tuer quelqu'un. Et, bien sûr, je pense que oui quand ils sont aussi vieux que cette dague semble l'être.

Le professeur aurait aimé continuer à brocarder Herbert Whitall. Il ne voyait pas pourquoi il aurait dû se laisser interrompre. De nouveau, il gonfla ses joues et dit :

— Interrogez Whitall. Il vous dira que Marco Polo l'a utilisée pour poignarder Gengis khān. Ha ! Ha !

La pression s'intensifia sur son bras. Mabel Considine souriait à leur hôte.

— J'aurais aimé demander à Sir Herbert si nous pouvions écouter quelques-uns de ses beaux disques. Ce serait un tel plaisir. Bien sûr, la radio dispense beaucoup de musique mais si vous voulez entendre les grands solistes, il faut recourir aux disques et au gramophone. C'est vraiment miraculeux de pouvoir se dire : « Maintenant, je vais écouter Kreisler, ou Caruso, ou Galli-Curci ou John McCormack. » Et vous avez une merveilleuse collection de ces vieux enregistrements qui sont maintenant épuisés.

— Atrocement mauvais, protesta George Considine. Tous rayés. Je suis incapable d'écouter ça.

— George chéri !

— Oh, faites à votre idée. Comme toujours !

Elle en fit ainsi, au moins à cette occasion, avec le soutien d'Eric Haile. Tout le monde se transporta de l'autre côté. Le volet d'acier fut refermé sur les précieux ivoires et le rideau broché tiré pour le dissimuler.

Eric Haile se posa tout naturellement dans le rôle de conseiller musical.

— Voyons ce dont nous disposons. Vous avez parlé de Kreisler... Ou voulez-vous que nous fassions appel aux glorieux disparus ? Mrs Considine ? Lady Dryden ?

Sybil Dryden était l'antimusique faite femme. Elle s'en fichait éperdument. Tout ça l'ennuyait prodigieusement, de même que les ivoires, d'ailleurs. Du moins les disques leur avaient-ils épargné la dispute que le professeur Richardson semblait résolu à provoquer. Elle sourit, répondit sans se compromettre que tous étaient charmants, tout en songeant in petto que les emballements juvéniles de Mabel devenaient embarrassants. Porter soixante ans et se comporter comme si l'on en avait seize, cela relevait, socialement parlant, de la tragédie.

Le professeur se mêlait à présent du choix d'un disque.

Il apparut qu'il nourrissait une passion pour les arias de ténor et de soprano dans le style du baroque italien. George Considine, quant à lui, aimait les morceaux qu'il connaissait déjà, à la rigueur les airs qu'on retient facilement et qu'on peut siffloter. Tous les quatre passèrent dans le bureau à la recherche de disques.

Lila était assise sur un divan près d'Adrian Grey. Il lui montrait les plans d'une maison qu'on lui avait demandé de modifier. Un peu de détente et de paix l'enveloppa pendant qu'elle examinait les croquis qu'il commentait pour elle de sa voix tranquille. Miss Whitaker avait quitté le salon.

Herbert Whitall revint s'asseoir près de Sybil Dryden. Après un bref coup d'œil vers Lila et Adrian, il murmura sotto voce :

— Sirop calmant ?

— Oui. Vous feriez mieux de les laisser seuls. A propos, Herbert, le jeune Waring est ici.

— Ici ?

— Il est arrivé à sept heures moins le quart et a demandé à voir Lila. Je m'en suis débarrassée. Il doit téléphoner demain. Je pense qu'il faut qu'elle le voie. Il dit qu'il n'acceptera la rupture que si elle lui est signifiée de sa bouche, et c'est un jeune homme très obstiné. C'est désolant car, bien sûr, cela va la bouleverser. Mais, finalement, ce n'est pas forcément une mauvaise chose. S'il lui fait une scène — ce qui est très probable —, il lui fera peur. Lila ne supporte absolument pas les éclats de voix. Plus j'y réfléchis, plus je suis portée à croire que ce peut être une excellente chose. Évidemment, j'y assisterai.

— Bien, dit-il, sans autre commentaire.

Sybil Dryden enchaîna en douceur sur les préparatifs du mariage.

L'équipe des mélomanes reparut, chargés de disques et parlant tous en même temps. Mabel Considine était aux anges. Elle avait un culte pour John McCormack et avait déniché deux disques d'extraits des rares opéras auxquels elle avait assisté. Et dont elle parlait lorsque le groupe revint au salon.

— C'était avant mon mariage, il y a très, très longtemps, n'est-ce pas, George ? Mère et moi, nous voyagions. Nous avions vu Venise et Naples, Rome, Florence et Milan. Quel merveilleux vitrail dans cette cathédrale ! Je parle de celui qui est uniquement bleu et vert, à gauche quand on regarde l'autel. J'espère que les bombardements l'ont épargné. Et à Venise, nous sommes allés deux fois à l'opéra ; nous avons vu *La Favorita* et *Lucia di Lammermoor.* Ou bien faut-il dire entendu ? Je ne sais pas. Mais j'y pense toujours comme à une chose que j'ai vue parce qu'on peut l'entendre à la radio, mais, bien sûr, ce n'est pas la même chose, non ? Je veux dire que quand vous avez vu un opéra, vous en gardez une sorte de tableau dans l'esprit, et ça fait une grande différence. Les intrigues des opéras sont très compliquées et confuses. Et quand on ne connaît pas l'italien... Je serais bien incapable aujourd'hui de dire de quoi parle *La Favorita*, bien que nous l'ayons vue. Mais *Lucia di Lammermoor* était plus facile, à cause de Sir Walter Scott, et je me rappelle ces deux solos du ténor parce que le jeune homme qui les chantait était très beau et qu'il avait vraiment une belle voix. Ça va vraiment être un régal pour moi, Sir Herbert.

Les joues rouges, elle s'ébroua comme une gamine avant de s'installer sur le divan, près de Lila et d'Adrian.

— Vous, les jeunes, vous ne lisez plus Sir Walter Scott, n'est-ce pas ? L'opéra est tiré de *La Fiancée de Lammermoor* et je ne l'ai pas relu depuis l'âge de quatorze ans, si bien que j'ai un peu mélangé tous les noms, mais la jeune fille s'appelait Lucy Ashton et son frère, Henry, du moins je crois que c'était ça. Il lui avait fait rompre ses fiançailles avec le jeune homme qu'elle aimait. Je ne suis pas sûre de son nom. Il y avait aussi un personnage qui s'appelait Edgar et un autre qui s'appelait

Ravenswood, mais, en fait, je ne me souviens pas bien s'il s'agissait ou non de la même personne.

Elle interrogea Adrian du regard. Il se mit à rire.

— Je crains de ne pouvoir vous être d'aucune utilité. Mis à part *Ivanhoé* et *Le Talisman*, je n'ai pas beaucoup pratiqué Walter Scott.

— Je vois, répondit Mrs Considine. Moi, j'ai lu tous ses livres quand j'avais quatorze ans parce que j'étais en quarantaine dans une maison où il n'y avait rien d'autre à lire. C'est peut-être pour ça que je les ai confondus. Mais je me souviens de la pauvre Lucy parce que son histoire est tragique. Sa mère et son frère l'ont obligée à épouser *l'autre* jeune homme et elle l'a poignardé la nuit de leurs noces; elle est devenue folle, la malheureuse, et elle est morte. Et le disque que Mr Haile vient de mettre est ce que son vrai amoureux chante sur sa tombe.

Les deux mesures préliminaires de l'accompagnement mirent un terme à ce torrent de souvenirs. Elle se rencogna dans le divan les yeux mi-clos et, quand s'éleva la belle voix de John McCormack : *Bell'alma inamorata — bell'alma inamorata — ne congiunga il Nume in cielo*, elle esquissa de la main des petits gestes rythmiques.

Lila avait toujours les yeux fixés sur la dernière page de l'album qu'Adrian avait tournée mais ne la voyait pas. Elle n'avait jamais lu jusqu'au bout un roman de Sir Walter Scott, alors même qu'oncle John les avait tous. Un jour pourtant, elle avait pris sur les rayonnages *La Fiancée de Lammermoor* et le livre s'était ouvert sur des cris de terreur et sur la famille Ashton qui se précipitait pour trouver Lucy dans sa chemise de nuit baignée de sang, fixant de ses yeux fous le mari qu'elle avait poignardé. Elle avait remis le livre à sa place et le rêve terrible qu'il avait provoqué cette nuit-là, elle l'avait enfermé quelque part et s'était interdit d'y repenser. L'image venait de s'évader de sa cachette. Elle s'étalait entre elle et les croquis d'Adrian : Lucy accroupie sur le lit, les cris qui retentissaient dans la chambre, le sang, le poignard, les yeux fixes et fous. Le poignard avait un manche d'ivoire sculpté de feuilles de vigne et d'une grappe de raisin. Là où le sang les avait atteints, les raisins étaient rouges, rouge sang. La voix de John McCormack gémissait sur la tombe de Lucy : « *Bell'alma inamorata — ne congiunga il Nume in cielo — bell'alma inamorata — bell'alma inamorata...* »

L'image se mit à tournoyer devant elle dans le brouillard. La main d'Adrian se posa sur les siennes, calme et chaude.

— Lila, ma chère, que se passe-t-il ?

Elle leva vers lui des yeux dilatés.

— Quelle horrible histoire !

La voix d'Adrian était aussi douce que sa main :

— C'est arrivé il y a bien longtemps, non ? A supposer même que ce soit arrivé. Et une fois que l'on s'est un peu familiarisé avec l'opéra italien, on en vient à penser que le nombre de gens poignardés n'a pas grande importance. La plupart des personnages doivent disparaître d'une façon ou d'une autre pour que le héros et son héroïne puissent s'époumoner ensemble sous les feux de la rampe jusqu'à leur dernier souffle. Oserais-je vous dire que cela me ferait plutôt rire ?

L'image pâlit et s'éloigna. Les yeux fous furent les derniers à disparaître, les yeux de Lucy, et le poignard d'ivoire.

Adrian souriait.

— L'amoureux en deuil est un gentleman obsessionnel. Avez-vous compté combien de fois il répète « *Bell'alma inamorata* » ? J'ai toujours l'intention de le faire mais, quand la voix de McCormack m'empoigne, je m'en fiche vraiment.

Les couleurs de Lila faisaient un retour discret et ses yeux étaient revenus à la normale.

— C'est de l'italien, n'est-ce pas ? demanda-t-elle. Qu'est-ce que ça veut dire ?

Il souriait toujours :

— Quelque chose comme : « Belle âme bien-aimée, nous serons réunis au ciel. » Je ne connais pas l'italien. Je ne fais que coller ensemble les quelques mots que tout le monde comprend.

Le disque était terminé. Mabel Considine se leva comme un ressort, se dirigea vers le pick-up et demanda le sextuor dont l'enregistrement s'avéra abominablement rayé : quatre des musiciens fournissaient une bruyante musique de fond ; au premier plan, Caruso rugissait vaillamment sa partition et le pur cristal de Galli-Curci voltigeait par-dessus ce vacarme.

Quand ce fut terminé, Herbert Whitall, sourcils froncés, fustigea d'un ton sarcastique Eric Haile.

— Je ne pense vraiment pas qu'il soit indispensable de nous traîner dans la chambre des horreurs. Oserais-je suggérer que nous entendions maintenant quelque chose que l'on puisse écouter sans dommage fatal à nos nerfs ? Il est étrange que des gens aient déboursé une guinée pour entendre ce genre de chose !

Mabel Considine fut choquée par ces paroles.

— Mais, Sir Herbert, ces disques sont merveilleux ! Sur les vieux gramophones, j'entends.

— Je crains de ne pouvoir vous suivre sur ce point. Nous ne connaissions rien de mieux, c'est tout.

Eric Haile sourit et hocha la tête. Le professeur, survolté, exprima son bruyant désaccord.

— De ma vie je n'ai entendu pareille ânerie et je suis sûr que tout le monde peut entendre correctement avec l'un ou l'autre appareil. Les disques en cire étaient faits pour les gramophones mécaniques. Le résultat était remarquablement plaisant. Bien sûr, si vous flanquez ce pauvre disque sur un phonographe électrique, c'est le massacre. Mais je soutiens et je continuerai de soutenir que les vieux disques étaient excellents sur les vieux appareils.

Herbert Whitall eut un sourire méprisant.

— Bien sûr, s'il vous indiffère que le violon sonne comme la flûte !

— Vous me prenez pour un Béotien !

— Mon cher ami ! Certes non ! Mais alors, pourquoi ne pas vivre carrément cent ans en arrière ? Et nous apporter la preuve de la supériorité de la diligence sur une Daimler ou une Rolls Royce ?

Le sang montait à la calvitie du professeur.

— Elle ne tuait pas tant de gens !

— Il y avait aussi moins de gens à tuer, non ? Quoi qu'il en soit, j'ai remarqué que vous ne dédaignez pas les services d'un cyclomoteur. Pour être entièrement logique avec vous-même, vous devriez tous les matins vous enduire de guède[1] et vivre au fond d'une caverne.

Un coup d'œil meurtrier le cingla.

— Et si j'y vivais, savez-vous ce que je ferais ? Je viendrais rôder par une nuit noire dans votre caverne et vous fracasser la tête avec ma hache néolithique. Et alors, où seriez-vous ?

— Toujours au xxe siècle, j'espère.

Le professeur Richardson éclata de rire.

— Vous croyez avoir eu le dernier mot, Whitall ? A votre place, je n'en serais pas si sûr.

Les yeux noirs d'Eric Haile exécutaient un ballet rapide d'un visage à l'autre. Ils virent l'embarras de George Considine, un disque à la main. Sa femme, dont l'éclat de voix du professeur avait attiré l'attention et qui jouait avec une mèche folâtre, tandis que le désir de se rendre utile se peignait sur son visage, lui conférant l'expression d'une poule anxieuse. Lila et Adrian toujours penchés sur leurs croquis. Un bon garçon, cet Adrian, mais quel raseur. A ce propos, l'exquise Lila devait l'être au moins autant. La beauté et l'intelligence

1. Teinture bleue dont se peignaient jadis les Bretons. *(N.d.T.)*

sont un alliage redoutable, trop redoutable pour Herbert Whitall. Sybil Dryden avait eu les deux. Qui donc avait parlé du « monstrueux régiment des femmes » ? Elle porterait très bien la casquette, se dit-il. Mais avec Herbert, elle pourrait trouver son égal. Un froid démon, un froid et méprisant démon calculateur. S'il continuait à harceler Richardson, il y aurait probablement une bagarre. Mieux valait les désarmer.

Il posa sur le gramophone une magnifique *Toccata et fugue* de Bach, transposée pour orchestre, et poussa le volume au maximum. Un océan de musique inonda la pièce.

CHAPITRE XII

Il était dix heures et demie lorsque les Considine firent leurs adieux dans le hall et que Miss Whitaker descendit l'escalier, habillée pour sortir : manteau bleu marine, petit chapeau du même ton, parapluie et sac à main. Elle se dirigea vers Herbert Whitall et lui parla à voix basse. Personne n'entendit ce qu'elle lui disait mais tous comprirent qu'il était contrarié. Ses sourcils et ses lèvres formaient deux lignes parallèles très déplaisantes.

— Comme ça ! Subitement ! Et si je refusais ?

George Considine qui était proche de lui entendit ces mots. Ainsi que la réponse de Miss Whitaker, émise un ton au-dessus.

— J'irais quand même.

Elle se détourna brusquement de lui pour s'approcher de Mabel Considine qui avait enroulé un bandeau de mousseline écarlate autour de ses cheveux et agrafait sur sa poitrine un vieux châle de shetland.

— Mrs Considine, puis-je vous demander d'avoir l'amabilité de me conduire jusqu'au village ? Je peux attraper le dernier bus pour Emsworth. Je viens de recevoir un coup de téléphone de ma sœur. Elle est malade et il faut que j'aille la voir.

— Bien sûr, ma chère ! Mais il est terriblement tard !

Et si vous manquiez votre bus ? Êtes-vous sûre de devoir y aller ?

— Certaine. Ma sœur est seule avec son petit garçon. Et je ne manquerai pas le bus. J'ai tout le temps.

Mabel Considine plongea hâtivement ses bras dans les manches de ce qui ressemblait à une blouse de jardinier, noua par-dessus une énorme écharpe aux couleurs du club de golf dont George était membre et dit une nouvelle fois bonsoir à tout le monde.

Le vent entrait en rafales par la porte ouverte et quelqu'un déclara qu'il annonçait certainement la pluie. Lady Dryden repartit vers le salon. La porte claqua et l'on crut comprendre que le professeur disait qu'il devait partir.

Adrian et Lila étaient restés au salon où Eric Haile empilait les disques pour les rapporter au bureau. Lorsque Lady Dryden entra, Lila se leva. Le moment qu'elle redoutait entre tous était venu. Il était l'heure de se coucher et Herbert l'embrasserait en lui souhaitant une bonne nuit. Elle balbutia :

— Je suis fatiguée, je crois que je vais monter tout dc suite...

Tante Sybil fut contrariée. Elle baissa les yeux et dit :

— Je pense que tu ferais mieux d'attendre et de dire bonsoir à Herbert.

Lila se rendit compte aussitôt qu'elle devait en effet l'attendre. Car si elle essayait de monter maintenant, elle pourrait le croiser dans le hall et devrait lui dire bonsoir là, ce qui serait pis que tout car ils seraient seuls et, quand ils étaient seuls, il l'embrassait d'une manière différente, si horrible qu'elle était indescriptible. Elle frissonna, se rapprocha de la cheminée et y demeura debout, les mains tendues vers les flammes.

Elle se retourna en sursaut lorsque quelqu'un entra au salon, mais ce n'était que Marsham venu aider à ranger les disques. Une idée bizarre lui vint à l'esprit : à quoi un homme tel que Marsham pouvait-il bien ressembler quand il n'était pas majordome ? Elle ignorait absolument pourquoi cette pensée lui était venue. Il était un excellent majordome grâce auquel tous les rouages de la maison fonctionnaient comme ceux d'une pendule. Mais, au-dessous, quand il ne s'occupait pas des feux, qu'il ne servait pas à table, qu'il ne tirait pas les rideaux ni ne redressait les coussins, comment était-il ?

Il y avait très peu de temps que Lila avait commencé à se poser de pareilles questions. Elles lui venaient parfois quand elle se regardait dans la glace et se voyait dans une de ses nouvelles toilettes. Aucune des personnes qui la regardaient quand elle se regardait n'aurait pu savoir comment elle se sentait au plus profond d'elle-même. Si bien que, de temps à autre, quand elle regardait quelqu'un d'autre : Miss Whitaker, Eric Haile, Sybil Dryden ou, comme à présent, Marsham, elle avait l'étrange et effrayant sentiment qu'ils étaient peut-être tout à fait différents au fond d'eux-mêmes. Tout comme elle se sentait différente sans qu'ils le sachent.

Marsham s'inclina vers le feu dont il rapprocha les bûches. Il avait exactement son air habituel.

Puis Herbert Whitall entra et elle oublia tout le reste. Lady Dryden se leva pour aller au-devant de lui.

— Nous vous attendions pour vous dire bonsoir. J'emmène Lila au lit. L'air de votre campagne nous a donné sommeil.

Il sourit.

— Vous voulez dire l'air de ma campagne ou mes invités campagnards ?

— Cher Herbert ! Le professeur n'a rien d'un soporifique. Vous plaît-il vraiment de vous disputer avec lui ?

— Oh ! énormément ! Voyez-vous, je possède un certain nombre d'objets pour lesquels il donnerait la prunelle de ses yeux. Alors il les dénigre. S'il parvenait à me convaincre qu'il s'agit de faux, je m'en débarrasserais et alors, même s'il n'avait pas la possibilité de se les approprier, il n'aurait plus à souffrir de les voir en ma possession. Et même s'il ne peut me convaincre, il peut espérer ficher une banderille ici ou là. Au pire de tout, il aura lâché ce qu'il a sur le cœur.

Elle le regardait avec curiosité.

— Mais, vous-même, qu'avez-vous à y gagner ?

Il rit.

— Chère Sybil ! C'est vous qui me le demandez ? Qu'aviez-vous à gagner lorsque vous entriez dans un salon, sachant que pas une des femmes présentes ne vous arrivait à la cheville ? N'était-ce pas pures délices pour vous de vous sentir enviée et... haïe ?

Sous l'impact de l'imparfait, les traits de Sybil Dryden s'étaient durcis. Lui souriait.

— C'était agréable, non ? Eh bien, c'est ce que je ressens quand je vois Richardson, Mangay et les autres crever d'envie, de haine et de malveillance devant mes ivoires. Mesquin, bien sûr, mais nous sommes ainsi faits. Le moindre jouet vaut la peine qu'on se le dispute. Et à quoi bon posséder une chose qui ne vaut pas qu'on se l'arrache ?

Son regard se détacha d'elle pour se porter vers Lila. Un long regard dénué de passion, celui d'un amateur dans une salle de ventes, froid, évaluateur. Lorsqu'il s'approcha d'elle, elle se sentit malade et bouleversée. Il allait la toucher, il allait l'embrasser. Elle ne pouvait ni hurler ni s'enfuir. Et si elle le faisait, tante Sybil l'obligerait-elle encore à l'épouser ?

La main de Herbert tomba sur son épaule. Il s'inclina et l'embrassa sur la joue.

— Bonsoir, ma ravissante Lila. Dormez bien et rêvez de moi.

C'était fini. Son cœur semblait toujours devoir s'arrêter au moment du baiser. Elle avait l'impression de ne pouvoir respirer. Tout en elle était raide et froid. Mais maintenant, c'était fini.

Elle monta en même temps que Sybil Dryden et lui souhaita une bonne nuit. Dans cinq minutes, elle pourrait sans danger fermer la porte à clé. Tante Sybil ne reviendrait pas.

Une fois la clé tournée, elle fit couler de l'eau chaude dans le lavabo et lava le baiser de Herbert Whitall.

CHAPITRE XIII

Pendant quelque temps, tous les bruits habituels à une maison habitée se poursuivirent : de l'eau qui coule, une porte qui s'ouvre et se referme ; des pas dans l'escalier, sur un palier et dans les corridors ; le son de voix chuchotantes, à la limite de l'audible ; des déplacements furtifs dans les chambres ; un tiroir que l'on tire ; le déclic d'un bouton électrique. Puis tous ces bruits s'espacèrent, s'atténuèrent et vint le curieux moment de transition au cours duquel le silence d'une maison toujours éveillée devient imperceptiblement celui d'une maison profondément endormie.

Juste avant cette transition, Marsham entama son dernier tour de surveillance. Les fenêtres avaient été fermées des heures plus tôt ainsi que la porte d'entrée après la sortie du professeur qui avait suivi celle des Considine. Il en tira les deux verrous, celui du haut et celui du bas, et prit le couloir qui séparait les chambres donnant sur l'arrière de la maison de celles qui ouvraient sur la terrasse et sur la vue.

Il s'immobilisa un moment devant la porte du bureau pour écouter les voix qui en provenaient. Comme il le déclara plus tard, il pensa que Sir Herbert prenait un dernier verre et fumait une cigarette en compagnie de Mr Haile qui devait passer la nuit à Vineyards. Sir Herbert veillait souvent tard, Marsham n'était pas tenu de l'attendre et ne trouva rien d'anormal à ce que les gentlemen boivent ensemble près du feu. Il entendait deux voix mais ne distingua pas un mot. C'est ce qu'il dit plus tard. Sur le moment, il s'attarda un peu plus longtemps qu'il n'était nécessaire mais pas assez longtemps pour que l'on puisse l'accuser d'écouter aux portes. Avec un léger haussement d'épaules, il s'éloigna, fit trois mètres et revint sur ses pas. Le diapason d'une des voix s'était nettement élevé. Il attendit quelques secondes puis repartit vers l'extrémité du couloir et franchit la porte capitonnée qui masquait l'escalier de service.

Lila Dryden ne s'était pas déshabillée. Elle n'avait pas en tête un plan organisé; elle attendait, simplement. Quand tout le monde serait couché et endormi, il lui faudrait réfléchir à ce qu'elle allait faire. Bien sûr, le plus facile serait de ne rien faire du tout, c'était l'attitude qu'elle avait adoptée jusqu'à présent, la plus simple, la plus commode. Ce que l'on fait dans une voiture conduite par quelqu'un d'autre : pas besoin de penser, on se laisse simplement porter. Sybil Dryden était une excellente conductrice. Elle savait exactement où elle allait et comment y parvenir. Mais, ce soir, Lila avait eu soudain un aperçu horrifiant de sa destination. Elle l'avait entrevue aussi vivement que dans le flamboiement d'un éclair et en était si terrifiée qu'elle était à deux doigts de sauter de la voiture.

Les yeux fous de Lucy Ashton et le poignard d'ivoire rougi par le sang.

L'image surgit et Adrian n'était plus là pour la renvoyer dans son horrible cachette. Son cœur s'arrêta, sa respiration s'affola. Tremblant des pieds à la tête, elle vacilla jusqu'à la cheminée et s'agenouilla. Le feu était éteint, mais la chaleur des braises l'aida à contrôler ses tremblements qui bientôt cessèrent.

Mais elle n'était pas venue là pour se réchauffer.

Quand Sybil Dryden avait saisi la poignée de sa porte avant le dîner, Lila avait glissé la lettre de Bill sous la bordure de bois qui protégeait le foyer. Elle l'avait lue, elle l'avait cachée, puis elle avait menti à son propos. Elle souleva la bordure et l'en retira, un peu poussiéreuse et chiffonnée. Bill n'écrivait jamais de longues lettres. Il disait ce qu'il avait à dire et, quand c'était chose faite, il signait. Cette lettre était presque trop courte pour mériter ce nom. A genoux devant le tas de cendres dont le centre rougeoyait encore, elle lut ce qu'il avait écrit.

> « Lila, il faut que je te voie. Si tu veux épouser Whitall, tu peux l'épouser. Si tu ne veux pas, je te conduirai chez Ray cette nuit. Je serai dehors, à partir de onze heures et demie, devant la fenêtre de la pièce à gauche dans le hall quand on entre. Fais-moi signe avec une lampe et je frapperai trois fois pour que tu saches que c'est moi.
>
> Bill. »

C'était une issue possible. Elle pouvait faire une valise. Elle pouvait enfiler une jupe et une veste sombres et son manteau de fourrure, et quand la grosse horloge du palier sonnerait la demie de onze heures, elle pourrait descendre sur la pointe des pieds et sortir par la fenêtre de la chambre bleue et Bill l'emmènerait. Elle s'était toujours demandé pourquoi on appelait cette pièce la chambre bleue. Peut-être était-elle bleue autrefois, il y a très longtemps. Elle ne l'était plus. Les sièges étaient recouverts de tapisseries ternes et le mur orné d'une vilaine peinture moderne : une fille à la figure verte dont Herbert disait qu'elle était d'une facture remarquable.

Dans son esprit, ces réflexions se mêlaient confusément à d'autres préoccupations : guetter les coups de l'horloge, faire des signaux avec une lampe dans la chambre bleue, attendre que Bill frappe à la fenêtre, que Bill l'emmène loin de Vineyards et elle ne serait plus jamais obligée de revoir Herbert...

Tante Sybil la forcerait. Herbert la forcerait. Jamais elle ne pourrait leur échapper.

Bill l'emporterait. Il la conduirait chez Ray. Ensuite, il faudrait qu'elle l'épouse. Il la forcerait. Ray la forcerait. Elle ne voulait pas l'épouser.

Elle resta longtemps agenouillée. Elle ne savait que faire. Elle resta agenouillée jusqu'à ce qu'elle soit prise d'étourdissement. Alors elle se leva et se blottit au pied de son lit, l'édredon serré contre elle parce qu'elle avait terriblement froid et qu'on ne peut vraiment pas réfléchir quand on grelotte. Elle essaya de toutes ses forces de réfléchir mais ça ne servait à rien. Bill disait « Descends et fais-moi des signaux avec une lampe et je t'emmènerai. » L'espace d'un instant, elle pensa qu'elle pourrait le faire, mais non, elle ne le pourrait pas vraiment. Sybil Dryden ne la laisserait jamais partir. Elle aurait beau faire attention, ouvrir doucement la porte, descendre sans un bruit, Sybil entendrait. Sybil sortirait de sa chambre. Ou Herbert. Avec une terrifiante lucidité, elle se vit traquée dans la nuit. Personne n'entendrait si elle criait. La chambre tangua et s'emplit de brouillard. Elle ne pourrait pas.

Subitement, l'idée lui vint qu'elle n'avait pas besoin de le faire. Bill attendrait, puis il partirait. Et il reviendrait le lendemain matin, parce que si Bill avait dit qu'il fallait qu'il la voie, il s'obstinerait jusqu'à ce qu'il l'ait vue. Et ce serait beaucoup moins effrayant pendant la journée. Elle pourrait le dire à Adrian et lui demander... lui demander...

Épuisée, elle sombra dans le sommeil. D'abord un sommeil très profond. Mais bientôt traversé de rêves qui surgissaient, s'évanouissaient, revenaient, telles des ombres indistinctes et horrifiantes. Elle n'aurait pu les nommer; elle savait seulement qu'elles étaient terribles. Elle-même oscillait entre elles comme on avance à tâtons dans le brouillard. Elle ignorait où elle allait et pour quelle raison. Quelque chose la poussait. Les rêves s'y mettaient aussi. Ils poussaient tous ensemble dans cette direction, trop faibles pour s'arrêter, semblables à des feuilles livrées au vent, frêles feuilles voltigeantes dans le vent glacial.

Soudain, le vent cessa. Il y eut une accalmie. Les yeux de Lucy Ashton regardaient dans les siens.

Elle s'éveilla dans un flamboiement de lumière. Debout dans le bureau. Le plafonnier était allumé et la pièce aussi lumineuse qu'en plein jour. Herbert Whitall gisait étendu sur le tapis. Il était mort. Elle n'avait encore jamais vu de morts mais elle était sûre qu'il était mort. Il y avait du sang sur le plastron de sa chemise. Elle poussa un long soupir. Puis elle vit le sang sur sa robe blanche, une longue traînée brillante de sang sur le devant de sa robe. Du sang sur sa robe et du sang sur sa main. Sur sa main droite, horriblement souillée. Sur le sol, à ses pieds, la dague d'ivoire.

CHAPITRE XIV

Bill Waring entendit l'horloge du village annoncer la demie, deux notes si lointaines qu'il ne les aurait pas perçues s'il n'avait tendu l'oreille. Il n'aurait rien entendu du tout sans le vent qui venait de cette direction, un vent très doux, en hauteur. Il poussait les nuages qui assombrissaient le ciel, il agitait et faisait bruisser la cime des arbres mais, au niveau de l'allée, à l'ombre du portique à colonnes qui masquait la porte d'entrée, l'air frémissait à peine.

Bill se tenait dans l'ombre du portique. De là il voyait la porte d'entrée, les fenêtres des pièces de chaque côté et celles des ailes situées à l'est et à l'ouest. Pas une de ces fenêtres n'était éclairée si peu que ce soit. En s'écartant du porche, il découvrit toute la façade de la maison. Il n'y avait de lumière dans aucune des chambres et il n'y en avait pas eu depuis qu'il était là. Il avait laissé sa voiture devant la grille ; il aurait fait trop de bruit en faisant demi-tour sur le gravier et, s'il l'avait laissée dans l'allée, elle aurait été tournée dans le mauvais sens.

Il attendait depuis à peine dix minutes quand l'horloge avait sonné. C'était un peu tôt pour espérer que tout le monde soit endormi dans une maison comme Vineyards ; Lila ne serait vraisemblablement pas à l'heure.

Il était résolu à la voir. C'était une volonté forte et

tenace. Mais le souffle froid du doute venait buter contre cette détermination, et ce n'était pas la première fois. Il était sans effet sur son entreprise présente, mais il modifiait insensiblement sa réflexion sur le bien-fondé de cette entreprise. Un an plus tôt environ, Marian, la sœur d'Adrian Grey, lui avait dit à propos de Lila : « Elle est très jolie et très tendre mais, en plus d'être son mari, l'homme qui l'épousera devra être aussi son père, son frère et sa nounou. » Sur le moment, il n'avait pas prêté attention à ce propos, mais il n'était pas sûr de ne pas s'en soucier à présent. Une impression vaguement décourageante de ce que serait la vie avec Lila altérait depuis peu ses pensées. Il avait suffi qu'il passe deux mois à l'étranger pour que, sous la contrainte, elle accepte d'épouser Herbert Whitall. Eh bien, il était là pour voir si elle jouait franc-jeu. Si elle voulait épouser cet homme, elle pourrait l'épouser. Si elle ne voulait pas l'épouser, il la conduirait chez Ray. Ensuite, il était probable qu'ils se marieraient. Cette idée fut sans effet sur son moral qui demeura sombre et morose. Il pensa à Ray et se sentit un peu mieux. Ray saurait ce qu'il fallait faire et veillerait sur Lila. Si seulement Ray avait pu être là.

C'est alors qu'il lui sembla entendre quelque chose ou quelqu'un qui remuait. Le son venait du côté de l'avenue. Plus tard, on le harcèlerait pour qu'il précise le genre de bruit dont il s'agissait et, sa vie en aurait-elle dépendu, il n'aurait pu le dire. Ce bruit était moins net que celui d'un pas et il était couvert par le bruissement continuel du vent dans les cimes. Ç'aurait pu être quelqu'un qui remontait l'avenue en marchant sur l'herbe du bas-côté puis prenait l'allée qui contournait la maison ; mais ni lui ni personne n'y aurait pensé si le temps de son attente sous le porche n'avait été passé au crible, minute par minute. Pour finir, la seule conclusion possible avait été : quelqu'un aurait pu remonter l'avenue en marchant sur l'herbe. Mais ce qu'il entendit ne prouvait en rien que quelqu'un l'avait fait. N'importe quelle créature de la nuit — chat, chien, renard, chouette ou blaireau — qui vaquait à ses mystérieuses occupations nocturnes aurait pu produire ce bruit.

Il tendit l'oreille mais le son ne se reproduisit pas. Le clocher du village lança quatre notes assourdies, puis les douze coups de minuit. Il attendit encore un moment puis longea la maison en prenant par la gauche. Une large allée pavée succédait au gravier. Elle était vieille et couverte de mousse si bien qu'il avançait sans bruit.

Lorsqu'il tourna l'angle et monta sur la terrasse, il se trouva tout à fait à l'abri du vent. Dans la pénombre, il distingua la balustrade de pierre et la dénivellation du terrain en gradins successifs. De chaque côté, les bois ondulaient sous l'effet du vent que lui-même ne sentait plus. Tournant le dos à la perspective, il vit de la lumière dans la pièce située à l'angle.

Bill ignorait que cette pièce était le bureau de Herbert Whitall. Il n'avait jamais vu cette maison avant d'avoir été introduit ce même soir dans la pièce à gauche de la porte d'entrée, là où il avait demandé à Lila de le retrouver. Elle allait descendre et agiter une lampe et Bill frapperait trois coups pour qu'elle sache que c'était lui. Aucune lumière n'était apparue dans la pièce près de laquelle il attendait ; en revanche, il y en avait dans la pièce d'angle. Inutile de suspecter Lila d'avoir tout embrouillé. Il allait mener ses propres investigations. En fait, deux ouvertures étaient éclairées. L'une était une haute porte vitrée. La vraie fenêtre ne laissait apparaître qu'une vague lueur, mais les rideaux de la porte avaient été tirés négligemment. Un mince rai de lumière filtrait par l'intervalle de quelques centimètres qui les séparait ; il se prolongeait en ligne brisée sur deux marches puis sur le dallage humide. Il ne l'avait pas vu tout de suite quand il avait tourné à l'angle de la maison à cause de deux grands arbustes sombres, situés de chaque côté des marches. Lorsqu'il passa entre les arbustes, sa manche effleura l'un d'eux et l'odeur du romarin se répandit dans l'air nocturne.

Il regarda par la fente entre les rideaux et vit les cheveux or de Lila sous la lumière. Elle était tournée de l'autre côté si bien qu'il ne voyait pas son visage mais seulement la ligne qui va de la joue au menton et son cou blanc un peu penché, comme si elle regardait par terre. Elle portait une robe longue, toute blanche.

Il avait dû s'appuyer sur la porte car elle bougea sous sa main. Elle était entrebâillée, ouvrait vers l'extérieur et il l'avait poussée. Parfait, cela simplifiait bien les choses. A tâtons, il chercha la poignée, s'écarta de la trajectoire de la porte et entra dans le bureau éclairé.

Lila regardait sa main droite couverte de sang. Il y avait du sang sur sa robe, une longue traînée. Par terre, à ses pieds, gisait une dague à poignée d'ivoire, à l'endroit même où elle serait tombée si Lila l'avait tenue puis lâchée. Il y avait du sang sur la poignée et sur la lame. Quelques pas plus loin, Herbert Whitall gisait lui aussi, mort, dans sa tenue de soirée, du sang sur sa chemise.

Il arrive que l'œil perçoive une impression trop rapide pour que le cerveau puisse la traiter. L'impact est trop brutal. La raison se rebelle ainsi que le bon sens, héritage commun de siècles d'ordre et de loi. Il est difficile de croire instantanément à une violation flagrante de la loi.

Bill Waring s'était immobilisé, son épaule frôlant le rideau qu'il avait repoussé. Il réalisa soudain que Lila n'avait pas bougé, qu'elle n'avait pas tourné la tête. Il avait ouvert le rideau, les anneaux avaient dû grincer en coulissant le long du rail mais elle n'avait pas tourné la tête. Il regarda l'autre bout de la salle et vit une porte ouverte qui donnait sur un couloir faiblement éclairé. Le bureau, en revanche, était brillamment illuminé. Bill voyait tout. Adrian Grey, en pyjama et robe de chambre, entra dans la pièce et tendit la main derrière lui pour fermer la porte. Puis, sur un ton parfaitement naturel, il dit : « Lila. »

Elle remua pour la première fois ; pour la première fois, elle détourna les yeux de sa main rouge de sang et de la dague à ses pieds. Un long frisson glacé la parcourut. Quand Bill s'avança et que, lui aussi, prononça son nom, elle le regarda sans la moindre expression puis détourna les yeux.

Adrian n'avança pas. Il tendit la main comme il aurait pu la tendre à un enfant et, subitement, pleurant et sanglotant, elle courut se jeter dans ses bras.

CHAPITRE XV

Ils se refermèrent sur elle qui sanglotait à perdre haleine. Par-delà la tête blonde pressée contre son épaule, il regarda Bill Waring et demanda de sa voix tranquille :

— Il est mort, n'est-ce pas ? Est-ce vous qui l'avez tué ?

Figé sur place, Bill semblait assommé. D'une voix sourde, il répondit :

— Non. Est-ce vous ?

Adrian secoua la tête.

— Est-ce elle ? demanda Bill.

Puis aussitôt, son esprit et sa voix s'étant arrachés à la stupeur première, il s'écria :

— Non ! Non ! Ce n'est pas possible !

Adrian ne répondit pas. Il perçut le long tremblement qui ébranla Lila. Il la sentit soudain comme un poids mort entre ses bras. S'il ne l'avait serrée si étroitement, elle serait tombée. Il la souleva et la porta jusqu'au divan près de la cheminée. Quand il se releva après l'y avoir déposée, Bill avait traversé le bureau et regardait par-dessus le dossier du divan.

— Qu'est-ce qu'elle a ?

— Elle s'est évanouie. Cela vaut mieux. Pourquoi êtes-vous ici ?

— J'étais venu pour l'emmener. Je lui avais dit de

m'attendre. Je lui avais dit que je serais dehors, près de la pièce à gauche du hall.

— Alors, pourquoi êtes-vous ici ? reprit Adrian en appuyant sur le dernier mot.

— Elle n'est pas venue. Je me suis dit que j'allais faire le tour de la maison. J'ai vu de la lumière, j'ai vu Lila. La porte était entrouverte. Je suis entré.

— Êtes-vous sûr que vous ne l'avez pas tué ?

— Grand Dieu, oui ! Il était mort. Elle était debout là, là où vous l'avez vue, avec du sang sur la main.

Ils se faisaient face, de part et d'autre du divan où Lila était étendue, beaucoup trop absorbés par elle et par eux-mêmes pour être conscients d'autre chose. Si la poignée de la porte avait tourné, si la porte s'était ouverte sans bruit, ils ne s'en seraient pas aperçus.

Ils ne s'aperçurent de rien.

— Qu'allons-nous faire d'elle ? demanda Bill. La ramener dans sa chambre ? Il y a sa robe, on ne peut rien faire avec une tache pareille.

Son esprit se cabrait. Jamais on ne pourrait faire disparaître tout ce sang sans qu'il demeure une trace. Et s'ils brûlaient la robe, on remarquerait sa disparition. Mais il fallait que Lila soit mise hors de cause.

Adrian secoua la tête. Il dit tranquillement :

— Non. On ne peut dissimuler ça. Quoi que nous fassions, la robe nous trahirait. Trop de gens l'ont vue la porter ce soir. Vous n'avez qu'à filer, immédiatement. Si vous ne disparaissez pas, vous êtes dans le coup et vous y entraînez Lila. Où logez-vous ?

— A l'*Hôtel du Sanglier*. Mais j'ai réglé ma note à dix heures et demie. Je ne comptais pas y retourner. Si Lila était venue avec moi, je l'aurais conduite chez Ray Fortescue. Si elle n'était pas venue, je n'avais aucune raison de rester. J'ai ma voiture.

— Vous seriez reparti pour Londres ?

— Oui.

— Alors, allez-y et remuez-vous ! C'est la seule chose que vous puissiez faire. Voici ma version : je ne pouvais pas dormir et j'ai entendu quelqu'un bouger. Ma chambre donne sur le corridor en face de celle de Lila et, quand j'ai ouvert ma porte, je l'ai vue se diriger vers l'escalier. Je sais qu'elle a des accès de somnambulisme et je l'ai suivie.

Bill le dévisageait d'un œil dur.

— Est-elle vraiment somnambule ?

— Oh ! oui ! Elle l'était déjà quand elle était pensionnaire, c'est un fait solidement établi. Je l'ai suivie et l'ai vue entrer dans le bureau. Herbert Whitall était étendu là, par terre, et la dague en ivoire était un peu plus loin. Lila s'est penchée vers lui. J'étais à deux pas derrière elle, si bien qu'elle n'a véritablement pas pu le poignarder. Elle a taché de sang sa robe et sa main en le touchant. Il était mort depuis quelque temps, sa main était froide quand je l'ai tâtée.

— Est-elle froide ?

— Elle le sera avant que la police arrive, dit Adrian.

— Le sera-t-elle ?

— Naturellement. Laissez-moi terminer. Lila s'est réveillée, puis évanouie sous le choc. Allez, Bill, maintenant, dégagez ! C'est la seule chose que vous puissiez faire. Ma version tiendra le coup, elle est solide. En fait, à l'exception d'un ou deux détails mineurs, il se trouve qu'elle est vraie.

Eric Haile entra dans la pièce et ferma la porte derrière lui.

— Hello ! Waring ! dit-il. Je ne sais si vous serez d'accord avec moi, mais je ne pense pas que la version de Grey soit suffisamment solide.

Tous se turent pendant un moment. Le sentiment de s'enfoncer dans un cauchemar se renforçait. Le lien normal entre la cause et l'effet n'était plus. N'importe quoi pouvait arriver, n'importe quand.

Adrian s'était tourné. Bill fit le tour du divan.

— Qu'entendez-vous exactement par là, Haile? demanda-t-il.

Eric Haile sourit.

— Exactement ce que j'ai dit : cette version n'est pas assez solide.

Il s'avança et s'inclina vers le corps dont il toucha le poignet inanimé.

— Et elle n'est pas exacte, non plus. Le corps est encore chaud. Quelle que soit l'heure à laquelle c'est arrivé, il n'y a pas bien longtemps. Et je crois qu'aucune des personnes présentes au salon pendant cette soirée n'aura de difficulté à trouver qui l'a tué. Vous n'étiez pas là, Waring, mais Adrian y était. Ainsi qu'un couple qui porte le nom de Considine et le professeur Richardson. Mrs Considine a une passion pour John McCormack et nous avons écouté un enregistrement de *Lucia di Lammermoor* où il tient un rôle. Mrs Considine a éprouvé quelque difficulté à nous raconter l'intrigue de l'opéra : Lucy Ashton devient folle pendant sa nuit de noces et poignarde le mari qu'on l'a contrainte d'épouser. La ravissante Lila était très ébranlée. Elle a très certainement perçu qu'il y avait une analogie. Adrian a dû lui prendre la main. Très agréable pour tous deux. Juste avant cette scène intéressante, la dague d'ivoire avec laquelle il semble que le pauvre Herbert ait été poignardé avait été abondamment exhibée. Alors, je vous le demande : tout cela concorde plutôt bien, non?

Adrian s'écarta du divan pour s'avancer vers lui :

— Écoutez-moi, Eric...

— Mon cher Adrian, je ne vais rien écouter du tout! J'appelle la police.

— Je ne sais pas jusqu'à quel point vous avez entendu, mais ce que j'ai dit est vrai. J'ai vu Lila sortir de sa chambre et je l'ai suivie quand elle a descendu l'escalier. Toute autre considération mise à part, elle n'a matériellement pas eu le temps de le poignarder.

Eric Haile contourna le corps pour prendre le téléphone posé sur le bureau :

— Vous raconterez ça à la police, dit-il.

CHAPITRE XVI

Ray Fortescue fut réveillée au milieu de la nuit par la sonnerie du téléphone qui cessa avant qu'elle ait vraiment rassemblé ses esprits ; pendant un moment, elle se demanda si elle avait rêvé ou si le téléphone avait vraiment sonné. Elle eut le temps de se demander aussi, avant que la sonnerie reprenne, qui pouvait l'appeler à une heure pareille.

— La ferme ! bougonna-t-elle en sautant de son lit, attrapant l'édredon et avançant à tâtons jusqu'à l'entrée pour allumer.

C'était du Rhoda tout craché de faire installer un téléphone mural juste en face de la porte d'entrée de l'appartement, si bien qu'on disposait quand on téléphonait d'un minimum de discrétion et d'un maximum d'inconfort. D'une main, elle tenait l'édredon serré autour de sa personne, de l'autre, elle souleva le combiné. Elle entendit la voix de Bill qui prononçait son nom. Elle savait que c'était sa voix parce qu'elle produisait en elle un effet particulier mais, sans cet effet justement, elle ne l'aurait pas reconnue. Elle cessa de pester intérieurement à cause du courant d'air sous la porte et de l'édredon qui glissait. Elle ne pensait plus qu'à Bill.

— Qu'y a-t-il ?

— Ray ? C'est toi, Ray ?

— Oui, Bill. Que se passe-t-il ?

— Il est arrivé quelque chose.

— Quoi donc ?

— Whitall est mort ! Assassiné !

Un froid glacial, sans rapport avec les courants d'air, tomba sur Ray. Elle demanda :

— Comment ?

— Il a été poignardé, répondit Bill.

Elle s'était mise à trembler si fort qu'elle avait peine à tenir l'appareil. Un bruit étrange s'engouffrait dans ses oreilles. La voix pressante de Bill couvrait difficilement ce bruit.

— Ray ? Ray ? Tu es là ? Ne coupe pas !

— Je suis là.

Quoi qu'il puisse arriver, elle serait toujours là quand Bill aurait besoin d'elle.

— Alors, écoute. Il faut que tu viennes à notre secours. Personne ne sait qui l'a tué mais Lila était sur les lieux. Je ne veux pas dire à l'heure du crime, mais ce devait être peu après. Adrian dit qu'elle avait une crise de somnambulisme. Nous craignons qu'elle ait touché la dague parce qu'elle avait du sang sur une main et sur sa robe.

— Bill, comment le sais-tu ?

— J'y étais, moi aussi. J'y suis allé pour emmener Lila.

— Bill, pour l'amour du ciel, ne dis pas de choses pareilles ! Pas au téléphone ! Ne le dis à personne ! l'exhorta Ray, la voix étranglée d'effroi.

— Ma pauvre amie, nous n'en sommes plus là. Haile nous est tombé dessus juste après. Il n'est pas sûr que Lila ait agi seule, et il se demande si je lui ai donné un coup de main, mais je parierais plutôt qu'il pense que nous sommes de mèche, elle et moi.

— Bill !

— Ne t'en fais pas pour ça. Écoute-moi bien, parce

que la police va débarquer d'une minute à l'autre et, à ce moment-là, je n'aurai probablement plus la possibilité de téléphoner. Je veux que tu viennes ici. Il y a un train à huit heures trente. Je viendrai te chercher si je le peux; sans ça, tu prendras un taxi à Emsworth. Lila est complètement traumatisée et tu es la seule personne qui puisse l'aider. Toi et Lila, vous avez toujours été comme des sœurs. Personne n'a le droit de t'écarter.

— Je vais venir, Bill.

Il dit « Merci » et raccrocha.

Après avoir reposé l'appareil, elle ramassa l'édredon et revint dans sa chambre. Il faisait sombre et il faisait froid. Elle avait les pieds comme des glaçons et son cœur ne valait pas mieux. Elle se coucha et tira toutes les couvertures sur elle. Herbert Whitall avait été assassiné et tout le monde allait croire que Bill avait fait le coup. Il était rentré des États-Unis pour découvrir que Lila allait épouser Herbert Whitall. Il s'était précipité à Vineyards pour enlever Lila et, pendant qu'il était là-bas, au milieu de la nuit, Herbert Whitall avait été poignardé. Qui pourrait voir les choses autrement?

Herbert Whitall avait été poignardé.

Bill n'aurait pas poignardé un homme. Ce n'était pas une chose possible. Il aurait pu frapper Herbert Whitall, il aurait pu le frapper assez fort pour le tuer. Mais il n'aurait pu le poignarder.

Cette pensée était comme un petit îlot de chaleur dans son cœur. Tout au long des terribles jours à venir, elle ne s'éteignit jamais. Ray se mit à réfléchir et à dresser des plans.

Elle alluma sa lampe de chevet et regarda l'heure. Il était exactement minuit et demi. Elle avait huit heures devant elle avant de monter dans le train. Elle se lèverait à six heures et ferait ses bagages. Elle devrait passer deux coups de téléphone. Heureusement que rien ne pouvait réveiller Rhoda! Il lui faudrait réserver quinze à vingt minutes pour prévenir Rhoda et la laisser se tracasser. Pas plus, parce qu'elle ne serait pas en état d'en supporter davantage et que Rhoda était vraiment terriblement gentille. Elle aurait assez d'une valise. Elle fit mentalement la liste de ce qu'elle prendrait et elle en était aux pantoufles quand le téléphone sonna de nouveau. Cette fois, elle se jeta sur l'appareil : ce pouvait être Bill.

C'était Sybil Dryden. Sa voix dure et claire était reconnaissable entre toutes. Lorsque l'on parlait avec elle, une sorte de douceur recouvrait la surface de sa voix, comme de la cire, mais, au téléphone, la douceur avait disparu. Vous sentiez que l'on vous dictait ce que vous aviez à faire et que c'était à vous de vous arranger pour le faire, même s'il s'agissait simplement de venir prendre une tasse de thé.

Ce n'était pas une invitation à prendre le thé.

— Est-ce vous, Ray ? demanda la voix.

— Oui, Lady Dryden.

— Mr Waring vous a dit ce qui est arrivé. Nous sommes tous dans le bureau et nous attendons la police, si bien que j'ai entendu ce qu'il vous a dit. Mr Haile pense qu'il est préférable que nous restions tous ensemble...

Toujours les bonnes manières. Même en un moment pareil, Sybil Dryden réussit à faire entendre à Ray combien elle appréciait la directive énergique d'Eric Haile. Elle poursuivit :

— Mr Waring a appelé avant que j'aie eu le temps de l'arrêter. Je l'ai entendu vous dire d'arriver par le train de huit heures trente. Cela ne convient pas.

— Lady Dryden, je dois m'occuper de Lila. N'essayez pas de m'en empêcher.

— Je n'essaie pas de vous en empêcher. Je ne suis pas chez moi et je n'ai rien à dire sur les personnes qui entrent ici, mais je ne pense pas que Mr Haile s'oppose à votre venue. Je veux que vous preniez un autre train parce que je veux que vous ameniez avec vous Miss Silver.

Ray n'avait jamais entendu prononcer ce nom. Elle répéta :

— Miss Silver ?

— Son nom ne vous dit rien car il ne figure jamais dans les journaux. C'est un détective privé. Je la connais depuis des années. Elle a aidé certains de mes amis et elle est de toute confiance. Voici son adresse. Écrivez : Miss Maud Silver, 15 Montague Mansions, West Leaham Street. Appelez-la à sept heure trente et fixez un rendez-vous dès que vous le pourrez. Il faut que vous alliez la voir et que vous la persuadiez de venir ici avec vous. Elle aime beaucoup les jeunes. Parlez-lui de Lila et faites appel à sa sympathie.

— Lady Dryden, je ne sais pas vraiment ce qui s'est passé.

La voix reprit, insistante :

— J'ai entendu ce que Mr Waring vous a dit. Lila est somnambule, elle était en pleine crise. Elle a trouvé le corps, un traumatisme épouvantable. Vous comprenez ? Il faut convaincre Miss Silver de venir ici. Vous m'appellerez dès que vous l'aurez vue pour m'apprendre le résultat et l'heure de votre train. Je vous ferai prendre à la gare.

Dans le bureau de Vineyards, Lady Dryden reposa l'appareil et s'éloigna de la table de travail. A moins d'un mètre, une des mains inanimées de Herbert Whitall reposait paume en l'air sur le tapis sombre. On ne devait toucher à rien jusqu'à l'arrivée de la police et personne ne pouvait quitter la pièce. Quelqu'un avait étendu un mouchoir sur le visage du défunt mais il ne fallait pas bouger le corps. La dague d'ivoire ne devait pas être déplacée non plus. Le sang ne devait pas être épongé. Le tapis sombre l'avait absorbé, mais il était là et devait y rester.

Sybil Dryden contourna le corps et revint vers le siège qu'elle avait quitté pour aller téléphoner. Elle portait une robe de chambre dont les fleurs aux teintes pâles s'étalaient sur un fond ivoire. Ses cheveux étaient dissimulés sous une coiffe de dentelle. Son visage était pâle et figé.

Lila reposait toujours sur le divan où Adrian l'avait étendue. Il était assis auprès d'elle, une main sur son épaule. De temps en temps, elle réprimait un sanglot. Chaque fois, il se penchait et chuchotait des mots que nul autre qu'elle ne pouvait entendre. Mais jamais elle ne répondait ni ne soulevait son visage pressé contre un coussin.

Un bras étendu le long du manteau de la cheminée de pierre, Bill Waring regardait le feu. La pendule ancienne posée sur la cheminée avait un tic-tac lent et lourd. Elle marquait une à une ces minutes éprouvantes.

Eric Haile avait pris position sur le bras d'un des grands fauteuils couverts de cuir. Était-ce voulu, était-ce fortuit ? Il était posté entre le reste de l'assistance et la porte. Son regard brillant et malveillant bougeait sans arrêt.

Marsham attendait dans le hall l'arrivée de la police. On avait demandé à Mrs Marsham de s'habiller et de faire du café. Mais on avait laissé dormir Frederick. A part lui, tous attendaient. Personne ne parlait.

Puis, soudain, tout le monde s'agita. Bill Waring se redressa. Lady Dryden tourna la tête. Eric Haile se remit sur ses pieds. On entendit un bruit de pas dans le corridor. Marsham ouvrit la porte et annonça :

— Inspecteur Newbury.

CHAPITRE XVII

— Je me demande qui ose téléphoner chez vous avant huit heures du matin !

Emma Meadows disait ce qu'elle pensait avec la liberté qu'autorisent de longues années de service. Elle avait apporté à Miss Silver sa tasse de thé matinale. Mais, au lieu de l'attendre confortablement dans son lit, Miss Silver était déjà debout ; aux trois quarts habillée, elle épinglait la résille chargée de maintenir en l'état sa frange bouclée. Ses cheveux clairs et abondants n'étaient pas plus gris que vingt ans plus tôt. Elle ôta sa robe de chambre neuve, bleu vif, ornée comme la précédente d'un indestructible parement au crochet, passé grâce à ses soins de l'une à l'autre. Miss Silver arborait un jupon gris de soie artificielle et un spencer blanc dont le col montant et les longues manches étaient également festonnés d'une étroite bordure au crochet. Elle sourit doucement à sa fidèle Emma, but une gorgée de thé et fit remarquer que les gens ne choisissent pas toujours le moment où ils ont besoin d'être secourus.

Le rustique et large visage d'Emma ne se dérida pas.

— Ils devraient apprendre à se contrôler, dit-elle. Ils s'imaginent que vous êtes constamment à leur disposition ; voilà ce qu'ils pensent. Et vous devriez bien leur dire que vous avez besoin de manger et de dormir comme tout le monde, et que vous ne commencez votre travail qu'à dix heures.

Les traits fins et nets de Miss Silver ne perdirent rien de leur placidité. Ce service aimable et attentionné et l'affection qui l'inspirait comptaient au nombre des bénédictions dont elle remerciait quotidiennement la Providence. Elle avait quitté l'école pour entrer dans ce qu'elle appelait la carrière préceptorale, sans autre espoir qu'une existence laborieuse dans la demeure des autres et une vieillesse pendant laquelle ses modestes économies ne suffiraient pas forcément à la dispenser des travaux domestiques. Lorsque, par une curieuse évolution des circonstances, elle s'était trouvée propulsée dans sa profession actuelle, Miss Silver ne prévoyait pas qu'elle lui assurerait le confort discret dont elle jouissait à présent. Et tous les jours elle rendait grâces de disposer de son appartement, de sa fidèle Emma et de sa capacité de venir en aide aux personnes dans la détresse.

Elle avala son thé, sourit gentiment à Emma Meadows et se dirigea vers la penderie où elle choisit sa robe numéro deux, un ensemble en lainage vert cendré qui avait été son numéro un l'hiver précédent. Après l'avoir passé, elle en ferma le col avec sa broche préférée, une rose ciselée dans du chêne de tourbière dont le cœur était une perle irlandaise.

— Je reçois quelqu'un à huit heures et demie, Emma, dit-elle. Cette personne prendra son petit déjeuner avec moi. S'il n'y a pas de quoi faire deux pains de poisson de plus, nous ouvrirons une conserve de saumon.

Emma répondit d'un ton sinistre qu'il y aurait assez de poisson, mais que « la raison pour laquelle les gens ne pouvaient prendre leur petit déjeuner chez eux dépassait son entendement ».

Miss Silver sourit.

— Vous êtes très bonne pour moi, Emma, dit-elle.

Une demi-heure plus tard, Ray Fortescue fut introduite

dans une pièce qui, en d'autres circonstances, l'aurait follement divertie. Sur les murs tapissés d'un papier à fleurs aux teintes vibrantes s'étalaient, encadrées à l'ancienne de bois fruitier clair, des reproductions d'œuvres célèbres des grands artistes victoriens : *les Huguenots*; *l'Espérance*, penchée sur son monde obscurci ; *le Cuirassier noir du Brunswick* et *le Cerf aux abois*. Curieusement cintrés, les sièges aux châssis en noyer sculpté avaient des pieds arqués. Les rideaux et le tissu d'ameublement étaient d'une teinte soutenue, autrefois appelée bleu paon. Et le tapis neuf parsemé de couronnes de fleurs sur fond bleu avait coûté si cher que la conscience de Miss Silver ne s'en était toujours pas remise. Et pourtant, qu'aurait-elle dû faire ? Le vieux tapis bleu entretenu avec dévotion pendant la guerre, maintes fois rapiécé et reprisé, était devenu un danger domestique. Des signes de désintégration complète y étaient apparus : Emma s'était pris le pied dans un trou et avait échappé de justesse à une lourde chute. Les tapis coûtaient un prix insensé mais l'affaire des perles d'Urtingham avait été très rémunératrice. Si bien que Miss Silver avait adjuré sa conscience de faire preuve de bon sens et aligné les billets nécessaires. Aujourd'hui encore, avant le petit déjeuner et alors qu'elle entrait dans la pièce avec une cliente, elle ne pouvait s'empêcher de penser qu'il faisait vraiment très bien : ses couleurs se mariaient de façon délicieuse. Et quel confort !

Un petit feu flambait dans l'âtre. Pendant que Ray s'asseyait sur une chaise serpentine d'un côté de la cheminée et regardait Miss Silver s'installer sur l'autre, elle se demandait comment Sybil Dryden avait pu imaginer que cette personne menue serait en mesure de les aider, Lila, Bill et les autres. Elle aurait pu sortir d'une photographie de groupe, au hasard d'un album de famille des époques victorienne et édouardienne. Et, dans tous les cas, on l'aurait prise pour la gouvernante. Les yeux de

Ray erraient de la broche en chêne de tourbière aux bas de laine noirs et aux chaussons élimés, dont les pointes étaient agrémentées de perles. Mais Lady Dryden savait généralement ce qu'elle faisait. On n'appréciait pas toujours ses initiatives mais on en distinguait toujours la raison.

Elle avait dépêché Ray auprès de Miss Silver. Elle avait dit que Miss Silver avait de la sympathie pour les jeunes. Ce qui semblait tout à fait vrai. Lorsqu'elle quitta des yeux les chaussons perlés, Ray se rendit compte que la pièce était constellée de photos d'hommes et de femmes dans la fleur de l'âge, de jeunes mères avec leurs enfants. Certaines de ces photos ne dataient pas d'hier mais presque tous les personnages qu'on y voyait étaient jeunes. Et ils occupaient toute la place disponible, la cheminée, les étagères et un duo de petites tables. A la seule exception du bureau vaste et sobre.

Ses yeux revinrent vers son hôtesse dont les petites mains agiles tricotaient. Ray sentit peser sur elle le regard fortement encourageant qui avait amené tant de clients à ouvrir leur cœur.

— Que puis-je pour vous, Miss Fortescue ?

— C'est Lady Dryden qui m'envoie.

— Oui, c'est ce que vous m'avez dit.

— Il est arrivé quelque chose d'effroyable...

Malgré elle, sa voix tremblait. Elle s'était juré de se contrôler admirablement, style femme d'affaires, mais sa fichue voix la lâchait dès le départ.

— Oui, ma chère. Et alors ? questionna Miss Silver très gentiment.

Ray se mordit la lèvre et fondit en larmes.

Jamais elle n'avait eu aussi honte depuis des années. Jamais elle n'avait été si furieuse contre elle-même. Mais la fureur l'aida. Elle tamponna vigoureusement ses yeux avec un de ses gants, parce qu'on n'arrive jamais à trouver son mouchoir quand on en a besoin. Alors Miss Silver lui en offrit un, bien repassé, tout en disant :

— Je vous en prie, ne vous tracassez pas parce que vous pleurez. C'est parfois un grand soulagement.

Ray cessa d'avoir envie de pleurer.

— Non, non, ce n'est pas le moment, protesta-t-elle. Je dois vous parler.

Ce n'était pas les larmes qui la soulageraient mais le fait de parler à Miss Silver. Elle ne pourrait jamais parler assez vite.

— Nous sommes dans une situation effroyable. Lila Dryden est ma cousine, nos mères étaient sœurs. Sir John Dryden l'a adoptée. Il n'était qu'un très lointain parent et Lady Dryden n'est pas du tout parente.

Miss Silver toussa.

— Elle est une cousine de Lady Urtingham chez qui j'ai fait sa connaissance.

Ray reprit :

— Sir John était un amour. Il est mort il y a quatre ans. Lila est ravissante. Miss Silver, il faut que j'arrive à vous expliquer Lila. Elle est douce et ravissante mais elle est incapable de se défendre. Elle n'est pas plus capable de dire non à Lady Dryden qu'une mouche ne l'est de voler jusqu'à la lune. Elle a peur des gens quand ils sont en colère et elle ne peut leur tenir tête. Elle fait exactement ce qu'ils veulent qu'elle fasse.

Les aiguilles de Miss Silver cliquetaient; elle-même fit observer que Lady Dryden était autoritaire.

Ray hocha la tête avec conviction.

— Elle lui impose quantité d'obligations. Lila ne peut s'y soustraire. Il faut que vous voyiez bien ça : elle ne peut pas.

Miss Silver toussa.

— Y aurait-il par hasard un exemple précis d'insoumission de sa part?

Ray fit oui de nouveau.

— Lila et moi étions allées faire un séjour chez une grand-tante, une charmante vieille dame. J'étais souvent allée chez elle mais Lila y venait pour la première fois. Bill Waring est un neveu de son mari, de l'autre côté de la famille, vous voyez. Je le connais depuis toujours mais il n'avait encore jamais vu Lila. Il est tombé raide amoureux et ils se sont fiancés. C'était il y a quatre mois à peu près.

Elle fit une pause avant d'ajouter :

— Lady Dryden était très contrariée.

Miss Silver posa un instant la brassière rose pâle qu'elle tricotait pour la petite Josephine de sa nièce Ethel Burkett.

— Mr Waring n'était-il pas en situation de se marier ?

Les couleurs de Ray s'avivèrent.

— Ils n'auraient pas roulé sur l'or mais il travaille pour une affaire sérieuse où il est apprécié. Il a déjà obtenu des brevets pour ses recherches et c'est pour ça qu'il est allé aux États-Unis.

— Un pays très intéressant, commenta Miss Silver. Mr Waring y est-il toujours ?

— Non, il vient de rentrer. Je voulais que Lila aille le chercher à la gare mais elle n'a pas voulu. C'est moi qui ai dû le faire. C'est moi qui ai dû lui annoncer que, dans huit jours, Lila épouserait Sir Herbert Whitall.

— Ma pauvre amie ! dit Miss Silver.

Elle nota les vives couleurs apparues sur les joues de Ray, le scintillement de ses yeux et en tira quelques conclusions personnelles. Un intérêt très net et très touchant pour Mr Waring. Des sentiments chaleureux et un cœur généreux. Une nature franche, peu faite pour dissimuler.

— Continuez, je vous en prie, dit-elle.

— Il a eu un accident, il a été hospitalisé et Lila n'a pas reçu ses lettres. Lady Dryden a toujours dit que ce n'était pas des fiançailles. Elle n'a jamais accepté l'idée que Lila puisse l'épouser. Sir Herbert était un très beau parti : beaucoup d'argent et une belle vieille demeure qu'il avait achetée et restaurée. Je n'étais pas là. En ce moment, je suis entre deux jobs. Il n'y avait personne pour soutenir Lila et, avant qu'elle ait réalisé ce qui se passait, Lady Dryden lui faisait essayer sa robe de mariée et trois cents personnes étaient conviées au mariage.

Les aiguilles à tricoter s'activaient.

— Et Sir Herbert Whitall ? Était-il satisfait ?

Ray regarda durement Miss Silver, sans essayer de dissimuler sa colère.

— Comblé ! C'était le genre d'homme dont la satisfaction était d'autant plus intense qu'il avait raflé à quelqu'un d'autre ce qu'il convoitait. Il collectionnait des objets, des ivoires terriblement anciens et hors de prix. Il n'aimait pas Lila. Il la voulait pour sa collection et s'il pouvait la piquer à Bill, l'entreprise était encore plus excitante.

— Savait-il qu'elle était fiancée ?

— Ce n'était pas officiel, mais il le savait très bien.

— Miss Fortescue, vous parlez de Sir Herbert Whitall au passé. Lui serait-il arrivé quelque chose ?

Ray croisa les mains et serra aussi fort que possible. Elle avait ôté ses gants. Ses articulations saillaient, très blanches.

— Oui, oui... C'est pour ça que je suis venue vous voir. Ils étaient tous à Vineyards, Sir Herbert, Lady Dryden et Lila. Puis Bill est arrivé pour emmener Lila. Il y est arrivé hier. J'ai essayé de l'arrêter mais il voulait y aller. J'ai essayé de l'en empêcher. Et il m'a téléphoné au milieu de la nuit pour dire que Herbert Whitall avait été assassiné. Il a été poignardé avec une dague en ivoire. Et ils pensent que c'est Lila qui l'a fait, ou que c'est Bill.

Sa voix angoissée sombra. Elle répéta :

— Ou que c'est Bill.

CHAPITRE XVIII

Voilà, elle avait brûlé ses vaisseaux et elle s'en fichait. Il aurait fallu que Miss Silver fût sourde, aveugle et stupide pour ne pas avoir compris que, pour Ray Fortescue, Bill Waring était au cœur des événements; or, Ray en était convaincue, Miss Silver ne méritait pas ces qualificatifs. A peine une heure plus tôt, elle se demandait pourquoi Lady Dryden l'avait envoyée dans une équipée apparemment vaine et elle éprouvait à présent le désir désespéré de persuader Miss Silver de venir à Vineyards. Elle aurait été bien en peine d'expliquer comment et pourquoi elle était passée insensiblement d'un extrême à l'autre, mais les personnages souriants des photographies dans leurs encadrements vieillots auraient pu lui dire qu'ils avaient suivi le même parcours.

Ray s'interrogeait sur ses propres réactions. Elle avait pleuré devant une femme qu'elle ne connaissait ni d'Ève ni d'Adam; elle lui avait pratiquement révélé qu'elle était amoureuse de Bill. Et elle n'en avait cure. Elle ne savait vraiment pas pourquoi, mais ça lui était royalement égal. Peut-être était-ce dû à la banalité gentille des manières de Miss Silver et de son cadre domestique, peut-être à sa façon d'accueillir comme normales les choses les plus surprenantes. Peut-être aussi que la pointe d'autorité manifestée par Miss Silver pendant cet entretien au coin du feu avait ramené Ray aux jours de son enfance. Et pourquoi pas le tricot rose ? Ray l'ignorait et renonçait à comprendre. Elle continuait de dire à Miss Silver tout ce qu'elle savait et en éprouvait un soulagement extraordinaire. Quand elle eut terminé, elle se sentit faible, vide et tranquille.

Miss Silver toussa d'une façon charmante et dit vivement :

— Et maintenant, ma chère, nous allons prendre notre petit déjeuner. Emma l'a préparé pour nous deux : pains de poisson... Que préférez-vous : thé ou café ?

— Oh ! Miss Silver ! Je ne pourrai jamais.

— Bien sûr que si, ma chère ! Et vous vous sentirez beaucoup mieux quand vous aurez quelque chose dans l'estomac. L'émotion épuise l'organisme et Emma fait très bien les pains de poisson. Peut-être souhaiteriez-vous vous rafraîchir le visage.

Ray se rafraîchit le visage et s'en trouva nettement mieux. Elle mangea un pain de poisson, quelques toasts et but un excellent café. Les hypothèses effroyables qu'elle avait été sur le point d'accepter perdaient de leur crédibilité et devenaient de nouveau impensables. Dans *A travers le miroir,* une héroïne disait qu'elle pouvait croire deux choses impossibles avant son petit déjeuner ; deux ou trois choses, les souvenirs de Ray étaient imprécis. Elle-même se sentait parfaitement sûre à présent qu'il était infiniment plus facile de gober des hypothèses impossibles quand on avait le ventre creux qu'après avoir pris son petit déjeuner. Comme s'il y avait moins d'espace pour les accueillir une fois que l'on avait mangé un pain de poisson, des toasts et bu un café.

Miss Silver venait à Vineyards. Elle prononça un joli morceau de bravoure, qu'on aurait cru tiré d'un livre, disant qu'elle ne s'y rendait pas pour démontrer que Untel était innocent et Untel coupable, mais simplement pour découvrir la vérité et servir les fins de la justice.

Puis elle consulta l'horaire des trains et partit faire son sac de voyage en disant à Ray d'appeler Lady Dryden.

Ce fut pénible de tomber sur un policier à l'autre bout du fil. Ray dut redire plusieurs fois : « Pourrais-je parler à Lady Dryden, je vous prie ? » Puis le policier disparut et la note du téléphone grimpa sûrement en flèche mais, finalement, Lady Dryden fut là. Si exactement égale à elle-même que ça valait la peine d'avoir attendu, se dit Ray.

— Midi trente à Emsworth ? Ma chère, parlez plus fort ! C'est bien midi trente ?... Et elle vient ? Vous, les jeunes, vous ne parlez jamais devant l'appareil... Elle est ?... Je vais m'arranger pour venir vous chercher. Non, Ray, ne quittez pas ! Écoutez bien ce que je vous dis. Il y aura l'enquête et l'enterrement, et Lila doit porter du noir. Moi, j'ai ce qu'il me faut parce que je suis venue en tailleur noir, avec mon manteau de fourrure, mais Lila n'a rien. Je vais appeler l'appartement et Robbins va préparer une valise que vous passerez prendre. Il y aura un tailleur noir de chez Mirabelle, mais vérifiez que Robbins ait mis la blouse de crêpe de Chine blanche et pas la blouse coquille d'œuf. Ensuite une robe de lainage noire à col montant et manches longues. Ceci pour le soir et l'après-midi. Je ne pense pas que nous aurons à nous habiller mais on ne peut passer toute la journée en tailleur. Oh ! et puis les chaussures noires en daim. Robbins a une telle propension à perdre la tête... Je crois que c'est tout. Je vais lui trouver des gants noirs à Emsworth. Bon, vous êtes sûre que vous avez tout noté ? Tailleur, blouse en crêpe de Chine blanche, robe noire en lainage, chaussures. Et bien entendu un chapeau. J'ai un petit tricorne noir qui fera l'affaire. Ne laissez surtout pas Robbins vous donner celui de velours. Ce n'est pas du tout ce qu'il faut.

Ray raccrocha et admira. Elle n'aimait pas Sybil Dryden mais elle admirait l'efficacité. Indéniablement, Lady

Dryden était efficace. Elle organisait ce que serait l'apparence de Lila lors de l'enquête et de l'enterrement de son fiancé exactement avec la même compétence qu'elle avait organisé son mariage. Ray s'était parfois demandé si Lila irait jusqu'au bout, si vraiment elle se marierait. Elle se demandait encore plus intensément s'il lui serait possible de supporter l'enquête et l'enterrement. Mais, si c'était humainement possible, Lady Dryden ferait en sorte qu'elle les supporte et s'arrangerait pour que Lila se présente sous l'apparence qui convenait à une fiancée en deuil.

Miss Silver, elle aussi, était efficace. Son sac de voyage était prêt. Le taxi arriva et l'on alla prendre des mains d'une Robbins éplorée et passablement incohérente la valise de Lady Dryden. Elles furent à la gare avec cinq minutes d'avance. Lorsque le train pour Emsworth s'ébranla, Ray sentit qu'elle laissait derrière elle son confortable univers quotidien pour s'engager dans un monde cauchemardesque où toutes les valeurs étaient différentes et les règles insanes, où des gens tels que Lila et Bill étaient décrétés suspects dans une affaire de meurtre.

La voiture était pleine de gens agréablement ordinaires. Le train haletait comme un train ordinaire. Miss Silver sortit son tricot rose du mouchoir en lin blanc où il était soigneusement enveloppé. Elle et Ray avaient des sièges près de la fenêtre. Miss Silver tricotait vite, à la manière continentale, les mains placées assez bas et le regard libre de contempler le paysage ou le visage de leurs compagnons de route. Elle portait un manteau de drap noir qui avait beaucoup servi et une étole de fourrure jaune, également fatiguée. De solides richelieus avaient remplacé les chaussons à perles. On racontait que l'inspecteur détective Frank Abbott, de Scotland Yard, auquel Miss Silver reprochait parfois ses extravagances de langage, avait un jour déclaré que Miss Silver possédait un seul chapeau, vieux d'un demi-siècle. C'était inexact. Elle avait toujours eu au moins deux chapeaux, l'un de paille pour l'été, l'autre de feutre pour l'hiver. En réalité, elle en avait généralement deux de chaque sorte car, à dates fixes, elle en achetait un neuf et son prédécesseur était rétrogradé au rang numéro deux. Tous ces chapeaux étaient noirs et de la même forme, mais le nœud de ruban et la touffe de fleurs dont ils étaient ornés variaient en fonction des saisons. Celui du jour avait un nœud de ruban souple d'un côté et un bouquet serré de pensées et de réséda de l'autre. Une boucle de jais fixait le nœud sur le feutre et une épingle d'acier légèrement agressive y maintenait les fleurs. On n'aurait pu rêver plus banal et plus rassurant. Personne ne ressemblait moins que Miss Silver à un détective privé.

Le train roulait en haletant.

CHAPITRE XIX

Ayant soulevé avec succès une des trois voitures de Whitall sous le nez de la police, celui d'Eric Haile et celui d'un chauffeur très réprobateur, Lady Dryden les attendait à Emsworth. D'autorité, elle installa Ray et les bagages à l'arrière et fit monter Miss Silver devant, à son côté. Excellente conductrice, elle pilotait adroitement dans les rues étroites de la ville tout en livrant à Miss Silver son opinion sur Mr Haile.

— Il peut s'estimer en position de donner des ordres mais il est très probable qu'il découvrira son erreur. Il est le plus proche parent de Sir Herbert, en fait son seul parent. Mais la situation dans son ensemble est encore incertaine. Il devait y avoir un nouveau testament en prévision du mariage du pauvre Herbert avec ma nièce et, bien sûr, tout dépendra du fait qu'il l'ait signé ou non. S'il est signé, il y aura certainement des dispositions généreuses en faveur de Lila et les exécuteurs testamentaires s'occuperont de tout. Il est possible que Mr Haile ait été désigné exécuteur de l'un des testaments ou des deux ; il est possible qu'il ne le soit ni de l'un ni de l'autre. Mais, tant que sa situation n'est pas définie, je pense personnellement qu'il serait de meilleur goût de sa part d'adopter un air et des comportements moins autoritaires. On ne peut s'empêcher de se demander s'il n'en sait pas plus sur cette affaire de testament qu'il ne veut bien l'admettre.

Miss Silver contemplait en toute quiétude la circulation et la laissait parler. Les petites villes rurales anglaises regorgent de rues qui semblent avoir été conçues dans un esprit prophétique pour défier l'automobiliste pressé et s'opposer à sa folle passion pour la vitesse. A Emsworth, toutes les voies vers Market Square étaient étroites et sans visibilité. L'angle d'une vieille maison pittoresque à souhait faisait qu'il était impossible de tourner vers la gare sans empiéter sur le trottoir. Une fontaine aux proportions et à la laideur également majestueuses barrait l'accès à l'hôtel de ville et il faudrait bien une trentaine d'années avant que se matéralise le projet de rocade que l'on agitait depuis autant de temps.

Miss Silver n'était pas nerveuse en voiture mais se sentit néanmoins plus détendue lorsqu'elles débouchèrent sur une route plus moderne. Non qu'elle fût vraiment large mais, par contraste, elle semblait spacieuse. Elle n'aimait pas les vieilles maisons qu'elle accusait à juste titre d'être sombres et dépourvues d'égouts. Ce fut pour elle un vrai plaisir de voir apparaître les rangées de petites villas des deux côtés de la route et leurs jardins bien peignés où l'automne dispensait à profusion la sauge et le souci, l'aster et la lobélie. Les toits de tuile luisaient gaiement sous le soleil matinal, et elle aimait les rideaux éclatants qui avaient supplanté la dentelle de Nottingham en vogue dans sa jeunesse.

Lorsqu'elles arrivèrent aux dernières maisons, Lady Dryden annonça :

— Ils ont appelé Scotland Yard.

Le cœur de Ray se serra, sans qu'elle pût s'en expliquer la raison. Elle hoqueta mais si discrètement que personne n'entendit. Sybil Dryden poursuivait.

— La majorité des intérêts et des activités de Sir Herbert étaient à Londres. Je dois dire que c'est un soulagement de savoir que l'affaire sera conduite au plus haut niveau. L'inspecteur d'Emsworth a été tout à fait courtois et je suis sûre que c'est un bon officier de police mais, naturellement, un policier de province ne peut avoir la même expérience. Je n'ai rien à redire aux manières de l'inspecteur Newbury. Lui et le sergent se sont immédiatement rendu compte que Lila était en état de choc sévère. Le Dr Everett lui a donné un sédatif et m'a recommandé de ne la laisser seule sous aucun prétexte. Bien entendu, elle n'était pas en état d'être interrogée. Jugez plutôt : Eric Haile s'est formellement opposé à ce que l'un de nous sorte du bureau avant l'arrivée de la police. Imposer à une enfant fragile de rester dans la même pièce que son fiancé assassiné ! Elle s'est évanouie, vous savez. Bien sûr, j'ignore ce que Ray vous a dit.

— Admettons, voulez-vous, que je ne sache rien du tout. Dites-moi tout, de la façon dont vous-même l'avez vu et entendu.

Le récit de la soirée se déroula, clair et succinct. Un portrait de Lila s'en dégageait. Une jeune fille pas très robuste qui aspirait ardemment au mariage, mais dont la nervosité croissait au fur et à mesure que la date se rapprochait et que les essayages et les réceptions londoniennes se multipliaient.

— C'est pourquoi nous nous étions échappées ce week-end, pour qu'elle puisse se reposer. Elle est somnambule, voyez-vous. Elle l'était déjà quand elle était en pension et quand les accès ont repris la semaine dernière, j'y ai mis le holà et j'ai dit « Plus de réceptions ». Malheureusement, il semble qu'elle ait erré dans la maison la nuit dernière et qu'elle soit tombée sur le corps du pauvre Herbert. Elle a dû le toucher parce qu'elle avait du sang sur la main et sur sa robe. Heureusement, Adrian Grey l'a entendue sortir de sa chambre et il l'a suivie. C'est lui qui avait été chargé de rénover Vineyards et il a connu Lila quand elle était enfant. Il s'est rendu compte qu'elle était somnambule et il l'a suivie, mais il est possible qu'elle ait touché le corps avant qu'il ne la rejoigne. Imaginez le choc quand elle a repris connaissance et qu'elle a vu le pauvre Herbert qui gisait mort !

— Mon Dieu ! Une situation réellement dramatique, dit Miss Silver. Mr Waring était également présent, n'est-ce pas ?

La voix de Lady Dryden se durcit.

— Mr Waring est un jeune homme extrêmement obstiné et importun. Lila l'avait rejeté mais il a refusé d'admettre que ce soit moi qui le lui signifie. Je lui ai dit que s'il insistait, Lila le verrait dans la matinée et il s'est cru obligé de venir au milieu de la nuit pour essayer de la convaincre de fuguer avec lui. S'il est soupçonné d'être le meurtrier du pauvre Herbert, il ne doit s'en prendre qu'à lui. J'espère que l'on va découvrir qu'il n'a rien à voir là-dedans. Mais quand on examine les circonstances — les prétendues fiançailles, sa détermination farouche de poursuivre Lila de ses assiduités, sa présence dans le bureau immédiatement après le meurtre —, on ne peut s'étonner que la police le soupçonne.

— Il n'a pas été arrêté...

Ray essayait vainement de parler. Sa gorge serrée, ses lèvres engourdies s'y refusaient. Elle entendit Miss Silver poser pour elle la question.

— Il n'a pas été arrêté, n'est-ce pas, Lady Dryden ?

— Non, pas encore. Je pense qu'ils attendent les gens de Scotland Yard. A propos, peut-être vaudrait-il mieux que vous ne fassiez pas allusion à ceci : deux domestiques de Vineyards viennent du village et la première femme de chambre habite Emsworth. C'est une femme très compétente. Une de ses cousines a épousé l'inspecteur Newbury. Elle habite la maison voisine de la leur et, grâce à sa cousine, elle était au courant de tout à propos du meurtre ; avant de partir pour venir ici ce matin, elle savait déjà qu'on avait appelé Scotland Yard. Je pense qu'elle n'aurait pas dû le répéter.

— Mieux vaut ne pas faire allusion à ce sujet, répondit fermement Miss Silver. Lady Dryden, que pouvez-vous m'apprendre à propos de l'arme ? Miss Fortescue m'a dit que Sir Herbert a été poignardé.

— C'est une dague avec une poignée d'ivoire. Il collectionnait les ivoires anciens. Cette dague est censée être très ancienne. Il nous l'avait montrée au salon après le dîner. C'est tout à fait étrange. Il en avait une collection et ce sont des objets précieux. Ils sont rassemblés dans une niche au salon, une niche protégée par un volet d'acier. Il l'a ouverte hier soir après le dîner parce que le professeur Richardson était là et qu'il voulait voir la dague. Ils se sont plus ou moins disputés à ce propos. Le professeur refusait de croire qu'elle est aussi ancienne que le disait Herbert. Il a même été franchement grossier. Alors, Mrs Considine a suggéré que l'on écoute de la musique et Herbert a remis la dague sous clé.

— Il a remis la dague à sa place et a refermé la niche ? s'enquit Miss Silver.

— Oui. Nous l'avons tous vu la poser sur l'étagère et fermer à clé le volet coulissant. Il n'y a pas de doute sur ce point, il l'y a mise. La question est de savoir quand il l'en a ressortie et pourquoi. Les Considine et le professeur Richardson sont partis à dix heures et demie. Lila et moi avons dit bonsoir et sommes montées. Entre ce moment et minuit, la dague a été ressortie et elle a servi à poignarder Herbert.

Au bord de la route, deux belles grilles de fer forgé apparurent, précédées d'un arbre et d'une haie d'arbustes ; elles ouvraient sur une longue avenue. Lady Dryden s'y engagea.

CHAPITRE XX

Ray ne fut pas autorisée à monter voir Lila avant le déjeuner. Lady Dryden fut formelle :

— Vous pourrez rester près d'elle tout l'après-midi si vous le désirez. On ne doit pas la laisser seule. Mary Good, l'aimable femme qui vient d'Emsworth, la veille pour le moment. Le déjeuner va être servi et il faut que vous déjeuniez. Si nous commençons à sauter les repas, nous allons tous craquer et cela ne sera d'aucune utilité pour personne.

Ils déjeunèrent et Ray s'obligea à manger. Miss Silver leur servit pour sa part un merveilleux florilège de banalités sur la campagne. Ray se souviendrait longtemps du ton candide dont elle fit remarquer qu'elle était pleine de courants d'air et aussi que les changements de saison y étaient infiniment plus sensibles qu'en ville.

Ils étaient cinq. Eric Haile présidait la table. Ses manières pleines d'assurance et son air d'être le maître à bord rappelaient à Ray une réflexion de sa vieille nounou à propos d'une femme qui prenait de grands airs : « Elle croit que le monde lui appartient. » Selon Ray, la formule convenait très bien à Mr Haile. Il usait d'une autorité tranquille envers Marsham. Il jouait avec une aisance innée le rôle de maître de maison. Il pensait que le monde lui appartenait.

Deux autres personnes séjournaient à Vineyards, Mr Grey et Miss Whitaker. Ray connaissait Adrian Grey et se réjouissait qu'il fût là. Miss Whitaker était la secrétaire de Sir Herbert et, d'après ce qu'avait compris Ray, elle était allée voir sa sœur malade et n'était revenue que deux heures plus tôt. Elle était en noir. Elle avait des cernes sombres sous les yeux dont Ray n'aurait pu dire la couleur car elle les tenait obstinément baissés. Elle parlait peu, mangeait du bout des lèvres, et encore, mais elle but un verre de vin qui lui fit monter aux joues un peu de couleur. Bien entendu, ç'avait dû être un choc affreux : revenir pour trouver Sir Herbert mort. Sans parler de son emploi qui disparaissait du même coup. Peut-être avait-elle quelqu'un à sa charge, sait-on jamais. Ray se demanda depuis combien de temps elle travaillait avec Sir Herbert et si elle avait de l'affection pour lui.

Un bref instant, Millicent Whitaker releva les yeux. Ray vit qu'ils étaient sombres, durs et luisants. Un petit frisson courut le long de son dos. Elle se tourna vers Adrian Grey.

Quand ils quittèrent la salle à manger, il lui dit à voix basse :

— Vous êtes venue pour Lila. J'en suis très heureux.

Puis, dans le hall, ils s'écartèrent un peu des autres et il reprit :

— Lady Dryden n'est pas vraiment la personne qui convient pour Lila. Elle veut que Lila fasse des efforts et ce n'est pas ce qu'on peut exiger d'elle en ce moment. Elle est comme un enfant qui sort d'un cauchemar. Elle a besoin d'être rassurée et soutenue.

Ils se regardèrent un moment, immobiles.

— Oui, répondit Ray.

Elle le connaissait depuis des années; mais superficiellement, pas de cette façon. Elle sentit tout à coup qu'elle le connaissait pour de bon. Adrian était quelqu'un qu'on pouvait avoir pour ami. En fait, elle sentait qu'ils étaient amis. D'une voix frémissante, elle dit :

— Bill n'a pas fait ça.

— J'en suis sûr.

— Il aurait pu le frapper ; il n'aurait pas pu le poignarder.

Le « non » paisible d'Adrian était comme une main secourable, tendue dans les ténèbres. Elle le regarda avec une gratitude révélatrice et se dirigea vers l'escalier.

— Je vais voir Lila.

— Oui, mais accordez-moi encore une minute. Je ne sais pas dans quel état elle se trouve mais il est possible qu'elle veuille me voir. Ma chambre est de l'autre côté du palier et j'y serai tout l'après-midi. Je vous accompagne pour vous montrer.

Ils montèrent ensemble et il ajouta :

— Voyez-vous, elle peut penser qu'elle l'a tué et je suis la seule personne qui puisse lui dire qu'elle ne l'a pas fait, parce que j'étais derrière elle tout du long.

Quand elle entra dans la chambre de Lila, Ray commença par ne rien voir. Les rideaux hermétiquement fermés laissaient passer une lumière crépusculaire, légèrement ombrée de tons bleu, vert et rose dus à leur motif floral. Au bout d'un moment, ses yeux se firent à cette pénombre et elle distingua le lit où reposait une forme. Puis Mary Good se leva et s'avança. Elle portait une robe imprimée et un tablier blanc.

— Est-ce vous, Miss Fortescue ? demanda-t-elle avec un accent campagnard prononcé. Madame m'a dit que vous viendriez tenir compagnie à Miss Dryden. Je n'ai pas réussi à lui faire prendre quoi que ce soit mais j'ai gardé son repas au chaud près du feu. Il faudrait qu'elle mange quelque chose.

— Je verrai ce que je peux faire, dit Ray.

Elle regarda le lit sans y déceler le moindre mouvement. Elle raccompagna Mary Good. Avant de se retirer, celle-ci murmura :

— Vous n'avez pas peur de rester seule avec elle ?

— Peur ?
— Pour l'instant, elle a l'air à peu près calme, assura Mary Good.
Ray ferma la porte et revint vers le lit. Malade de rage. Peur ? Peur de Lila ? C'était donc ça, les ragots qui couraient au rez-de-chaussée : Lila avait poignardé Herbert Whitall et il fallait la surveiller de peur qu'elle ne fasse la peau à quelqu'un d'autre ! Lila !
Elle y voyait bien maintenant. Lila était allongée de tout son long, rigide, le visage enseveli dans les oreillers. On ne voyait rien d'elle si ce n'est la brume blonde de ses cheveux noyée dans la pénombre de la chambre. Ray posa la main sur l'épaule la plus proche et dit :
— Lila, c'est Ray. Tu ne veux vraiment pas me parler ?
Il y eut un petit sursaut dans le lit. Rien de plus.
— Lila...
Une main sortit de sous le drap et saisit la sienne. Elle était froide.
— Elle est partie ?
— Oui.
— Il n'y a personne d'autre ? Seulement toi ?
— Seulement moi.
La main serra légèrement celle de Ray :
— Ferme la porte à clé...
Quand elle revint après avoir fermé à clé, Lila s'était assise. Elle avait repoussé le drap et les couvertures et se tenait toute raide, les mains posées de chaque côté d'elle, crispées sur le matelas. D'une voix haletante et forcée, elle dit :
— Tire le rideau, je ne te vois pas. Je veux te voir.
Voilà qui était mieux. La vitalité de Ray s'insurgeait contre le côté morbide de cette atmosphère crépusculaire. Avec un vif soulagement, elle tira les rideaux de la fenêtre, laissant pénétrer la lumière du jour et un pâle rayon de soleil. Mais elle n'était pas préparée à ce que la

lumière lui montrerait. Elle pensait connaître Lila comme sa poche mais ne l'avait jamais vue dans cet état. Ce n'était pas simplement sa pâleur ni le fait qu'elle parût si atrocement malade. Ses cheveux pâles avaient perdu leur clarté et tombaient sur ses épaules, humides et emmêlés. Ses yeux regardaient comme s'ils voyaient une chose effroyable qu'ils ne pouvaient s'arrêter de fixer.

— Viens ici, dit Lila.

Ray vint s'asseoir auprès d'elle et Lila dirigea vers elle son regard.

— Est-ce que je l'ai tué ?

— Bien sûr que non !

— Il est mort, tu sais, Herbert est mort. Je ne sais pas si c'est moi qui l'ai fait. Adrian est la seule personne qui sache et ils ne le laisseront pas venir. Je veux voir Adrian.

— Il est à deux pas, de l'autre côté du palier. Il peut venir te voir tout de suite. Il attend que je lui fasse savoir si tu aimerais qu'il vienne.

— Tu ne laisseras pas entrer tante Sybil ? C'est seulement Adrian que je veux.

— Je ne laisserai entrer que lui, je te le promets. Je vais le chercher.

Ce fut chose vite faite car Adrian attendait derrière sa porte entrebâillée. Elle traversa le palier mais il était déjà sorti de sa chambre et ils repartirent ensemble. La maison était silencieuse mais, quand ils arrivèrent devant la porte de Lila, la voix doucement policée de Lady Dryden s'éleva dans le hall. Ray se souvint brusquement que lorsqu'elle était enfant, elle qualifiait cette voix de « reluisante ». Ils entrèrent chez Lila et, de nouveau, Ray tourna la clé à double tour.

Lila était exactement dans la position où elle l'avait laissée. La même pose rigide, le même regard fixe. Fixé sur Adrian, à présent. Elle se mit à parler de la même voix contrainte :

— Herbert est mort. Il a été poignardé. Je l'ai vu. Mais

je ne sais pas si c'est moi. Ils ne peuvent pas me le dire parce qu'ils ne le savent pas. Et je ne peux pas me rappeler. Lucy Ashton a tué l'homme qu'on l'a obligée à épouser et je ne peux pas me rappeler si j'ai tué Herbert. Je n'en avais pas l'intention mais je ne peux pas me rappeler. Vous êtes la seule personne qui puissiez me le dire, Adrian. Est-ce que je l'ai tué, Adrian ?

— Bien sûr que non, vous ne l'avez pas tué !

Il s'était assis au bord de son lit.

— Vous en êtes sûr ?

— J'en suis absolument sûr. Donnez-moi vos mains. Et laissez-moi vous couvrir. Vous allez attraper froid.

La chemise de nuit avait glissé sur ses épaules. Les mèches emmêlées pendaient lamentablement. Elle continuait de regarder fixement Adrian Grey.

— Vous êtes sûr ?

— Évidemment. Écoutez-moi, Lila. Vous avez eu un accès de somnambulisme et je vous ai entendue sortir de votre chambre. Je vous ai suivie en bas. Vous êtes entrée dans le bureau. Le pauvre Herbert était étendu par terre, mort, avant que vous entriez. Cramponnez-vous à ça : il gisait mort à cet endroit avant que vous sortiez de votre chambre, avant que vous descendiez au rez-de-chaussée. Tout du long, j'étais derrière vous et il était mort avant que vous et moi entrions dans le bureau.

Un frisson l'ébranla tout entière.

— Je me suis réveillée et il était mort. Et ma main était rouge.

— Oui, je sais. Vous avez dû le toucher.

Elle secoua la tête avec un geste de recul :

— Je n'aurais pas fait ça, je ne l'aurais pas touché. Je détestais quand il me touchait, fit-elle avec un frisson.

— Vous dormiez, Lila, vous dormiez debout. Vous ne saviez pas ce que vous faisiez.

— Je n'aurais pas touché Herbert.

Elle se pencha vers lui, sortit une main de son lit et la brandit :

— Elle était toute rouge. Comment a-t-elle pu devenir comme ça? Je ne l'aurais pas touché, encore moins si j'étais somnambule.

Sous son masque admirablement contrôlé, Adrian était atterré. Voilà donc le crime que Sybil Dryden avait été prête à encourager, le crime sur lequel lui-même avait été prêt à fermer les yeux... Si Herbert n'était pas mort, ils auraient assisté tous deux sans broncher à son mariage avec cette enfant. D'une voix forte et chaleureuse, il dit :

— Il y a des tas de choses que nous ignorons mais il y en a une dont vous pouvez être sûre : vous n'avez rien à voir avec la mort de Herbert. Vous pouvez en être certaine, absolument certaine.

— Vraiment?

— Oui. Il devait être mort avant même que vous descendiez.

Il avait saisi la main qu'elle brandissait et la serrait fermement. Tout à coup, elle lui tendit l'autre. Elle tremblait légèrement. Elle dit d'un ton surpris :

— J'ai froid.

Il ramena l'édredon sur elle et redressa les oreillers.

Ray s'avançait avec la tasse de bouillon mise au chaud près du feu.

— Ça va te réchauffer, chérie.

— Tu crois?

Sa voix avait changé. Elle n'était plus contrainte. C'était bon de sentir le bras d'Adrian autour d'elle et de reposer sur son épaule. Elle but le bouillon et mangea un peu de la tourte au poulet que Mrs Marsham avait fait monter pour elle. Elle avait bien chaud maintenant, elle était rassasiée et le terrible sentiment de ne pouvoir se souvenir s'était dissipé. Après tout, elle n'avait rien fait de mal. Adrian l'avait dit. Une douce somnolence la gagnait. Lorsque Adrian la reposa contre ses oreillers et la borda, elle ouvrit un instant les yeux.

— Je ne veux pas que tante Sybil vienne.

— Si vous dormez, elle ne viendra pas. De toute façon, vous n'avez rien à craindre.

Presque endormie et souriante, elle exprima la pensée qui occupait son esprit :

— Rien à craindre... Maintenant, elle ne peut plus m'obliger à épouser Herbert...

CHAPITRE XXI

L'après-midi s'écoulait et Miss Silver en tirait tout le parti possible. Contrairement à nombre de maisons de campagne, Vineyards était équipée d'un chauffage central à la pointe du progrès et une température douillette régnait dans toute la maison. Sans cela, le salon spacieux et bien proportionné aurait été frais à cette saison. Installée dans le coin divan de la pièce, Miss Silver faisait avancer la brassière de la petite Josephine tout en stimulant discrètement les confidences de Lady Dryden dont elle reçut beaucoup d'informations sur les gens et les événements. A commencer par l'histoire de Lila depuis l'époque où ses jeunes parents insouciants avaient trouvé la mort ensemble dans un accident de voiture.

— Je n'ose imaginer quel aurait été son sort si mon mari n'avait pris les devants. C'étaient des cousins très éloignés et il n'avait aucune obligation à leur égard mais, à l'époque, il était veuf et sans enfant, et elle était franchement exquise. Il n'y a pas eu d'adoption légale mais il la traitait exactement comme si elle avait été sa fille. Les hommes sont beaucoup plus sentimentaux que les femmes, vous ne croyez pas? J'ai beaucoup d'affection pour Lila, évidemment, mais je n'ai pas vraiment l'impression qu'elle soit mon enfant. Nous nous sommes mariés quelque temps plus tard. Il avait gâté Lila de façon réellement absurde, il lui avait tout passé. J'ai fait de mon mieux pour contrebalancer cette attitude mais ce sont les jeunes années qui comptent. Ce mariage aurait réformé son caractère : un homme plus âgé sur lequel elle aurait pu s'appuyer et une sécurité complète du côté financier. Je n'ai jamais rencontré personne qui soit moins armé que Lila pour se battre contre le monde.

Miss Silver émit son toussotement préliminaire.

— Elle n'était pas à l'abri du besoin ?

Lady Dryden eut un geste d'impatience.

— Ses parents n'avaient rien, moins que rien. Je crois que mon mari a acquitté pas mal de dettes. Lui-même a connu des revers et ne pouvait laisser grand-chose. Mon propre revenu n'est plus ce qu'il était.

Miss Silver tira pensivement sur sa pelote de laine rose.

— Si bien que ce mariage vous satisfaisait pleinement.

— Absolument.

— Et Miss Lila ?

Lady Dryden se redressa.

— Je vois ! Vous avez parlé avec Ray. Franchement, il ne faut pas croire tous les propos irresponsables qu'elle tient. Je ne voulais pas pour Lila d'un mariage à risque ; j'aurais déploré qu'elle épouse un garçon qui n'était pas en mesure de la faire vivre. Ray en a conclu que je suis de l'espèce des belles-mères cruelles et m'a présentée comme telle. Des idées de gamines romanesques ! Quand vous verrez Lila, vous conviendrez avec moi que lui permettre de devenir la femme d'un homme sans le sou aurait été un très vilain tour à lui jouer.

Miss Silver changea d'aiguille et tomba d'accord sur le fait que l'amour fou butait parfois sur des écueils d'ordre matériel.

— Dans la vie quotidienne, il faut beaucoup de courage et d'altruisme pour le préserver.

Lady Dryden considéra que cette réflexion n'appelait

pas de réponse. Il lui parut même qu'elle ne voulait rien dire.

— Oh ! oui ! fit-elle pour la forme.

Avant de passer sans transition à un thème dont elle se souciait davantage.

— Eric Haile fait partie de ces aimables gens qui dépensent des sommes nettement supérieures à leurs revenus. A vrai dire, je doute que quiconque sache quel est son revenu. Je serais même très étonnée qu'il le connût lui-même. Je pense que Herbert lui allongeait de fortes sommes.

— Est-ce qu'il séjournait à Vineyards ?

— Il y passait juste la nuit. Il a ce qu'il appelle un cottage à l'autre extrémité du village. Il écrit des pseudo-biographies à partir de la vie privée de pseudo-célébrités. Après leur décès, évidemment, parce que la loi en matière de diffamation ne joue plus.

Miss Silver dit doucement :

— Vous ne l'aimez guère ?

— Je n'ai rien contre lui sur le plan purement mondain, répondit Lady Dryden d'un ton légèrement méprisant. Il sait être très divertissant. Dans les circonstances présentes, je pense qu'il en fait un peu trop et je le déplore. Cette demeure aurait dû être celle de Lila, et Herbert n'est pas sitôt décédé qu'Eric Haile se comporte comme si le domaine lui appartenait.

— Est-il possible qu'il lui appartienne, Lady Dryden ?

— Non, c'est tout à fait impossible. Herbert m'avait dit il y a huit jours qu'il allait signer son nouveau testament.

— Vous a-t-il dit quand ?

— Il avait parlé d'un ou deux jours. Je suis sûre d'avoir compris que ce serait chose faite dans les quarante-huit heures.

— Mr Haile était-il au courant ?

— Je l'ignore. Il est possible que Herbert le lui ait dit,

comme il peut s'être tu. Je vais vous confier une chose : ils se sont vus en tête à tête tous les deux, hier soir avant le dîner. Herbert m'avait dit qu'il pensait que son cousin voulait lui emprunter de l'argent et quand je lui ai souhaité un entretien plus agréable qu'il ne semblait l'attendre, il s'est mis à rire et m'a répondu : « Gardez vos bons vœux pour Eric. Il va en avoir besoin. »

— Eh bien, fit Miss Silver.

Il y avait une pointe de suffisance dans la voix de Lady Dryden lorsqu'elle reprit :

— J'ai dit à Herbert qu'il me semblait assez vindicatif. Il m'a répondu qu'il l'était en effet, et il a répété le mot. Si bien que je ne pense pas que la conversation ait été particulièrement plaisante, ni que Mr Haile y ait trouvé beaucoup d'agrément.

Miss Silver semblait songeuse.

— Et lorsqu'ils sont arrivés pour le dîner, Mr Haile semblait-il contrarié ?

— Oh ! non. Mais jamais, au grand jamais, il ne l'aurait laissé voir. Il a de bonnes manières. Quels que puissent être ses sentiments personnels, jamais il ne se permettra de les montrer. Quelle que soit leur nature !

Miss Silver avait l'air grave lorsqu'elle demanda :

— Qu'entendez-vous exactement par là, Lady Dryden ?

Sybil Dryden quitta son fauteuil pour prendre une bûche qu'elle mit dans la cheminée. Elle tournait le dos à Miss Silver. Tous ses gestes étaient gracieux et bien contrôlés.

— Ce que je veux dire ? répéta-t-elle. Très exactement ce que j'ai dit. Comme toujours.

Elle revint vers son fauteuil, disposa un coussin derrière son dos et reprit d'un ton suave :

— Je crois que je ferais mieux de vous parler de Miss Whitaker.

Peu avant l'heure du thé, Eric Haile entra au salon.

Aussitôt, Lady Dryden annonça qu'elle devait aller prendre des nouvelles de Lila.

Il demeura courtoisement debout jusqu'à ce qu'elle fût sortie puis s'installa dans le fauteuil qu'elle venait de quitter et se mit en devoir de se rendre agréable à Miss Silver. Après quelques généralités, il dit avec un sourire :

— Charmante femme, Lady Dryden. Malheureusement, elle ne m'aime pas.

Miss Silver se demanda où il voulait en venir. Son œil était attentif et le tricot continuait de s'allonger. Il y eut une courte pause, comme s'il attendait qu'elle parlât. Puis il reprit :

— Ne croyez surtout pas que je manque d'hospitalité si je vous avoue ne pas bien saisir à quel titre vous êtes ici. Naturellement, toutes les personnes dont Lady Dryden pense qu'elles peuvent être un soutien et un réconfort pour elle ou pour cette malheureuse jeune fille sont les bienvenues. Êtes-vous une amie de longue date ?

— Non, Mr Haile.

— Alors, il s'agit d'un contrat professionnel ? Lady Dryden a mentionné le fait que vous aviez joué un rôle dans l'affaire des perles, disparues puis retrouvées, de Lady Urtingham.

— Oui, Mr Haile.

Il se permit de manifester une légère surprise.

— Mais dans l'affaire présente, il n'y a pas eu vol. Rien n'a disparu : il n'y a pas de perles à retrouver.

— Non, Mr Haile, dit Miss Silver.

Si elle était consciente de l'exaspération de son interlocuteur, la progression de la brassière de la petite Josephine n'en fut pas modifiée. Elle continuait de tricoter, avec des gestes doux et rapides, et de le regarder avec un air de souriante expectative. Eric Haile était incapable de dire si elle le faisait exprès. Si oui, elle était perspicace et il ferait bien de se tenir sur ses gardes. Sinon, elle était tout simplement placide et, dans ce cas, il pouvait foncer.

Il pensait pouvoir y aller, mais avec prudence, bien sûr. Il la regarda en face, bien franchement, et se mit à rire.

— Ce que j'essaie de dire est ceci : tout en étant enchanté de vous voir ici, j'aimerais vraiment savoir s'il s'agit d'une visite professionnelle.

Miss Silver toussa doucement.

— Je crois que vous pouvez la qualifier ainsi, Mr Haile.

— Alors — je vous en prie, ne vous méprenez pas sur ma question —, qu'espérez-vous réussir précisément ?

Elle termina son rang avant de répondre :

— Vous parliez à l'instant de l'affaire Urtingham et vous dites que, dans l'affaire présente, il ne manque rien. Je ne peux être d'accord avec vous sur ce point.

— Vraiment ? Et que pensez-vous qu'il manque dans cette maison ?

— La vérité, Mr Haile.

Ce fut dit avec tant de simplicité qu'il aurait pu en rire. Il s'autorisa seulement un sourire indulgent.

— Bien, bien... C'est évidemment une façon d'envisager la chose. Mais, en ce qui concerne la mort de mon cousin, je ne pense vraiment pas qu'il y ait à chercher bien loin la vérité dont vous parlez. Je crains fort que l'on ne puisse douter un instant qu'il ait été poignardé par Lila Dryden. Bien entendu, Lady Dryden se refuse à l'admettre mais les faits parlent d'eux-mêmes. Des faits peu honorables, je le crains. Sybil Dryden a poussé cette malheureuse jeune fille dans ce qu'elle considérait comme un très beau mariage. Connaissez-vous Lila Dryden ?

— Pas encore.

Il leva une main.

— Une jolie fille, très simplette, qui doit avoir dix ans d'âge mental. Il vous aurait suffi de la voir auprès de mon cousin pour vous rendre compte qu'elle éprouvait une répugnance physique intense à son égard. De mon point de vue personnel, toute cette affaire était inique. Puis, hier soir, Herbert a sorti sa dague d'ivoire et la conversation a roulé sur son ancienneté et sur le nombre de victimes qu'elle avait servi à tuer. On a dit qu'il l'avait ensuite rangée sous clé, derrière la tapisserie que vous voyez là-bas, dans une niche protégée par un volet d'acier. Je ne peux dire que je l'aie vu faire personnellement. J'apportais des disques du bureau et, comme par hasard, Mrs Considine a demandé un enregistrement de *Lucia di Lammermoor,* chanté par John McCormack. Après avoir réclamé avec insistance à l'entendre, elle nous a fait un résumé du livret, évidemment inspiré de *La Fiancée de Lammermoor* de Scott. Vous vous souvenez, je suppose, que la nuit de leurs noces, Lucy Ashton poignarde le mari qu'on l'avait contrainte d'épouser.

Miss Silver inclina la tête.

— Une pénible histoire.

— Comme presque tous les livrets d'opéra, fit-il condescendant. Mais le moment était particulièrement mal choisi pour parler de Lucy Ashton. J'ai cru que Lila allait s'évanouir. N'importe qui pouvait voir que l'histoire l'affectait terriblement. A mon avis, il ne fait aucun doute qu'elle a ensuite eu un accès de somnambulisme et qu'elle est tombée sur la dague. Dormait-elle encore quand elle a poignardé le pauvre Herbert ? Il n'y a aucun moyen de le savoir. Si elle s'est réveillée subitement et qu'il la caressait ou la serrait d'un peu près, tout pouvait arriver. Je suis absolument sûr que c'est ainsi que mon cousin a trouvé la mort. Bien entendu, elle n'était pas responsable de ses actes et pas un jury ne dirait qu'elle l'était. Mais Lady Dryden s'aveugle délibérément sur les faits quand elle cherche une autre explication.

Miss Silver avait les yeux baissés sur son ouvrage dont, peut-être, elle comptait les mailles.

— Comme vous présentez bien la chose, Mr Haile, dit-elle au bout d'un moment. Comme c'est intéressant.

A cet instant, Lady Dryden entra au salon, plus impérieuse qu'elle ne l'était d'ordinaire. Nul n'aurait deviné qu'elle venait d'enregistrer une défaite. Sur un point mineur, il est vrai, mais elle n'était pas habituée à ce que ses désirs soient contrariés. Surtout par Ray Fortescue ! Elle en dirait un mot à Ray d'ici peu mais, pour le moment, il était impossible de prendre le risque de voir Lila rechuter. Comme Eric Haile, Ray en faisait nettement trop.

Quand elle était entrée dans la chambre, les rideaux étaient ouverts ; sur le divan, Lila en robe de chambre avait l'air vraiment gaie et Adrian lui tenait ou lui serrait la main. Quant à Ray, elle avait déclaré sans ambages : « Nous pensons prendre le thé ici avec Lila. Je lui ai parlé de Miss Silver qui aimerait peut-être le prendre avec nous. » Lady Dryden était restée muette. Elle ne pouvait risquer de bouleverser Lila, et Ray le savait. Ray ne perdrait rien pour attendre. Mais Lady Dryden savait aussi comment on fait de nécessité vertu. Elle s'y employa avec brio :

— Lila a bien dormi et semble avoir recouvré ses esprits. Je me demande, Miss Silver, si vous souhaiteriez prendre le thé en sa compagnie et celle de Ray.

CHAPITRE XXII

L'inspecteur détective Frank Abbott et l'inspecteur Newbury arrivèrent ensemble en voiture à Vineyards peu après cinq heures. Le temps était devenu humide et froid. La maison bien chauffée n'en paraissait que plus accueillante.

Debout près de la porte d'entrée qu'il avait refermée derrière eux, Marsham n'en croyait pas ses yeux : d'après son sens des convenances, l'inspecteur de Scotland Yard avait beaucoup plus l'air d'un invité que d'un policier. Marsham avait travaillé dans de grandes maisons et il savait. Même chez le comte de Drumble — il avait passé quelques années à son service —, il aurait introduit sans hésiter ce grand et beau jeune homme dans n'importe quelle réception. Vêtements de grande classe, aussi. Savile Row, pour autant qu'il pouvait en juger, et il savait pouvoir juger. Pas trop neufs mais rodés, comme doivent l'être les vêtements qu'endosse un gentleman, comme s'ils étaient si exactement ce qu'il convenait de porter qu'il n'était pas besoin de leur accorder une pensée.

Lady Dryden, qui descendait l'escalier, eut la même impression mais ne l'aurait sans doute pas formulée de la même manière. Elle eut un instant de perplexité — qui pouvait bien être ce jeune homme distingué ? —, suivi d'une bouffée de surprise rageuse quand il lui fut présenté comme l'inspecteur détective Abbott, de Scotland Yard.

— Un produit du nouveau collège de police, j'imagine, murmura-t-elle à Adrian Grey qui la suivait.

Adrian était du même avis. Il n'avait fait qu'apercevoir les deux inspecteurs quand ils s'étaient engagés dans le couloir conduisant au bureau.

— Quel nom avez-vous dit ?

Il avait l'impression d'avoir déjà vu cette silhouette tout en longueur et ces cheveux blonds, coiffés en arrière.

— Abbott, laissa tomber Lady Dryden, comme si ce nom lui était une offense personnelle, inspecteur détective Abbott.

Adrian s'amusait in petto. Même dans des circonstances si peu propices, Lady Dryden excitait son sens de l'humour. Il s'efforça de lui être agréable.

— Alors, il s'agit de Frank Abbott. Il est allié à tout ce qui compte en Angleterre et je le connais. Je savais qu'il me rappelait quelqu'un. Il donne l'impression d'avoir été congelé depuis que sa famille est sortie de l'Arche, mais je crois que c'est un air qu'il se donne. Sa grand-mère était la vieille Lady Evelyn Abbott, une vraie terreur de son vivant. Elle était brouillée avec le père de Frank et a radié Frank de son testament quand il est entré dans la police. Toute la fortune est allée à sa petite-fille.

— Parce qu'il y avait de la fortune ?

— Transports maritimes...

Lorsqu'elle descendit une heure plus tard, Miss Silver croisa un petit homme alerte et trapu qui accordait une attention de pure forme aux observations de Lady Dryden sur la santé de sa nièce. Elle saisit l'expression « extrêmement fragile depuis l'enfance » et conclut rapidement que le gentleman à qui s'adressait ce discours était le Dr Everett, le médecin de la police. Quelques secondes plus tard, le Dr Everett posait un pied déterminé sur la première marche de l'escalier.

— Fort bien. Je vais m'en rendre compte par moi-même. Il y a quelqu'un avec elle, je présume, donc je n'ai pas besoin de vous déranger.

— Mais, Dr Everett...

— Non, Lady Dryden, ce n'est pas l'usage et vous n'aideriez ainsi ni elle ni vous. Si elle est en état d'être entendue, ils doivent la voir, et si elle ne l'est pas, je le dirai. Vous ne pouvez attendre de moi que je me fasse une opinion d'après la vôtre ou celle de qui que ce soit. Et, croyez-moi, si elle est en état, le mieux qui puisse lui arriver est de subir l'interrogatoire, et c'est pourquoi j'y vais.

Joignant l'acte à la parole, il escalada prestement l'escalier.

Lady Dryden demeura figée sur place, rouge de colère. Miss Silver toussa en guise d'avertissement.

— Ces enquêtes sont pénibles mais elles doivent suivre leur cours. Croyez-moi, il n'est pas judicieux de se mettre en travers. Je conclus de ce qu'il a dit que l'inspecteur est là.

— Ils sont deux, dit Lady Dryden ; l'inspecteur Newbury et l'homme de Scotland Yard.

Miss Silver parut vivement intéressée.

— Ah ! oui ! Puis-je vous demander son nom ?

— Je crois que c'est Abbott.

— Vraiment ! s'exclama Miss Silver. Quelle bonne chose ! Un officier de police si capable. Qui est aussi un de mes vieux amis.

Le Dr Everett apparut en haut de l'escalier qu'il dégringola vivement.

— Une amélioration remarquable. C'est une jeune personne très sensée que vous avez mise auprès d'elle. Jolie fille, très équilibrée. On ne pouvait trouver mieux pour Miss Dryden. Qui est parfaitement en état de faire une déposition. Bien entendu, rien ne l'y oblige et je le lui ai dit. Nous jouons toujours franc jeu. Elle a parfaitement le droit de refuser ou de tenir sa langue jusqu'à ce qu'elle ait consulté son avocat. Mais elle devra voir les inspecteurs et le leur dire elle-même. J'y serai.

Il partit en coup de vent vers le bureau.

Miss Silver réfléchissait à sa ligne de conduite. Elle ne voulait surtout pas être importune, ni se mettre en travers de la route de Frank Abbott. D'ici peu, très certainement, quelqu'un ferait allusion devant lui à sa présence à Vineyards. En attendant, elle venait de passer une demi-heure riche d'informations avec Lila Dryden et Adrian Grey, sans parler de ses conversations de l'après-midi avec Lady Dryden et Mr Haile. Elle avait amplement de quoi alimenter sa réflexion et elle aurait bien aimé terminer la brassière de la petite Josephine. Elle se dirigea donc vers le salon.

Quelques minutes plus tard, Lady Dryden y arrivait à son tour, dans un violent état de rage froide. On lui avait refusé l'autorisation d'assister à l'interrogatoire de Lila et elle soupçonnait fortement le Dr Everett d'être l'instigateur de cet affront. Elle proféra quelques remarques caustiques qui la soulagèrent avant de se retrancher dans un état de ressentiment glacial. Pour la première fois de sa vie, elle se trouvait confrontée à des circonstances qu'elle ne pouvait contrôler et à des gens qu'elle ne pouvait manipuler. L'architecture entière de la loi, dont chacun considère qu'elle va de soi, surgissait comme un facteur qu'elle ne pouvait ni tourner, ni forcer. De sauvegarde, elle était devenue menace. Lady Dryden apprenait ce qu'était la peur. Elle contemplait le feu et ne trouvait rien à dire.

Au premier, Lila supportait avec un calme parfait l'épreuve de l'interrogatoire. Puisque Adrian était sûr qu'elle n'avait pas tué Herbert, tout allait bien. L'immense soulagement de savoir qu'à présent personne ne pourrait la forcer à l'épouser occupait tout son espace mental. Assis côte à côte, l'inspecteur Newbury et l'inspecteur Abbott lui posaient question sur question. Elle pouvait répondre à certaines mais d'autres la laissaient sans voix. Quand elle ignorait la réponse, elle le disait. Cela n'avait rien d'effrayant.

— Pourquoi êtes vous descendue au rez-de-chaussée, Miss Dryden ?

— Je ne sais pas. Adrian dit que j'étais somnambule à ce moment-là.

— Est-ce ce qu'il vous a dit de répondre ? demanda l'inspecteur Newbury.

Les yeux bleus de Lila s'agrandirent. C'était de très beaux yeux.

— Oh ! non ! Il m'avait vue.

— Êtes-vous descendue pour voir Mr Waring ? fit à son tour l'inspecteur de Londres.

— Oh ! non. Je m'étais dit que j'allais attendre le matin pour le voir.

— Vous avait-il écrit pour vous demander de le recevoir ?

Elle le regarda avec gravité.

— Oui, et je ne savais que faire. J'ai réfléchi et réfléchi et je ne me sentais pas du tout l'envie de descendre. Tout était si vide, tout le monde était couché. Sauf Herbert, peut-être... J'ai pensé qu'il pourrait encore être en bas et que si je descendais... Je n'aurais pas pu, acheva-t-elle dans un souffle en pâlissant.

— Vous aviez peur de lui ?

— Oh ! oui, dit-elle en frissonnant, horriblement.

— Alors, pourquoi êtes-vous descendue ?

Ray était debout derrière le divan. Le jeune homme aux cheveux lisses et lumineux et aux froids yeux bleus essayait de piéger Lila. Elle dut se mordre la lèvre pour refouler des mots dictés par la colère. Mais il n'était pas nécessaire d'être en colère. Lila ne serait pas piégée parce qu'elle disait la vérité. Elle se contenta de le regarder et de dire :

— Mais je ne l'ai pas fait, du moins je n'avais pas l'intention de le faire. Il faisait froid et je me suis assise sur le lit et j'ai tiré l'édredon sur moi. Il fallait que je réfléchisse pour savoir si j'allais descendre ou pas, et j'ai pensé que je ne descendrais pas. J'ai pensé que si je ne descendais pas, Bill reviendrait dans la matinée et que ce serait beaucoup mieux. Et puis, j'ai dû m'endormir. Je n'avais pas l'intention de descendre. Vraiment.

— Vous savez que vous êtes descendue.

— Je ne savais pas que je descendais.

— Vous savez que vous êtes allée dans le bureau?

Les yeux de Lila s'élargirent.

— C'est là que je me suis réveillée.

— Continuez, Miss Dryden.

— Herbert était mort...

— Comment avez-vous su qu'il était mort?

— J'ai pensé qu'il l'était...

— Qu'est-ce qui vous a fait penser ça?

— Le sang, murmura-t-elle. Sur ma main et sur ma robe...

— C'est ce qui vous a fait penser que Sir Herbert était mort? Pensiez-vous que vous l'aviez tué?

Elle secoua la tête.

— Je ne l'ai pas pensé, tout était trop atroce. Adrian était là. Il dit que je ne l'ai pas fait. Il dit qu'il était juste derrière moi.

— Est-ce que vous rêvez pendant vos accès de somnambulisme?

— Oh! non, je ne rêve pas. Du moins, si je rêve, je ne me le rappelle pas.

— Avez-vous souvent des accès de somnambulisme?

— J'en avais quand j'étais pensionnaire.

— Et depuis?

— Tante Sybil dit que la semaine dernière, une nuit je suis sortie sur le palier. Je ne savais pas que je l'avais fait.

— Et vous ne vous rappelez pas avoir rêvé la nuit dernière ?

Lila secoua la tête.

— Non, je me suis seulement réveillée. Et Adrian était là.

CHAPITRE XXIII

Trois quarts d'heure plus tard environ, Miss Silver aperçut dans le hall Adrian Grey qui sortait du couloir conduisant au bureau en compagnie de l'inspecteur détective Abbott. Elle avait l'intention de monter mais s'arrêta et les attendit, le visage souriant et la main tendue.

Frank Abbott saisit la main et lui rendit son sourire. Adrian Grey ayant fait allusion à une Miss Silver qui séjournait à Vineyards, il n'était pas surpris de voir apparaître la dame dont on racontait que, dans ses accès d'expansivité, il l'appelait la Révérée Préceptrice. Plaisanterie mise à part, ils avaient l'un pour l'autre un attachement profond qui s'accompagnait chez Frank d'un respect très sincère. Comme toujours en présence d'étrangers à la profession, elle s'adressa à lui de façon conventionnelle.

— Inspecteur Abbott, quel plaisir de vous voir !

— Chère Miss Silver, commença Frank, tout aussi formaliste, Grey m'a informé que vous étiez là. Peut-être pourrions-nous avoir un entretien si vous pouvez me consacrer un moment ?

Adrian s'éclipsa et ils furent seuls. Miss Silver toussa.

— Je serais heureuse de profiter de l'occasion...

Faisant fi du protocole — ils étaient entre amis maintenant —, Frank l'interrompit impétueusement :

— Filons au bureau, voulez-vous, et racontez-moi tout : les dessous de l'affaire, les tares secrètes des protagonistes...

— Mon cher Frank ! fit-elle faussement indignée.

Ils suivirent ensemble le couloir et entrèrent dans le bureau.

Il ne restait pas trace de la tragédie. Le corps de Herbert Whitall avait été enlevé depuis longtemps. Le photographe et le type des empreintes avaient fini leur travail. La pièce était impeccable. Le plafonnier qui avait éclairé la terrible scène n'en dévoilait aucun indice. Aucune tache ne désignait l'endroit où la dague d'ivoire était tombée de la main souillée de Lila, pour autant qu'elle en fût tombée ainsi. Le divan sur lequel Adrian Grey l'avait étendue avait retrouvé sa place habituelle, non loin de la cheminée où des braises rougeoyantes dégageaient une agréable chaleur.

Miss Silver s'assit sur le divan, à quelque distance du foyer car il faisait vraiment très bon, tandis que Frank Abbott se posait avec désinvolture sur le bras d'un grand fauteuil. Quand elle ouvrit son sac à ouvrage et en tira la brassière de la petite Josephine et un crochet, elle surprit sur son visage un sourire narquois.

— Grey m'a dit que vous êtes ici depuis une heure de l'après-midi. Donc, vous savez déjà tout. Qu'êtes-vous disposée à me raconter ?

Elle tira sur sa pelote de laine rose et commença la bordure au crochet du col de la brassière.

— Mon cher Frank, vous dites parfois des énormités.

Il rit.

— J'aimerais savoir qui l'a tué. Serait-ce la jolie Lila ?

— Je ne pense pas.

— Moi non plus. Mais, n'était une circonstance extraordinairement favorable, je dirais que neuf jurés sur dix ne quitteraient sûrement pas leur banc sans l'avoir condamnée, à moins qu'ils n'aient été trop bouleversés par ses regards pour se résoudre à croire à l'évidence. Il faut prendre très sérieusement en compte ce point. Je pense que vous avez entendu raconter la scène qui s'est déroulée hier soir au salon : l'histoire de *Lucia di Lammermoor*, chantée par John McCormack sur le gramophone avec Mrs Considine dans le rôle d'un récitant amateur : la malheureuse Lucy devient folle et poignarde son fiancé. Haile vient de me la décrire et dit que Lila Dryden était très ébranlée. J'en déduis qu'elle n'aimait pas plus son fiancé que Lucy n'aimait le sien. Grey a tenté de minimiser l'épisode mais vous imaginez sans peine le parti maximum que l'accusation pourrait en tirer. Bien. Les invités sont partis à dix heures et demie. Tout le monde est monté, excepté Whitall qui veillait toujours tard. Vers minuit, Lila Dryden descend, probablement pour voir le fervent Bill Waring. On a trouvé dans sa chambre un billet du jeune homme, la pressant de fuir avec lui. Pour on ne sait quelle raison, elle ouvre la porte vitrée du bureau au lieu de la fenêtre de ce que l'on appelle, si j'ai bien compris, la chambre bleue. Je ne vois pas pourquoi elle l'a fait mais, apparemment, c'est ainsi. Elle est surprise par Herbert Whitall. Elle se retourne, le voit, saisit la dague posée sur la table et le frappe aveuglément. Coup de chance, elle touche un point vital. Il titube et tombe à la renverse. La dague tombe des mains de Lila Dryden et tache sa robe. Puis Mr Bill Waring, lassé d'attendre devant la maison, monte sur la terrasse, voit de la lumière, trouve la porte entrouverte et entre. Pratiquement au même moment, Mr Adrian Grey arrive par la porte du corridor qui est ouverte. Lui et Bill Waring se découvrent l'un l'autre puis découvrent Lila Dryden. Elle s'évanouit. Adrian la porte sur le divan. A ce propos, il est plutôt révélateur qu'elle se soit jetée dans ses bras et non dans ceux de Bill Waring.

— C'est un très vieil ami, repartit Miss Silver d'un ton un peu pincé.

— Oui, tout le monde me l'a dit. Bien. Il étend Lila sur le divan, et lui et Bill ont un entretien bref et dramatique qui les intéresse tant que ni l'un ni l'autre ne remarque qu'on a ouvert la porte. Cette fois, c'est Mr Haile qui arrive mais discrètement. Il s'immobilise et il écoute. Voici la déposition qu'il a faite de ce qu'il a entendu.

Il ouvrit un attaché-case qu'il avait posé sur le fauteuil, en sortit un feuillet dactylographié et il se mit à lire.

« Waring a dit : "Je suis venu pour l'emmener. Je lui avais demandé de venir me retrouver. J'avais dit que je serais dehors près de la pièce à gauche dans le hall." Grey a dit : "Alors pourquoi êtes-vous ici ?" et Waring a répondu : "Elle n'est pas venue. Je me suis dit que j'allais faire le tour de la maison. J'ai vu de la lumière, j'ai vu Lila. La porte était entrebâillée. Je suis entré." Grey a dit : "Vous êtes sûr que vous ne l'avez pas tué ?" et Waring a dit : "Mon Dieu ! non ! Il était mort. Elle était là telle que vous la voyez, avec du sang sur la main." Ensuite ils ont parlé de ce qu'ils allaient faire. Il y avait une tache sur sa robe. Ils pensaient qu'elle ne partirait pas et que s'ils détruisaient la robe, on s'apercevrait de sa disparition. Grey a dit à Waring de filer et de rentrer à Londres. S'il restait, il entraînerait Lila dans l'affaire. Il fallait qu'il parte. Grey ajouta qu'il dirait qu'il avait entendu Lila sortir de sa chambre et qu'il l'avait suivie au rez-de-chaussée, qu'il était derrière tout du long et que Herbert Whitall était mort quand ils étaient entrés dans le bureau. Lila avait dû le toucher et c'était ainsi qu'elle s'était tachée de sang. Il était mort depuis un certain temps. Après avoir dit tout ça, il a conclu que c'était une version solide et qu'elle tiendrait le coup. Je suis entré dans la pièce et j'ai dit que je ne pensais pas que cette version était assez solide. »

Il replia la déposition et la remit dans son attaché-case.

— Voilà, messieurs les jurés, comment se présente l'affaire pour l'accusation. Une charge accablante.

— Et comment se présente-t-elle pour la défense ? demanda Miss Silver. Vous avez fait allusion à une circonstance extraordinairement favorable.

— Oui, c'est le constat médical. Bill Waring dit qu'il a entendu sonner minuit avant d'entreprendre le tour de la maison. Qu'on accepte ou non ce témoignage, Haile dit qu'il a regardé la pendule quand il est entré dans le bureau et qu'elle marquait un peu plus de minuit dix. Il a aussitôt appelé la police qui était là une demi-heure plus tard. Le Dr Everett était occupé par une autre affaire dans le même coin et les policiers l'ont ramassé sur leur route. Everett jure que l'homme était mort depuis au moins une heure ; c'est ce qui est porté sur le rapport d'autopsie. Si Lila Dryden l'avait poignardé, elle ne serait pas restée plantée là pendant une bonne demi-heure. Même remarque concernant Bill Waring et Adrian Grey. Étant donné qu'ils étaient tous les deux amoureux de Lila Dryden — ce qui leur donne à tous deux une raison de se débarrasser de Whitall —, pourquoi au nom du ciel auraient-ils musardé sur le lieu du crime pendant une demi-heure ? Ça ne tient pas debout et je pense que ça les met hors de cause. Par ailleurs, poignarder un homme n'est pas vraiment le genre de comportement que l'on attendrait de l'un ou de l'autre. Je vois bien Grey essayant de convaincre Whitall et je vois bien aussi Bill Waring le mettant K.O. Mais je ne les vois ni l'un ni l'autre le poignarder avec une dague bidon. Qu'en pensez-vous ?

— Mon impression est proche de la vôtre, mon cher Frank, répondit Miss Silver. Je n'ai pas encore eu l'occasion de rencontrer Mr Waring mais, d'après ce que j'en ai entendu dire, son caractère ne l'aurait pas conduit à poignarder Sir Herbert. Il n'aurait d'ailleurs pas eu besoin de le faire. J'ai cru comprendre qu'il est très robuste. Si, par exemple, Sir Herbert avait fait obstacle à la fuite projetée de Miss Dryden et qu'il s'y était opposé par la force, il aurait été facile pour Mr Waring de le neutraliser d'un coup de poing. On me l'a présenté comme étant un excellent boxeur.

Frank hocha la tête.

— Comme vous dites. « Deux cœurs qui battent à l'unisson[1]... » Citation tirée d'un auteur classique dont j'ai oublié le nom. Continuons. Si nous mettons de côté pour l'instant Lila Dryden, Adrian Grey et Bill Waring, quelles autres idées avez-vous ?

Le crochet agile brodait un délicat motif à la coquille sur le col de la brassière de la petite Josephine.

— Aucune que je puisse formuler pour l'instant. Il y a bien sûr quelques points, poursuivit-elle en posant sur Frank un regard dubitatif. La dague d'ivoire. Sir Herbert l'a montrée à ses invités hier soir, ensuite il l'a remise sous clé à sa place.

— C'est exact. Adrian Grey, Mrs Considine et le professeur Richardson sont prêts à jurer qu'elle a été enfermée à clé. Lila Dryden dit qu'elle ne l'a pas remarqué mais qu'il enfermait toujours à clé ses ivoires. Lady Dryden dit que cela ne l'intéressait pas. Miss Whitaker n'était pas dans la pièce et Mr Considine et Mr Haile discutaient de disques et n'ont pas fait attention.

— Alors, comment se fait-il que la dague se trouvait dans le bureau, à portée de main d'un meurtrier ?

— Je pense que cela s'explique facilement. Whitall s'est chamaillé avec le professeur à propos de son authenticité. Je pense que le vieux Richardson l'a piqué au vif et il est retourné chercher la dague après le départ des autres. Une démarche très naturelle de sa part. Et voici un indice à l'appui de cette théorie.

1. Robert Browning (1812-1889), *In Meeting at Night* (1845) *(N.d.T.)*.

Il se leva, alla jusqu'au grand bureau et revint avec un petit objet cylindrique sur la paume de sa main.

— Regardez, une loupe de bijoutier. Elle était tombée sous la table. Ne vous inquiétez pas, le type du labo a déjà relevé les empreintes... Pas mal de traces confuses, je pense, mais une superbe empreinte du pouce de Whitall juste au milieu.

— Vous pensez qu'il examinait la dague ?

— Je pense que nous pouvons retenir cette hypothèse.

— Auquel cas, elle devait être là, sur le bureau, à portée de main de qui aurait voulu la prendre. D'autres points ?

Miss Silver passa sa laine dans une boucle et la coupa. Le col de la petite brassière rose était terminé. Son attention se tourna vers un poignet.

— Oui, Frank, il y a ma situation dans cette maison.

— Pour ma part, je ne suis jamais surpris de vous voir parce que vous surgissez souvent. Je me demandais simplement comment vous étiez arrivée si vite.

Miss Silver toussa.

— Lady Dryden a téléphoné à Miss Fortescue entre le moment de la découverte du corps et l'arrivée de la police. Elle lui a dit de prendre contact avec moi et de me conduire ici aussi vite que possible.

— Vous connaissiez Lady Dryden ?

— Je l'ai déjà rencontrée. C'est une cousine de Lady Urtingham.

— Bien, bien. Et quel est le point que vous désiriez soulever ?

— Ma situation dans cette affaire. Elle ne me satisfait pas. J'avais dit à Lady Dryden ce que je dis à tous mes clients : je ne travaille pas sur une affaire pour prouver qu'Untel est innocent ou coupable mais pour découvrir la vérité et servir les fins de la justice. Lady Dryden a répliqué que sa nièce était innocente et que la découverte de la vérité prouverait son innocence. Je lui ai répondu que dans toutes les affaires criminelles, en particulier quand il s'agit d'un meurtre, les pensées, les actes et l'existence de toutes les personnes directement ou indirectement liées à cette affaire sont percés à jour. J'ai souligné le fait qu'il n'était pas toujours possible de dire ce qui en sortirait. Elle s'est dressée de toute sa taille et a répondu qu'elle et sa nièce n'avaient rien à cacher. Je lui ai dit que si elle ne désirait pas être prise au mot, je pouvais me retirer de l'affaire mais que, si j'acceptais l'affaire, je devais avoir les mains libres et me sentir libre aussi d'en débattre avec la police. Elle a répliqué froidement que ni elle ni Miss Dryden n'avaient quoi que ce soit à dissimuler et que son unique objectif en faisant appel à mes services était de mettre au jour les circonstances réelles du crime.

Les sourcils blonds de Frank se haussèrent.

— Vous me faites penser à la formule : « Peut-être est il juste de dissimuler votre amour, mais quel besoin avez-vous de me flanquer par terre ? » Avez-vous l'habitude d'exercer une telle pression sur vos clients ?

Il y eut un silence marqué avant qu'elle réponde :

— Non, Frank.

— Ce qui veut dire ?

— Je pense qu'en dépit de ses proclamations, Lady Dryden a quelque chose à cacher.

— Alors, pourquoi vous introduirait-elle dans l'affaire ?

Sous le crochet qui piquait et ressortait, de nouvelles petites coquilles faisaient leur apparition...

— Elle était très inquiète à propos de la situation de sa nièce, et désespérément soucieuse d'éviter une arrestation et le coup fatal que celle-ci porterait à sa propre réputation dans le monde. Elle a entendu sur moi des rumeurs exagérément flatteuses et croit que j'ai quelque influence dans la police. Elle espérait que je pourrais être le canal grâce auquel ses points de vue pourraient s'infiltrer.

Telles étaient, je crois, ses raisons pour me convoquer la première et pour me retenir après que je lui ai clairement exposé ma position. N'allez pas penser, je vous prie, que je la croie directement impliquée dans le meurtre.

— Vous dites qu'elle a quelque chose à cacher.

— Oui. Je me suis moi-même demandé pourquoi elle aurait contraint sa nièce à ce mariage.

— Parce que c'était le cas ?

— Pour une forte part. Et je me suis interrogée sur ses mobiles.

Frank la regarda d'un air narquois.

— Ce ne serait pas la première fois qu'une telle chose arriverait, vous savez. La ravissante Lila est un atout mondain. Lady Dryden espérait qu'elle ferait un brillant mariage. Bill Waring n'est qu'un charmant garçon dont l'avenir est honnête. Feu Whitall avait ce qui compte de nos jours : un capital suffisant pour en vivre jusqu'à la fin des temps. Lady Dryden a pu tout simplement vouloir damer le pion à ses plus chères amies dont les filles plus quelconques faisaient de plus beaux mariages. Ou peut-être désirait-elle une partie du capital.

Il fit une courte pause avant d'ajouter :

— A moins que vous ne pensiez à quelque chose de pire.

Miss Silver avait entamé la finition du second poignet et dit avec gravité :

— J'y pense, oui. J'ai entendu dire, à la fois par Lady Urtingham et par Miss Fortescue, que le défunt Sir John Dryden était un homme fortuné et qu'il adorait l'enfant qu'il avait adoptée. Dans le train, Miss Fortescue m'a dit que le mariage avec Bill Waring aurait été tout à fait possible avec son salaire ajouté à ce que Sir John a laissé à Miss Dryden. Par ailleurs, Lady Dryden a échoué à me convaincre que, par suite de pertes importantes, son mari n'avait pas été en mesure de faire ce qu'il désirait pour Lila et que ses propres ressources étaient très limitées.

— Et que croyez-vous que cela apporte ?

— J'aimerais connaître les dispositions du testament de Sir John Dryden : combien il a laissé à Lila et qui étaient les exécuteurs testamentaires.

Frank siffla doucement :

— Nous pouvons le savoir. De quelle façon pensez-vous que cela se rapporte à l'affaire ?

— L'argent peut être un des mobiles du meurtre, un mobile puissant. Voyez-vous, il y a cette question du testament de Sir Herbert Whitall. Il existait un testament antérieur qui devait être remplacé par celui établi en prévision de son mariage avec Lila Dryden. Le mariage devait avoir lieu jeudi prochain, mais il semble que personne ne sache si Sir Herbert a effectivement signé le testament nouveau.

Frank Abbott riait :

— Vous êtes ici depuis six heures environ. N'avais-je pas raison quand je me disais persuadé que vous saviez déjà tout ce qu'il y a lieu de savoir ?

Elle lui jeta un regard réprobateur.

— Mon cher Frank ! Lady Dryden et moi avons passé ensemble une bonne partie de l'après-midi. Elle croit, ou elle désire ardemment se convaincre elle-même, que Sir Herbert avait déjà signé le testament modifié. Elle dit qu'il lui avait signifié voici une semaine qu'il était sur le point de le faire. Par ailleurs, j'ai constaté que l'attitude adoptée par Mr Haile la remplit d'appréhension. Il a manifestement pris beaucoup d'autorité.

— Le plus proche parent, n'est-ce pas ?

— Je crois qu'il n'y en a pas d'autres. Lady Dryden m'a informée qu'il avait l'habitude d'emprunter de l'argent à son cousin, que Sir Herbert lui avait dit hier soir avant le dîner qu'il s'attendait à une demande de cette nature de la part de Mr Haile et avait assuré qu'elle serait repoussée. Elle dit que Mr Haile était arrivé tôt et qu'il a eu un entretien avec Sir Herbert.

— Je vois, dit Frank, qui se leva et alla s'adosser à la cheminée. C'est un point auquel il faut songer. Si le testament récent était signé, Lila Dryden recevrait vraisemblablement une large part de l'argent et Lady Dryden en profiterait. Cela pourrait être un mobile pour liquider Herbert. Un mobile peu convaincant. Il aurait dû y avoir quelque chose de plus que ça, et ils semblent avoir été en excellents termes. D'un autre côté, si Haile savait ou croyait savoir que le testament ancien était toujours en vigueur et qu'il en était largement bénéficiaire, il aurait eu un motif puissant de se débarrasser de Whitall avant qu'il ne signe le testament modifié, surtout s'il était salement fauché et que Whitall venait de lui refuser un prêt. Voyez-vous, je commence à envisager Haile comme un suspect. Considérons-le sous ce jour. Le majordome dit dans sa déposition qu'il a fait sa ronde dans les pièces du rez-de-chaussée à onze heures, comme d'habitude, mais qu'il n'est pas entré dans le bureau parce qu'il a entendu parler. Il dit que Sir Herbert veillait souvent tard et qu'il a pensé qu'il était avec Mr Haile. Pour sa part, Haile dit qu'il y a passé un moment après que les autres sont montés mais, à onze heures, il était déshabillé et prêt à se coucher. Il a entendu Grey passer devant sa chambre dont la porte était ouverte et celui-ci a dû le voir en pyjama. Grey confirme. Bien entendu, une personne qui est montée au premier a pu tout aussi bien redescendre, et ni Marsham ni Grey n'auraient de raison d'être précis concernant l'heure. Mais, à première vue, il ne semble pas si vraisemblable que ce soit Haile qui se trouvait dans le bureau avec Sir Herbert. Nous n'allons pas l'exclure et nous continuerons à tenir compte de lui. Il était sur les lieux de façon réellement très opportune pour tomber sur Grey, Waring et la jolie Lila dans une situation qui pourrait difficilement avoir été plus compromettante. Cela me semble un peu trop opportun. Il dit qu'il ne pouvait dormir, qu'il s'est levé et qu'il a regardé par la fenêtre. Sa chambre donne sur le côté de la maison et il y a une allée buissonnière et une allée dallée juste au bas de la maison. C'est le chemin que Bill Waring a suivi. Haile dit qu'il a regardé dehors et pensé qu'il y avait quelqu'un dans l'allée buissonnière. Il dit qu'il ne lui est pas possible d'affirmer qu'il a vraiment vu ou entendu quelqu'un. Il a seulement pensé qu'il y avait quelqu'un ou quelque chose, comme un chien ou un chat. Curieusement, Bill Waring dit pratiquement la même chose. Il a expliqué qu'il pensait qu'un individu ou un animal se trouvait dans cette même allée pendant qu'il attendait devant la maison. Ses dires sont aussi vagues que ceux de Haile. Ni l'un ni l'autre n'en dit plus : ils ont pensé qu'il pourrait y avoir quelqu'un. Bill Waring affirme qu'il ne s'est pas dirigé vers le bureau avant dix bonnes minutes et ça ne colle pas avec ce que dit Haile ; Mr Haile a déclaré, en effet, qu'il a estimé qu'il devait aller voir, qu'il a passé un manteau et qu'il est descendu. Il avait l'intention de sortir sur la terrasse par la porte vitrée du bureau. Quand il est arrivé à la porte du couloir, il a entendu parler, a entrebâillé la porte et, consterné de ce qu'il entendait, il a décidé d'écouter. C'est peut-être vrai mais je ne pense pas que cela explique pourquoi il est descendu. Soit il a vu ou entendu quelque chose de beaucoup plus précis qu'il n'est disposé à l'admettre quand il a regardé par la fenêtre de sa chambre, soit il avait une autre raison de se rendre au bureau. On ne fonce pas dans la nuit parce qu'on croit avoir entendu un chat qui rôde dans le coin, il en faut plus que ça. Peut-être a-t-il regardé par la fenêtre et entendu ce bruit vague dont parle aussi Bill Waring ; mais ce dut être au moins vingt minutes plus tard qu'il est entré dans le bureau et qu'il a dit à Adrian Grey que personne n'avalerait sa version.

Miss Silver avait terminé la seconde manche de la brassière de la petite Josephine. Elle cassa le brin de laine et le fit passer dans la dernière maille.

— Il y a là certainement une contradiction, dit-elle.

Frank hocha la tête.

— Je pense que les affaires de Mr Haile méritent qu'on les examine. S'il devait hériter selon les clauses du premier testament et s'il savait qu'il serait radié du suivant, nous tiendrions un sacré mobile.

— « L'appât du gain dans le cœur de Caïn », disait Lord Tennyson, cita Miss Silver, légèrement pédante.

— *Le mot juste*[1], comme toujours ! applaudit Frank.

Elle le considérait avec gravité.

— Mr Haile aurait eu un motif puissant, comme vous dites. Il n'a pas réussi à me convaincre que c'était Lila Dryden qui avait commis le crime, soit au cours d'un accès de somnambulisme, soit pendant un épisode fugitif de démence.

Frank revint à son poste sur le bras du fauteuil.

— Curieux phénomène que le somnambulisme. Qu'en savons-nous vraiment ? Le sujet dort, l'esprit est ailleurs. Mais certains sens semblent fonctionner. Le font-ils vraiment ? Le sujet se promène dans la maison, il déambule dans le jardin ou sur le toit, certains parcourent des kilomètres, d'après ce que j'ai entendu dire. Il va où il veut aller, ne se cogne pas et, en règle générale, il ne lui arrive rien de fâcheux. Qu'est-ce qui le conduit ? Marche-t-il à vue ou grâce à quelque sens dont nous ignorons jusqu'à l'existence ?

Miss Silver avait sorti ses aiguilles et montait ses points. Elle dit d'une voix pensive :

— Je ne sais pas. J'ai connu une femme qui m'a raconté une histoire bien curieuse. Elle habitait le Devonshire ; elle était liée d'amitié avec une de ses voisines, la femme d'un fermier. Cette femme s'est réveillée une nuit et s'est aperçue que son mari n'était pas là. Elle a pensé qu'il avait dû sortir pour s'occuper d'une de leurs

1. En français dans le texte.

bêtes, elle s'est retournée et rendormie. Quand elle s'est réveillée une nouvelle fois, le jour se levait à peine. Elle a entendu son mari monter l'escalier. Il est entré dans la chambre, elle lui a parlé mais il n'a pas répondu et elle a vu qu'il dormait. Il portait son pantalon et ses bottes. Il avait une grosse touffe de bruyère à la main. Il l'a posée sur le couvre-lit, a retiré ses bottes et son pantalon et s'est mis au lit sans se réveiller. Il a dormi une demi-heure environ puis s'est réveillé sans se douter le moins du monde qu'il avait quitté son lit. Il ignorait s'il avait déjà été sujet à des accès de somnambulisme auparavant et ne se rappelait pas avoir rêvé. Et la lande, l'endroit le plus proche où il avait pu cueillir de la bruyère, était distante d'au moins onze kilomètres. Il s'était levé, habillé, il avait parcouru vingt-deux kilomètres dans la nuit et il était revenu ; avec sa touffe de bruyère. C'est une histoire vraie. Je serais incapable de l'expliquer.

— Moi aussi. Mais je pense qu'il avait dû rêver de bruyère, qu'il est allé dans la lande et qu'il en est revenu dans son rêve. Puis qu'il a tout oublié. C'est, je crois, ce que Lila Dryden pourrait avoir fait, n'était le constat médical. Elle aurait pu rêver qu'elle était Lucy Ashton, poignarder Whitall dans son rêve et avoir tout oublié au réveil. Mais le constat médical étant ce qu'il est, je pense que cela exclut cette éventualité. Même si Grey ment quand il dit l'avoir suivie pas à pas depuis sa chambre, je ne peux croire qu'elle soit restée, fichée là pendant la demi-heure dont nous devons tenir compte. Si Whitall était mort une demi-heure avant que Grey et Waring n'arrivent dans le bureau, alors je ne crois pas que Lila Dryden s'y trouvait quand il a été tué. Elle y est entrée plus tard. Vous êtes d'accord ?

— Oui, je le crois aussi.

— Alors je dois en revenir à Haile et me demander s'il est le suspect numéro un. Il fait de son mieux pour jeter la suspicion sur Lila Dryden. La question est : avait-il une raison de tuer Herbert Whitall ? S'il savait qu'il allait entrer en possession d'une fortune pour peu que le premier testament fût en vigueur et que le suivant ne fût pas signé, alors il avait un mobile. Et si nous convoquions la secrétaire ? Elle sait probablement si oui ou non le testament récent a été signé. Quoi qu'il en soit, ça vaut la peine d'essayer.

Lorsqu'il se leva pour aller sonner, Miss Silver cessa un instant de tricoter. S'il avait regardé dans sa direction, il aurait pu percevoir qu'elle était sur le point de parler. Elle ne dit rien, pourtant, et quand il revint s'asseoir, elle était en train de compter ses mailles, l'air très absorbée.

CHAPITRE XXIV

Ce fut Marsham qui répondit au coup de sonnette. Prié de trouver Miss Whitaker et de lui dire que l'inspecteur Abbott serait heureux de la voir, il se dirigea vers la cheminée et disposa deux bûches dans le feu avant de partir à sa recherche. S'étant assurée qu'elle avait sur son aiguille le nombre de mailles voulu, Miss Silver tricotait à sa façon souple et rapide lorsque Millicent Whitaker entra dans la pièce. Frank s'était installé devant le grand bureau. Il prit note de sa pâleur, de son vêtement noir, d'une certaine raideur de mouvement et songea que, plus que Lila Dryden, elle présentait les symptômes d'une personne victime d'un choc émotionnel. Elle travaillait depuis très longtemps avec Sir Herbert. Il n'était pas impossible qu'elle se fût attachée à lui.

Elle s'assit sur le siège qu'il avait avancé pour elle.

— Je ne vais pas vous retenir longtemps, Miss Whitaker, dit-il. Mais il m'a semblé que vous pourriez nous aider.

— Nous ?

En prononçant ce mot, elle tourna les yeux vers Miss Silver installée sur le canapé. Frank la gratifia de son regard officiel et froid.

— Oui, Miss Silver est là en qualité de représentante de Lady Dryden. Si vous avez quelque objection à faire à sa présence, je lui demanderai de nous laisser. Avez-vous une raison de vous opposer à sa présence ?

— Oh, non, aucune raison. Je m'interrogeais simplement.

Elle avait parlé d'un ton tranchant. Elle semblait pressée de chasser les mots de sa bouche, pressée d'en finir avec eux.

— Le notaire de Sir Herbert doit venir ici demain, l'informa Frank Abbott. Mais, en attendant, j'ai pensé que vous seriez peut-être en mesure de nous éclairer à propos de son testament. Sir Herbert était en train de rédiger un nouveau testament en prévision de son prochain mariage, mais il semble que l'incertitude règne sur un point : ce testament a-t-il ou non été signé ? Lady Dryden pense qu'il l'a été.

— Elle voudrait bien, dit Millicent Whitaker.

— Puis-je vous demander si vous entendez exprimer quelque chose par cela ?

— Non, rien. Pourquoi donc ? Je pense que le désir peut être le père de la pensée, c'est tout.

— Bien. Mais vous n'avez pas vraiment répondu à ma question, n'est-ce pas. Savez-vous si Sir Herbert avait signé ce second testament ?

— Je n'en ai pas la moindre idée.

— Vous étiez sa secrétaire. Sa correspondance ne passait-elle pas en partie entre vos mains ?

— Il y avait peu de correspondance. Sir Herbert traitait ses affaires lui-même. Il passait beaucoup de temps à Londres, dans son appartement. Il pouvait appeler ses notaires et donner ses instructions verbalement.

— Vous-même, étiez-vous à Londres ou ici ?

— Tantôt ici et tantôt là, selon ce qui convenait à Sir Herbert.

— Mais il a dû vous parler beaucoup de ce testament ?

— Ce n'est pas ce que je dirais.

— Et du précédent ?

— J'en sais vraiment très peu sur l'un et sur l'autre.

— Saviez-vous que Mr Haile était légataire selon les clauses du précédent testament ?

Pour la première fois, elle hésita. Si elle le sait et ne veut pas le dire, pensa-t-il au même instant, elle doit envisager que je pourrais la piéger. Si elle sait, quelqu'un d'autre peut savoir qu'elle sait. A peine avait-il formulé sa pensée qu'elle reprenait :

— Vraiment, je ne saurais le dire. Sir Herbert disait parfois des choses dont j'ignorais s'il les pensait et je n'y prêtais pas beaucoup d'attention.

— Parlait-il de Mr Haile comme de son légataire ?

Une étincelle s'alluma dans les beaux yeux sombres, brillante et malveillante.

— Il parlait de le rayer de son testament.

— En parlant du testament actuel ?

— Je suppose.

— Quand a-t-il dit cela, Miss Whitaker ?

Elle baissa les yeux.

— C'était hier, dit-elle d'une voix éteinte.

— Il parlait de Mr Haile ?

— Oui.

— Que disait-il ?

L'étincelle se ralluma.

— Il a dit que Mr Haile viendrait dîner et qu'il passerait la nuit ici. Son expédition habituelle. Il a parlé d'une expédition parfaitement vaine et ajouté que Mr Haile n'obtiendrait plus un sou de lui. « Pas même après ma mort, a-t-il dit. J'en ai assez de lui et quand j'en ai assez de quelqu'un, son nom disparaît de mon testament. »

Ces derniers mots avaient jailli avec une extraordinaire âpreté. Elle se leva à demi et demanda :

— Est-ce tout ? Parce que c'est tout ce que je peux vous dire.

— Un moment encore, Miss Whitaker. Vous n'étiez pas à Vineyards la nuit dernière, n'est-ce pas ?

Elle se rassit et répondit sèchement :

— J'ai fait une déposition devant l'inspecteur Newbury. Je l'ai relue et je l'ai signée. Ma sœur a une santé fragile et j'ai reçu un coup de téléphone qui m'a inquiétée. Mr et Mrs Considine m'ont déposée au village lorsqu'ils sont repartis à dix heures et demie, et j'ai pris le dernier bus pour Emsworth. J'ai passé la nuit près de ma sœur au 32 Station Road. Je suis rentrée ici à dix heures ce matin.

N'eût été l'aigreur sous-jacente, on aurait dit qu'elle récitait une leçon. Frank avait l'impression que toutes les portes étaient barricadées et les volets verrouillés sur les fenêtres. Contre quoi ? Il aurait beaucoup voulu le savoir. Il la laissa partir et elle sortit. Il croyait deviner une armure sous la robe noire de fin lainage.

Après son départ, il repoussa son fauteuil et revint près du feu.

— Que dites-vous de ça ?

Les aiguilles de Miss Silver cliquetaient.

— Et vous-même ?

Il leva les sourcils.

— Animosité contre Haile. Peut-être aussi contre les autres. Et contre feu Herbert. Insistance considérable sur l'alibi parfait de la parfaite secrétaire. Newbury s'occupe de vérifier l'alibi. Il est très minutieux. Quant à l'hostilité en général, il semble qu'il en traîne un peu partout de fortes doses. Celle de Haile à l'égard de Lila Dryden. Celle de Lady Dryden et de la parfaite secrétaire à l'égard de Haile. Curieuse association, d'ailleurs, plutôt contre nature.

Miss Silver toussa.

— Qu'est-ce qui vous fait dire ça, Frank ?

— Je ne sais vraiment pas, juste une impression. Lady Dryden est très imbue de sa propre importance. La parfaite secrétaire ne tient pas vraiment à être traitée comme une blatte. Ça se joue sur ce terrain-là... Aurais-je mis dans le mille, par hasard ?

— A mon avis, c'est bien possible. Je souhaitais que vous voyiez Miss Whitaker avant de vous faire part d'une conversation que j'ai eue avec Lady Dryden.

— Encore ?

— Nous avons passé ensemble la majeure partie de l'après-midi.

— Et elle avait quelque chose à dire à propos de Miss Whitaker ?

— Beaucoup à dire.

— Par exemple ?

— La chose a été très bien amenée. Miss Whitaker a été une secrétaire en or. Sir Herbert se reposait sur elle de maintes façons. Réellement trop, si elle pouvait s'exprimer ainsi. Ces associations ont tendance à devenir un peu trop intimes. Bien entendu, il y avait eu des rumeurs. Il y en a toujours. Miss Whitaker est une belle femme. Naturellement, elle-même ne croit pas aux rumeurs. S'il y avait eu le moindre fondement à celles-ci, Sir Herbert aurait difficilement pu refuser de la laisser démissionner de son poste.

Frank siffla doucement.

— Car elle désire partir ? Vraiment ?

— C'est ce que dit Lady Dryden.

— Si elle voulait vraiment partir, il ne pouvait l'en empêcher.

— J'ai soulevé ce point, repartit Miss Silver avec gravité. Lady Dryden m'a laissé entendre que des moyens de pression auraient pu être exercés. Puis elle a ajouté : « Je crois qu'elle avait l'espoir qu'il se souviendrait d'elle dans son testament. »

— La question devient alors : de quel testament s'agit-il ? Tout se passe comme si la parfaite secrétaire avait été couchée sur le testament précédent, puis avertie qu'il n'en serait pas de même sur le nouveau, à moins qu'elle ne reste à son poste. A propos, je me demande pourquoi il tenait à ce qu'elle reste.

— Il semble qu'il s'en remettait à elle pour beaucoup de choses. Elle travaillait pour lui depuis dix ans et il était habitué à elle. S'ils ont eu une liaison, elle était probablement rompue et il était trop froid et trop égoïste pour se soucier des sentiments de sa partenaire dans ce domaine.

— Vous croyez qu'elle tenait à lui ?

— Je ne sais pas. Elle a manifestement subi un choc. Il est impossible de dire si elle en souffre plus qu'on ne pourrait l'attendre dans de telles circonstances. Revenir après quelques heures d'absence pour retrouver son patron assassiné serait un choc pour n'importe quelle jeune femme. Je vois mal comment elle aurait pu rester dix ans au service de Sir Herbert si cela ne lui avait pas convenu. Cette fin abrupte, après dix ans de collaboration, c'est pour le moins dérangeant.

L'usage de ce qualificatif déclencha chez Frank Abbott un amusement vif et fugace dont Miss Silver se serait peut-être formalisée. Il passa lentement son index sur ses lèvres pour dissimuler un sourire qu'elle n'aurait sans doute pas apprécié dans les circonstances présentes. Sous sa froideur apparente et un intellectualisme affiché, il dissimulait un sens de l'humour qui lui avait déjà valu des ennuis. Il exprima son accord et se leva.

— Eh bien, il faut que je file, sinon Lady Dryden va se croire obligée de m'offrir à dîner dans la pièce de la gouvernante. Cela pourrait être instructif, mais les Marsham n'apprécieraient pas. D'après les normes sociales, se lier avec la police c'est toujours s'abaisser. Je vais voir à quel point la nourriture est détestable à l'*Hôtel du Sanglier*. Bill Waring s'y trouve aussi. Peut-être mêlerons-nous nos larmes au-dessus d'un chou aqueux et d'un poisson ramolli. Continuez de bavarder avec tout un chacun. Demain, nouvel épisode sur l'énigme du meurtre. Attendez-vous à ce que j'y sois !

Un regard d'affectueuse réprobation l'accompagna jusqu'à la porte.

Après son départ, Miss Silver rangea son ouvrage. Ils avaient discuté longtemps et la seconde brassière rose commençait à prendre tournure. Quand elle souleva son sac à ouvrage, quelque chose tomba de ses genoux et roula par terre. Elle se pencha pour le ramasser ; c'était la loupe que Frank avait prise sur le bureau pour la lui montrer. Pendant la conversation, elle était restée sur ses genoux, dissimulée par le sac de chintz, cadeau d'anniversaire de sa nièce Ethel Burkett. Son précédent sac à ouvrage était vraiment hors d'usage et le nouveau éclatait de gaieté avec ses bouquets de fleurs d'un goût exquis et sa doublure rose corail soutenu. Miss Silver l'admirait presque autant qu'elle appréciait l'affection qui avait inspiré le cadeau. Même en ce moment, la tendre Ethel et ses enfants, si chaleureux, si affectueux, occupaient la moitié de son esprit. Elle accorda peu d'attention à la loupe ; pourtant, l'idée lui traversa l'esprit qu'il devait être très pénible d'utiliser pendant longtemps cet instrument. Elle se leva et se dirigea vers le bureau dans l'intention d'y déposer l'objet.

Alors qu'elle le retournait dans sa main, par un coup de chance inespéré, un point précis de la loupe capta la lumière et son attention. Le plafonnier éclairait vivement le bureau et Miss Silver bénéficiait d'une excellente vue. Elle ne vit d'abord qu'une rayure à l'intérieur de la monture de métal. Mais en manipulant l'objet dans la lumière, elle s'aperçut qu'il ne s'agissait pas d'une, mais de plusieurs rayures, et qu'elles dessinaient deux initiales. Elles ne dataient pas d'hier et c'était seulement en tenant la loupe dans une position donnée qu'elles étaient visibles. Sans une vive source de lumière, elles devaient passer inaperçues.

Miss Silver déchiffra les initiales : Z et R. Après les avoir examinées quelques instants, au lieu de poser la loupe sur le bureau, elle la glissa dans son sac à ouvrage.

CHAPITRE XXV

Quand les deux inspecteurs eurent quitté la chambre de Lila Dryden, Ray Fortescue attendit, le temps de les laisser s'éloigner, avant de descendre dans le hall. Elle voulait téléphoner à Bill et il lui fallait trouver comment s'y prendre. Il y avait un téléphone dans le bureau mais il était hors de question de l'utiliser car les policiers procédaient dans cette pièce à leurs interrogatoires. Une demeure conçue et remise en état par Herbert Whitall devait être équipée de plusieurs postes mais Ray ne savait où les trouver. Il devait y en avoir un dans la chambre à coucher de Sir Herbert mais l'idée de l'utiliser lui donna l'impression qu'un mauvais plaisant lui avait glissé un glaçon dans le cou.

Elle sonna et Frederick apparut. Elle l'avait entraperçu lors de son arrivée et n'avait pas remarqué combien il était grand, jeune et pâle. Vraiment très pâle. Ce n'était sûrement pas drôle de servir dans une maison où un crime avait été commis et où la police se comportait en pays conquis. Avec un sourire amical, elle lui dit qu'elle désirait téléphoner.

Frederick regardait de côté, comme un poulain effarouché, et ses lèvres se contractèrent quand il lui confirma que la police occupait le bureau. Ray avait de la sympathie pour les jeunes garçons et celui-ci, à son avis, ne devait pas avoir plus de dix-sept ans. Son cœur s'émut. S'il avait eu deux ans de moins, il aurait pu se permettre une bonne crise de larmes mais, quand on mesure un mètre quatre-vingt-cinq, on ne pleure pas; sauf cas de force majeure. Et son travail présent n'était vraiment pas fait pour l'aider.

— Je sais, dit-elle, mais je pense qu'il doit y avoir un autre poste, non?

— Oui, dans la chambre bleue. Je crois qu'elle est vide.

Il la guida. Il n'avait pas du tout l'air pressé.

— Merci beaucoup, dit Ray. Je crains de ne pas connaître votre nom.

— Frederick, miss.

— Eh bien, Frederick, croyez-vous que vous pourriez attendre dans le hall pendant que je téléphone? Il se peut que je doive sortir un moment et, dans ce cas, vous pourriez peut-être trouver Mary Good et lui demander de ma part de monter près de Miss Lila et d'y rester jusqu'à mon retour.

— Oh! oui, miss.

Il alla jusqu'à la porte ouverte, saisit la poignée, la tourna nerveusement et dit d'un seul trait :

— Miss Lila n'a rien à voir avec ça, miss. N'est-ce pas? Je veux dire, il y a des choses qu'on peut croire et d'autres pas, et c'est une chose que je ne pourrai jamais croire, même si jamais c'était vrai.

Ray le gratifia de son plus beau sourire.

— Merci, Frederick. C'est si gentil de votre part.

Frederick était cramponné à la poignée.

— Ils ne vont pas prétendre que c'est elle, dites? Ni que c'est Mr Waring. J'ai toujours pensé que c'était un vrai gentleman. Et que c'était une honte et une cruauté de l'avoir empêché de voir Miss Lila alors qu'il avait fait toute cette route.

Ray ne prit pas la peine de se demander ce que Marsham aurait pensé de cette conversation. Elle-même sentit qu'il était peut-être préférable d'y mettre fin.

— Merci, Frederick. Maintenant, si vous voulez bien fermer la porte, je vais passer mon coup de téléphone.

Elle n'avait jamais pleinement réalisé les bienfaits du téléphone avant l'instant béni où, après un déclic, elle entendit la voix de Bill qui parlait de l'*Hôtel du Sanglier*.

— Allô ?

— C'est Ray, dit-elle.

— Ray ! s'écria-t-il sans dissimuler son plaisir. J'étais en train de me demander comment j'allais parvenir à te joindre. J'ai pensé que l'on percevrait un appel de ma part comme un manque de tact, mais j'en étais arrivé au point où j'allais forcer le sort et risquer le coup.

« Il veut des nouvelles de Lila, se dit Ray. Je suis tout juste une sorte de poste téléphonique intermédiaire. »

— Lila va bien, Bill. Elle a bien dormi cet après-midi, puis elle s'est installée sur le canapé et nous avons pris le thé dans sa chambre, Adrian Grey, Miss Silver et moi.

Bill sembla médiocrement intéressé par la cérémonie du thé.

— Ray, j'ai besoin de te voir. Peux-tu venir jusqu'à la grille de Vineyards ? On pourrait parler dans la voiture. Je ne crois pas que je puisse venir jusqu'à la maison.

— Non.

— Tu veux dire : non, tu ne peux pas venir, ou : non, je ne dois pas aller jusqu'à la maison ?

— Je veux dire, non, tu ferais mieux de ne pas venir jusqu'à la maison. Je viens te retrouver.

— D'accord. Je serai garé devant la grille.

Ray laissa Lila aux soins de Mary Good et descendit l'avenue. Le crépuscule tombait. Lorsqu'elle franchit les grilles, Bill faisait les cent pas sur le bas-côté verdoyant de la petite route de campagne. Il passa son bras autour de ses épaules.

— A l'heure pile ! Tu es une chic fille !

— On monte dans ta voiture ou on se balade ?

Après avoir été enfermée tout l'après-midi dans une

maison chauffée, ç'aurait été agéable de se promener avec Bill dans l'air frais et doux.

— Je ne sais pas. Ils m'ont peut-être mis quelqu'un aux trousses. Je crois qu'on ferait mieux de s'installer dans la voiture. J'ai à te parler.

Une fois qu'ils furent enfermés dans son tacot, les prévisions de Ray se réalisèrent illico : Bill reparla de Lila. En revanche, elle ne s'attendait guère au tour que prit la conversation. Il s'était tourné pour la voir, le dos calé dans l'angle de la porte et du siège du conducteur. A sa voix, elle comprit exactement la signification de son air courroucé.

— Qu'est-ce que Lila trouve à dire sur le sujet maintenant qu'elle a repris ses esprits ?

Elle le lui expliqua.

— Tu veux dire qu'elle ne se rappelle rien ?

— Rien entre le moment où elle s'est endormie sur le canapé de sa chambre et celui où elle s'est réveillée devant Sir Herbert étendu mort sur le tapis du bureau.

— Tu crois qu'elle dit la vérité ?

— J'en suis sûre.

— Alors, elle était vraiment somnambule à ce moment-là ?

— Oh ! oui ! Tu sais bien que ça lui arrive quand elle est inquiète ou bouleversée. Ça lui arrivait souvent au collège. Une nuit, réveillée en sursaut par une main froide posée sur son visage, Miriam St. Clair a ameuté toute l'école par ses hurlements.

— Donc, elle l'a fait en dormant, repartit Bill avec obstination.

— Bill ! Elle n'a rien fait du tout !

— Je ne vois pas comment tu peux nier le fait. Elle n'était pas responsable, bien sûr. Mais elle a tenu cette dague, sa main était rouge...

— Bill ! Tu es fou ! Lila ne pourrait tuer qui que ce soit si elle essayait. Et jamais elle n'essaierait.

— Tu ne l'as pas vue plantée là comme je l'ai vue, moi.

— Je me fiche de ce que tu as vu. Si la police pensait qu'elle l'a tué, elle serait arrêtée depuis longtemps. Ils sont venus la questionner après le thé, l'homme de Scotland Yard et le policier du coin. J'ai bien vu qu'ils ne pensaient pas qu'elle l'avait fait, pas quand ils sont repartis en tout cas.

— Je ne comprends pas pourquoi, dit Bill sombrement.

Ray n'essayait plus de dissimuler sa colère.

— Parce qu'ils ont des yeux pour voir et un peu de bon sens dans la cervelle ! Et parce que Adrian jure qu'il était juste derrière elle dès l'instant où elle est sortie de sa chambre, et qu'elle n'a pas eu matériellement le temps de tuer Herbert Whitall. Je veux dire qu'il aurait dû y avoir une bagarre et un bruit de chute. Adrian aurait entendu.

— Ma chère Ray, Adrian aurait juré sur la tombe de sa mère que la lune est en fromage blanc s'il pensait que cela pourrait tirer Lila de ce merdier.

— Oh !

Bill enchaîna sur des révélations empreintes d'une forme différente de tristesse.

— Je suppose que tu sais ce qui s'est passé quand elle s'est réveillée ?

— Non.

— Je suis arrivé par la terrasse et Adrian Grey par le couloir. Et Lila s'est réveillée. Subitement. Elle a vu Whitall par terre, puis la dague, puis sa main. Ensuite, elle m'a vu. Retiens bien ça, veux-tu ? Elle m'a vu avant de voir Adrian et je n'étais pas du tout ce qu'il lui fallait. Elle a reculé en frissonnant, si tu vois ce que je veux dire. Mais dès qu'elle a vu Adrian, elle s'est précipitée en gloussant dans ses bras. Je ne crois pas qu'on puisse en tirer trente-six conclusions.

— Elle venait de subir un traumatisme affreux. Elle ne savait pas ce qu'elle faisait.

— Elle savait lequel de nous deux elle aime, dit Bill.

Quand on a subi un choc qui vous fait perdre la raison, on fonctionne à l'instinct. L'instinct de Lila ne l'a pas conduite vers moi. Mais vers Adrian.

— Oh ! Bill !

— Arrête de dire sans arrêt « Oh ! Bill ! ». Tu penses que je vais épouser une fille qui frissonne d'angoisse quand elle me voit et se réfugie dans les bras d'un autre ? Parce que si tu crois ça, tu ferais mieux de revoir la question !

Ray se taisait. Elle ne savait que dire. Ses propres sentiments s'insurgeaient et ne pouvaient tout simplement être dits. Ce qu'elle aurait réellement aimé faire, c'était prendre Bill dans ses bras et chasser sa douleur à force de baisers. Elle serra violemment ses mains l'une dans l'autre et se réfugia aussi loin de Bill qu'il était possible. De toute façon, c'était une bonne chose qu'il puisse parler.

Il parlait toujours.

— S'ils ne pensent pas que c'est Lila qui l'a tué, ils sont obligés de penser que c'est moi. Je n'arrive pas à comprendre pourquoi ils ne m'ont pas encore arrêté. Ils ont trouvé le mot que j'avais envoyé à Lila pour lui demander de venir me rejoindre. Simplement, je n'avais pas parlé du bureau, je lui avais dit : la première pièce près de la porte d'entrée. Je lui disais que si elle voulait épouser Whitall, elle le pouvait, mais que si elle ne le voulait pas, je viendrais la chercher pour l'emmener chez toi. Je ne vois pas pourquoi elle est allée dans le bureau.

Ray trouva les mots qu'il fallait :

— Bill, mon cher Bill, tu n'écoutes pas : elle-ne-savait-pas-ce-qu'elle-faisait.

— C'est ce que tu dis. Je veux savoir comment elle s'est mis ce sang sur la main.

Ray sentit le froid l'envahir.

— Elle a dû toucher Whitall ou toucher la dague.

— Ray, tu crois vraiment que, de sang-froid, Lila aurait touché un cadavre ? Ou cette dague ?

Ray se trouvait de nouveau confrontée à la seule chose qu'elle ne pouvait réellement pas croire. Elle recourut de nouveau à son argument massue.

— Elle ne savait pas ce qu'elle faisait.

— Alors, pourquoi l'a-t-elle fait ?

Ils se faisaient face. L'obscurité dissimulait à chacun le visage et les expressions de l'autre, mais ils se connaissaient si bien que l'obscurité n'était qu'un écran noir sur lequel la mémoire pouvait déployer ses images. Bill obstinément cramponné à ce qu'il avait dit et le répétant encore et toujours, comme si la répétition acharnée était un argument en soi. Ray sur la défensive, prête à parer ses coups de matraque par des reparties rapides, les yeux élargis par l'angoisse et les joues en feu. Combien de fois s'étaient-ils combattus jusqu'à l'épuisement de leurs arguments pour une chose qui ne valait pas le dixième de toute cette force et de toute cette flamme ? Des choses sans importance. Tandis que cette chose-là importait plus que tout au monde parce que c'était une question de vérité et d'honnêteté entre eux. Ce n'était pas la culpabilité ou l'innocence de Lila qui était en jeu, c'était leur propre intégrité.

Bill dit brutalement :

— Tu ne regardes pas les faits en face. Les femmes s'y refusent toujours.

— Je ne suis pas « les femmes ». Je suis moi et je regarde en face ce que Lila n'a pas fait. Je me fous pas mal des preuves : elle ne l'a pas fait. Si tu l'aimais, tu le saurais.

Il y eut un long et terrible silence. Ray revivait le sentiment qui l'avait submergée quand, dans un accès de rage, elle avait lancé une pierre dans la fenêtre du salon. Elle avait de nouveau sept ans et le sentiment d'avoir commis l'irréparable. Quand on casse quelque chose, cette chose est brisée et on ne peut la réparer.

Finalement, Bill parla, d'une voix légèrement surprise :

— Je pense que je ne l'aime pas. Je pense que je ne l'ai jamais aimée.

— Qu'est-ce que tu veux dire ? demanda Ray qui ne contrôlait plus sa voix.

— Tu sais parfaitement ce que je veux dire. Si nous parlons, faisons-le bien. Lila était la plus ravissante créature que j'avais jamais vue et j'ai foncé tête baissée. Je ne savais rien d'elle et il m'aurait été bien égal qu'il n'y eût rien à savoir. Si je l'avais épousée, nous aurions été malheureux comme des briques. J'en ai pris conscience peu à peu depuis mon retour des États-Unis.

Les lèvres tremblantes, Ray demanda :

— Alors, pourquoi es-tu venu ici ? Pourquoi as-tu mis en branle tout ce cirque ?

— Qu'est-ce que tu entends par « mis en branle tout ce cirque » ? Je n'allais pas accepter qu'on la force à épouser Whitall si elle ne le voulait pas ! Je n'allais pas accepter d'être largué par la très désinvolte et très diplomatique Lady Dryden, comme si je n'avais jamais existé pour Lila, ou comme si j'avais été un prétendant si minable qu'on préfère ne pas le mentionner dans un salon !

Une rafale de rire silencieux balaya la colère de Ray. Elle tremblait toujours mais, à présent, c'était de rire.

— Bill ! Mon cher Bill !

— Eh bien, oui, c'est ce que je ressens. J'étais décidé à te l'amener si elle avait voulu s'échapper. Et si elle n'avait pas voulu s'échapper, il fallait qu'elle rompe nos fiançailles correctement.

— Et c'est ça que tu veux qu'elle fasse maintenant ?

Un mouvement dans l'obscurité lui apprit qu'il secouait la tête.

— Non, ce n'est pas nécessaire. Ces fiançailles sont bien rompues maintenant. Elle ne m'aime pas plus que je ne l'aime désormais. Elle l'a clairement exprimé quand elle s'est détournée de moi pour se jeter dans les bras d'Adrian. C'est un brave type et il veillera sur elle. Je dois dire qu'il s'agira là d'un job à plein temps ! fit-il avec un rire bizarre où dominait la colère. Marian Hardy me l'avait dit, il y a des mois de ça. Je ne pense pas que je sois bâti pour faire une nounou.

Ray luttait contre le sentiment que tout irait bien désormais. C'était parfaitement irrationnel, cette impression d'être sur un ballon qui vous emportera jusqu'aux nuages. Le ballon ne tarderait pas à éclater bruyamment et à vous laisser choir. Pour l'instant, elle n'arrivait pas à s'en préoccuper et dut se forcer pour annoncer à Bill qu'elle devait partir.

Bill acquiesça.

— Mon espion personnel doit commencer à s'ennuyer. Il pourrait même surgir et m'arrêter simplement pour se distraire un peu.

— Bill, tu ne penses pas vraiment que...

— Pour être tout à fait franc avec toi, je ne comprends pas pourquoi ils ne m'ont pas déjà arrêté. Si ce beau menteur d'Adrian a réussi à leur faire croire que Lila n'a pas fait le coup pour la seule raison qu'il ne l'a pas perdue de vue assez longtemps, je ne vois pas comment ils peuvent s'empêcher de penser que c'est moi. En tout cas, je ne vois pas pourquoi ils n'ont pas arrêté l'un de nous deux. On dirait qu'ils ont l'œil sur quelqu'un d'autre. Espérons que c'est vrai.

Ray sortit de la voiture et ils remontèrent ensemble l'avenue. A l'improviste, il passa un bras autour de sa taille et déclara :

— Ça compte beaucoup pour moi que tu sois là.

— Vraiment ?

— Oui. Pourquoi trembles-tu ?

— Je ne tremble pas.

— Menteuse ! dit-il avant de l'embrasser quelque part entre la pommette et l'oreille et de redescendre l'avenue au pas de course.

Le cœur battant, Ray regagna Vineyards.

CHAPITRE XXVI

Ses préoccupations très réelles concernant l'affaire dans laquelle elle était professionnellement engagée et la réprobation morale que, d'instinct, elle ressentait à l'égard des crimes de sang n'empêchaient pas Miss Silver d'apprécier avec gratitude le confort dont elle était entourée à Vineyards. Elle n'aurait pas aimé vivre longtemps dans un tel luxe mais, pour le moment, elle jouissait pleinement de son lit, équipé d'un excellent matelas à ressorts ensachés et d'un ravissant édredon, doux et léger. Elle appréciait aussi beaucoup la température égale de la demeure qui contrastait agréablement avec l'atmosphère glaciale de la majorité des propriétés de campagne, victimes de systèmes de chauffage antédiluviens et des nouveaux impôts. Forte d'une longue expérience, elle ne partait jamais pour la campagne sans s'être munie du nécessaire. Elle se changeait toujours pour le dîner et portait alors sa robe de soie, numéro un de l'été précédent ; mais, la soie n'étant pas une protection contre les courants d'air, elle enfilait par-dessus une jaquette de velours noir, garnie d'un col de fourrure. Lors d'un accès d'irrévérence, Frank Abbott avait assuré que l'origine de ce vêtement chaud et confortable se perdait si loin dans les brumes du temps jadis qu'elle lui conférait un caractère légendaire. Ce soir-là, ayant enfilé une robe bleu marine parsemée de petits motifs verts et jaunes qui ressemblaient à des têtards, elle en ferma le col avec sa broche en chêne de tourbière et y ajouta un rang de petites perles d'or filigranées. La jaquette était suspendue dans une spacieuse penderie d'acajou, sur un cintre rembourré, recouvert de satin rose, mais elle n'en aurait pas besoin. En raison de la température délicieuse qui régnait partout, du feu de bois qui flamberait dans la cheminée du salon, et parce que l'on pouvait compter sur les rideaux de brocart, ouatinés et doublés pour exclure toute possibilité de courant d'air.

La perspective d'une soirée comme celle qui l'attendait aurait pu décourager bien des gens, mais Miss Silver était tout à fait apte à l'anticiper avec intérêt. Le crime de Vineyards n'avait pas engendré de ces douleurs individuelles profondes qui suscitaient immédiatement sa sympathie et elle avait l'esprit libre pour traiter les nombreux aspects intéressants que présentait l'affaire. Tout en regrettant de n'avoir pas encore rencontré Mr et Mrs Considine, le professeur Richardson et Mr Waring, elle était sûre de trouver matière à réflexion dans les épisodes que cette soirée lui fournirait en vue d'approfondir son examen des hôtes de Vineyards.

Lady Dryden, froide, orgueilleuse, dominatrice et, contre toute attente, si expansive. Une contradiction interne chez un individu est toujours intéressante. Mr Haile, avec son air de maître de céans. Lila Dryden, jolie et désarmée. La jeune fille brune, Ray Fortescue, vive et impulsive mais qui se contrôlait si bien. Miss Whitaker; elle pensait beaucoup à Miss Whitaker. Les gens ne claquemurent pas toutes les fenêtres et ne verrouillent pas toutes les portes s'ils n'ont rien à cacher. Mr Grey; pas besoin d'être très perspicace pour déceler son attachement pour Lila Dryden qui, estimait-elle, ne datait pas d'hier. Il l'avait connue enfant et il était bien naturel qu'il l'ait aimée avec une conviction et une chaleur croissantes. Il avait suffi à Miss Silver d'à peine une heure en leur compagnie pour discerner la force du lien qui les unissait.

Le personnel : deux jeunes filles du village et Mary Good, qui venait d'Emsworth. Aucune d'elles n'était dans la maison à l'heure du crime puisque toutes quittaient leur service à neuf heures. Bien entendu, les gens n'étaient pas toujours là où ils étaient censés être et ils n'y restaient pas toujours non plus, mais la police s'était assurée que les deux jeunes filles étaient rentrées chez elles et que Mary avait pris le bus pour Emsworth.

Puis elle passa aux Marsham, majordome et cuisinière. Elle n'avait pas vu Mrs Marsham et ne savait rien d'elle. Était-elle blonde ou brune, grande ou petite, paisible ou agitée ? Mis à part le fait qu'elle était la femme de Marsham et une excellente cuisinière, Miss Silver ignorait tout de sa personnalité. Elle n'avait pas l'impression d'en savoir beaucoup plus sur Marsham qu'elle avait observé pendant le déjeuner et lors de courtes rencontres. Son visage et son port de tête auraient honoré le vêtement épiscopal et sa main, grande et soignée, aurait tenu avec dignité la crosse pastorale. Comme beaucoup de gens lourds, il se déplaçait avec agilité. Sa voix était douce et ses manières irréprochables. Mais une fois ces détails enregistrés, il semblait qu'il ne restait rien à observer. Les attributs de sa fonction l'enveloppaient comme le fabuleux manteau de ténèbres. Derrière lui, distinct du majordome, l'homme s'avançait invisible.

Restait Frederick, le valet de pied, âgé de dix-sept ans. L'enquête avait établi que les événements de la nuit précédente ne l'avaient pas réveillé. Après la découverte du meurtre, Mr Haile avait sonné Marsham. Apparemment, il y avait une sonnette sur le palier dans l'aile des domestiques. Les Marsham étaient descendus mais Frederick avait continué de dormir et personne n'avait songé à le réveiller. Cependant, en l'observant pendant le déjeuner,

Miss Silver s'était dit que, plus que Marsham, Frederick semblait manquer de sommeil. C'était un garçon à la peau claire, un type de peau auquel la pâleur n'est pas naturelle. Or il était extrêmement pâle. Sa main tremblait quand il lui avait présenté le plat de choux de Bruxelles et il avait fait tomber une assiette dans l'office. A dix-sept ans, on ne peut compter sur des nerfs d'acier quand il s'agit de faire face à un meurtre ; pourtant, inextricablement couplés au choc, on perçoit souvent chez les jeunes mêlés à une semblable situation une excitation certaine et le sentiment sous-jacent d'être au cœur de l'événement. Frederick Baines aurait-il aimé voir sa photo dans les journaux ? Eh bien, justement, Miss Silver pensait que non ; elle ne sentait en lui aucune excitation de cet ordre. Mais il n'y a pas deux humains semblables et elle s'interdit d'accorder à cette observation une importance particulière. Elle l'enregistra simplement, au même titre que beaucoup d'autres, se réservant ainsi la possibilité de la reconsidérer ultérieurement. Elle était d'humeur méditative quand elle descendit dîner.

Dès l'entrée, son opinion fut faite sur le caractère de Mrs Marsham. « Imperturbable » était le seul mot capable de le décrire. Une personne sous l'emprise d'un choc ou souffrant d'un ébranlement nerveux n'aurait jamais été capable d'élaborer ce plat parfait. Manifestement, les événements qui s'étaient déroulés dans la maison avaient épargné la cuisine. Quant au reste, le dîner se déroula comme le déjeuner, à peu de chose près. Mr Haile jouait le rôle du maître de maison affable, Lady Dryden celui de l'invitée accomplie. Adrian Grey semblait rêveur et distrait, absorbé par ses pensées dont il émergeait avec réticence quand il était directement sollicité. Ray Fortescue vivait elle aussi dans son monde privé : ses yeux sombres brillaient et sa longue bouche mobile était au bord du sourire. Un observateur moins fin que Miss Silver aurait deviné qu'elle était heureuse. Dans cette demeure et en ce moment, le fait était frappant et bien plaisant. Près d'elle, Miss Whitaker avait le regard vague de qui n'est pas vraiment là. Quand on lui parlait, elle avait un long chemin de retour à accomplir. Elle prit une cuillerée de chaque plat et laissa tout dans son assiette.

Quand on se leva de table, Miss Silver demanda où elle pouvait téléphoner et fut conduite, comme Ray l'avait été, vers la chambre bleue où Frederick qui la précédait alluma la lumière. Elle le remercia et, une fois la porte fermée, chercha le numéro de l'*Hôtel du Sanglier*. Elle demanda l'inspecteur détective Abbott.

— Allô, fit une voix blasée, qui se mua subitement en salutation amicale dès que l'inspecteur eut entendu sa voix. Que puis-je pour vous? J'imagine qu'il ne s'agit pas d'un épisode du genre « Fuis ! Tout est découvert », grand classique de l'inspecteur Black quand il joue simultanément les rôles du détective et du meurtrier. Edgar Wallace adorait ce stratagème.

— Mon cher Frank !

— Il faut bien rire de temps en temps ! Waring et moi avons dîné chacun à notre table en essayant sans succès de faire que nos regards ne se croisent pas. En revanche, la cuisine est excellente. Étonnant dans un pub de village mais je crois que, l'été, ils font des affaires en or avec les touristes. Il y a dans les environs de Vineyards une villa romaine et plusieurs jardins plantés d'essences rares, m'a-t-on dit. Quoi qu'il en soit, ils ont leurs propres poules et celui qui tient le manche de la poêle sait faire une omelette. Je me demande d'ailleurs pourquoi ce serait si difficile. Les Français nous sont très inférieurs en matière de gouvernement, d'élections et d'impôt sur le revenu mais, question omelette, ils nous battent à plate couture. Il faut que je demande au patron si sa femme est française. Ils ont aussi du vrai fromage, pas cette affreuse mixture huileuse qu'il faut extirper de force d'un papier luisant et dont je soupçonne qu'elle est à base d'huile de baleine. Mais, comme vous brûlez sans doute de le faire remarquer, le vain badinage doit lui aussi rester dans des limites décentes. Vouliez-vous me demander quelque chose ?

La ligne lui transmit un toussotement discret, l'avertissant que Miss Silver allait poursuivre la conversation en français, langue qu'elle parlait dans l'honorable tradition de la prieure des *Contes de Cantorbéry*. Si ce n'était pas vraiment le français de Stratford-atte-Bow, il en descendait directement.

— Vous souvenez-vous de la loupe que vous m'avez montrée ?

— Bien entendu.

— Saviez-vous qu'elle porte des initiales ?

— Je l'ignorais.

— Je l'ai découvert par hasard. Je reposais la loupe sur le bureau quand la lumière a fait ressortir ce que j'ai cru être une rayure à l'intérieur de la monture. En regardant de plus près, je me suis aperçue que c'était des initiales.

— Avez-vous l'intention de me les épeler ?

Étant donné ce qu'il avait à dire, Frank considérait qu'il pouvait raisonnablement s'en tenir à sa langue natale. Le français de Miss Silver l'enchantait, le sien pas du tout. Quand il ne pouvait faire quelque chose à la perfection, il préférait s'abstenir. Exception faite pour d'éventuelles citations, il laissait le français à d'autres. « Du vent dans la tête, voilà ce que vous avez, mon garçon », avait coutume de dire son respecté supérieur, l'inspecteur principal Lamb.

Dans la chambre bleue, Miss Silver toussota doucement. Elle dit en anglais :

— Je crois que je ferais mieux, en effet.

Puis, revenant au français, elle poursuivit :

— La première est la dernière lettre de l'alphabet. La seconde est R. Je sens que vous allez trouver très vite.

Frank Abbott modula un long sifflement.

— Oh, c'est donc ça ! Il nous suffira de trouver quels parrains ont consulté les Écritures pour trouver un prénom. On dirait que les petits prophètes pourraient être impliqués.

— Mon cher Frank !

Elle l'entendit rire.

— J'en ai appris la liste complète quand j'étais collégien. Elle se terminait par une assonance très suggestive.

— C'est tout, dit-elle. Je vais rejoindre les autres. Vous verrai-je demain ?

— Bien entendu.

Lorsqu'elle revint au salon, Miss Silver s'installa à distance du feu. Le fauteuil qu'elle choisit voisinait avec celui d'Adrian Grey qui s'était levé à son approche. Il posa le journal qu'il lisait et demanda :

— Puis-je vous apporter une tasse de café ?

Elle le remercia aimablement. De sa place, elle pouvait observer le petit groupe installé près de la cheminée. Lady Dryden avait terminé son café. Elle avait un livre à la main, dont elle tournait une page de temps à autre, mais elle donnait l'impression de ne pas lire vraiment. Elle estimait sans doute avoir fait assez de frais pour la journée.

Debout, adossé à la cheminée, Eric Haile tenait une cigarette entre les doigts. De temps en temps, il la portait à ses lèvres et un léger nuage de fumée s'envolait. Parfois, aussi, il adressait une remarque souriante à Ray Fortescue, installée dans l'angle du canapé. La jeune fille relevait la tête et son regard quittait le magazine qu'elle feuilletait. Elle répondait brièvement pour revenir, non pas au magazine, mais à son rêve personnel.

Miss Whitaker n'était pas dans la pièce.

Adrian Grey revint avec une tasse de café.

— J'ai remarqué ce matin que vous y mettiez du lait et un morceau de sucre. J'espère que ceci vous conviendra.

Ainsi, derrière ses airs d'appartenir à une autre planète, il remarquait ce genre de détails. Elle le gratifia du sourire qui lui avait gagné le cœur de nombreux clients.

— Comme c'est gentil, dit-elle. Je vous en prie, Mr Grey, asseyez-vous. Je serais heureuse de bavarder avec vous.

En retrouvant son fauteuil à côté de celui de Miss Silver, Adrian eut le sentiment de réintégrer un lieu familier. Son monde privé n'avait pas été envahi et personne ne le forçait à le quitter contre son gré. Il y avait simplement rencontré une présence amicale et se sentait en sécurité.

Elle but pensivement son café avant d'entamer la conversation :

— Si vous le voulez bien, je pense que vous pourriez m'aider. Vous avez dû très bien connaître Sir Herbert Whitall. Parlez-moi de lui, je vous prie.

La demande était formulée et dite avec simplicité. Adrian n'éprouva pas le besoin de résister. Il parla lui aussi de façon simple et directe.

— Je ne sais vraiment que vous dire.

Elle sourit de nouveau.

— Ce que vous voulez. Je me demande, par exemple, comment vous avez été amené à collaborer avec lui.

— Oh ! c'est très simple. J'étais sans emploi. Je l'avais connu par hasard quelques années plus tôt et quand il m'a demandé si j'aimerais entreprendre la restauration de Vineyards qu'il avait décidée, j'ai sauté sur sa proposition.

— Il vous avait donné carte blanche ?

— Je n'aurais pas dit ça. Je lui présentais mes suggestions et généralement il les adoptait. Mais pas toujours. Par exemple, je n'ai jamais pu toucher à cet horrible escalier qu'il adorait.

Miss Silver reposa sa tasse sur un guéridon.

— Merci. C'est suffisant.

Elle ouvrit son sac à ouvrage, plaça la pelote rose de

façon qu'elle ne roule pas et reprit la seconde brassière de la petite Josephine.

— Vous dites que vous l'avez connu par hasard. Mais, au cours d'une collaboration aussi étroite que celle que vous évoquez, vous avez dû apprendre à mieux le connaître.

Ils étaient assez éloignés du groupe installé près de la cheminée et parlaient à voix basse, si bien que leur conversation avait le caractère d'intimité qu'elle aurait eu s'ils avaient été seuls. Il hésita un instant puis se décida :

— Beaucoup mieux, certainement. Nous avions en apparence des goûts très proches. Nous étions tous les deux amoureux de Vineyards, par exemple. Il savait reconnaître un bel objet quand il en voyait un mais il appréciait les belles choses à sa manière. Quand je l'ai mieux connu, j'ai découvert une sorte d'anomalie dans sa façon d'évaluer les œuvres d'art.

Miss Silver toussota discrètement.

— Qu'entendez-vous par là ?

Il tourna vers elle le regard candide de ses yeux noisette.

— Quand il admirait une chose, il voulait la posséder.

— Vous trouvez que c'est anormal ?

— Un peu, oui. Mais je me suis mal exprimé. Pratiquement, il ne pouvait pas admirer ce qui appartenait à un autre, il faisait l'impossible pour se l'approprier.

L'image de Lila Dryden surgit entre eux, aussi clairement que si la jeune fille était entrée dans la pièce et se tenait là, ravissante et fragile, objet du désir et de la convoitise de Herbert Whitall.

— Dans ces cas-là, il était brutal, reprit vivement Adrian. Il aurait préféré voir l'objet de son désir détruit plutôt qu'aux mains d'un autre.

Les aiguilles de Miss Silver cliquetaient.

— Cela ne devait pas être facile de travailler avec lui.

— Non, pas vraiment. Mais, en ce qui concerne

Vineyards, ça n'allait pas trop mal et je ne le voyais pas souvent. Il y venait, bien sûr, généralement pour le week-end, mais la plupart du temps, j'y étais seul.

Miss Silver posa son ouvrage et le regarda attentivement.

— Je vais vous poser une question très directe. Ne me répondez pas si vous n'en avez pas envie. Mais si vous le pouvez, j'en serais heureuse. Aimiez-vous Sir Herbert Whitall ?

— Je ne crois pas qu'il souhaitait être aimé, répondit Adrian sans la moindre hésitation.

— Aviez-vous pour lui de l'affection ? De l'amitié ?

Il secoua la tête.

— Ce n'est pas ainsi qu'il faut présenter la chose. Il ne cherchait ni l'amitié ni l'affection. Il n'en avait rien à faire !

— Que voulait-il ?

— De belles choses qui lui appartiennent, des choses que d'autres désiraient et ne pouvaient s'offrir. Il estimait d'autant plus une œuvre d'art que d'autres la désiraient aussi. Et il aimait le pouvoir. Sa fortune lui en procurait beaucoup mais ça ne lui suffisait pas. Il aimait avoir prise sur les gens, de façon qu'ils ne puissent lui échapper, même s'ils le voulaient. Il aimait savoir sur eux des choses qui relèvent de l'intimité, des choses dont on ne veut pas qu'elles soient connues d'autrui. Il n'utilisait pas forcément ce savoir mais il aimait sentir qu'il pourrait en disposer en cas de besoin.

Miss Silver avait écouté, l'air profondément absorbé.

— Le personnage que vous avez décrit était susceptible de susciter un vif ressentiment, voire même la haine. Bien des gens ont dû être tentés de souhaiter sa mort.

Le regard noisette plongea droit dans le sien.

— Oh, oui, bien des gens.

CHAPITRE XXVII

A dix heures du matin, Frederick avertit Miss Silver que l'inspecteur Abbott était dans le bureau et qu'il voulait l'y voir. Apprenti attentif, Frederick n'avait pas encore atteint la perfection dans son rôle et sa version du message n'avait pas le phrasé courtois de l'original. Miss Silver cependant ne s'en formalisa pas. Elle venait de s'embarquer dans une tâche réellement ingrate. Sa nièce, Gladys Robinson, jeune femme égoïste et volage, très différente de sa sœur, Ethel Burkett, que chérissait Miss Silver, lui avait écrit pour lui demander un prêt et pour déverser le trop-plein de ses récriminations à propos de son mari, un excellent homme bien qu'il fût un peu ennuyeux et sensiblement plus âgé que Gladys. Il était nettement plus à l'aise financièrement à l'époque de leur mariage, mais l'écart des années était déjà le même et le mari aussi ennuyeux et aussi excellent. Miss Silver avait compris depuis longtemps que Gladys l'avait épousé pour ses revenus et non pour sa valeur morale; elle en était chagrinée. Avec une irritation croissante, Gladys écrivait qu'elle devait accomplir elle-même ses corvées domestiques. Elle se plaignait de la pingrerie d'Andrew. Elle avait même écrit, dans des termes dont la vulgarité choqua profondément Miss Silver, qu'on trouvait en haute mer beaucoup d'autres poissons et des poissons plus gras. Sur la dernière page de sa lettre, elle avait écrit : divorce.

Miss Silver peinait sur sa réponse : *Ma chère Gladys, je n'ai pas de mots pour te dire combien ta dernière lettre m'a choquée...* Elle en était toujours là lorsqu'elle fut interrompue par Frederick et sa version abrégée du message de l'inspecteur Abbott. Elle posa sa plume avec un soupir de soulagement, referma son sous-main et se dirigea aussitôt vers le bureau.

Frank Abbott était seul. Il vint à sa rencontre et s'enquit aussitôt :

— Où est la loupe ? Je pense que vous l'avez apportée ?

Elle le regarda d'un air réprobateur. Prononcé avec pondération, son « Bonjour Frank. J'espère que vous avez passé une bonne nuit », signala au jeune inspecteur qu'il avait enfreint l'étiquette. Frank s'empressa de réparer ce manquement. Alors seulement, elle plongea la main dans son sac à ouvrage, lui tendit la loupe et répondit à sa question :

— J'ai pensé préférable de la garder. Étant donné les circonstances, il m'a paru peu judicieux de la laisser sur place.

— Oh ! sûrement.

Il emporta la loupe vers la fenêtre et la retourna en tous sens jusqu'à ce que les initiales apparaissent. Puis il revint et la posa sur le bureau.

— Z.R... Un travail d'amateur. A mon avis, il les a gravées lui-même. Tout ça jette un éclairage sinistre sur la moralité des collectionneurs. Ce genre d'objet ne court pas le moindre risque d'être fauché, n'est-ce pas ? Le professeur, lui, estime plus sûr d'y mettre ses initiales. A propos, j'avais raison concernant les petits prophètes : Sophonie, Aggée, Zacharie, Malachie. Le professeur Richardson s'appelle Zacharie. Que conclure ?

Elle s'assit et sortit son tricot. La seconde brassière de la petite Josephine était bien avancée.

— Il serait facile d'attribuer trop d'importance au fait qu'on a trouvé la loupe du professeur dans cette pièce, déclara-t-elle d'un ton posé. Vous avez dit, je crois, qu'elle avait roulé sous la table. Je pense que vous vouliez dire le bureau.

— Oui.

— Elle a pu s'égarer lors d'une occasion antérieure au meurtre.

Il secoua la tête.

— Je crains bien que non. Le ménage avait été fait à fond dans le bureau la veille du jour où Whitall et ses invités y sont venus. Et Richardson ne s'est pas montré dans les parages avant l'invitation à dîner le jour du crime.

— N'est-il pas entré dans le bureau avant le dîner?

— Je ne sais pas. Le fait n'a pas été mentionné mais nous pouvons facilement vérifier, ajouta-t-il en allant vers la sonnette. J'aimerais d'ailleurs revoir quelques détails avec le majordome.

C'était toujours Marsham qui répondait à la sonnette du bureau. Il apparut rapidement.

— Entrez et fermez la porte. Il y a un ou deux points sur lesquels je pense que vous pouvez m'aider. Pouvez-vous me dire dans quel ordre les invités au dîner sont arrivés le soir de la mort de Sir Herbert?

— Certainement, monsieur. Mr Haile est arrivé tôt, un peu avant sept heures et demie. Il avait rendez-vous avec Sir Herbert et il a été introduit ici. Ensuite Mr et Mrs Considine sont arrivés, puis le professeur Richardson. Tous étaient invités pour huit heures moins le quart.

— Le professeur Richardson est-il entré ici?

— Non, monsieur. Sir Herbert et Mr Haile occupaient le bureau. Le professeur s'est rendu au salon.

— Donc, Sir Herbert n'était pas au salon quand ses invités sont arrivés?

— Non, monsieur, il était dans son bureau. Il était plus de huit heures quand Sir Herbert et Mr Haile sont passés au salon.

— Je vois. Et quand les invités sont repartis, Mr et Mrs Considine sont sortis les premiers, n'est-ce pas ?

— Oui, monsieur, à dix heures et demie. Ils ont conduit Miss Whitaker jusqu'à son bus.

— Ah ! oui, Miss Whitaker. Était-ce convenu d'avance ?

— Non, monsieur. Miss Whitaker s'est approchée de Sir Herbert dans le hall. Elle lui a dit qu'elle avait reçu un message l'avisant que sa sœur était malade, puis elle a demandé à Mrs Considine si elle pourrait la conduire jusqu'au bus.

Abbott haussa les sourcils.

— Vous voulez dire que Sir Herbert ignorait la chose ?

— C'est ce qu'il semble. Il n'en avait pas l'air très content. Il a dit « Et si je disais non ? » et Miss Whitaker a répondu que ça n'y changerait rien.

L'inspecteur Abbott nota mentalement que Miss Whitaker ne semblait pas très populaire auprès des domestiques.

— Sur quel ton Sir Herbert a-t-il posé cette question ? Était-il irrité ?

Marsham hésita.

— Ce n'est pas facile à dire, monsieur. Sir Herbert n'était pas du genre à s'échauffer.

— Et Miss Whitaker, quand elle a dit que ça n'y changerait rien, comment l'a-t-elle dit ? Avec désinvolture ?

— Oh ! non, monsieur.

— Elle était en colère ?

— Je pense que oui.

— Ils n'ont rien dit d'autre ?

— Non, monsieur.

— Et elle est partie avec Mr et Mrs Considine ?

— Oui, monsieur.

— Le professeur était-il dans le hall pendant ce temps-là ?

— Oui, monsieur.

— Il n'est pas entré dans le bureau ? Vous en êtes bien sûr ?

— Absolument sûr.

— Au bout de combien de temps est-il parti ?

— Dès que Mr et Mrs Considine ont démarré.

— Donc, vous êtes absolument certain qu'il n'est venu dans cette pièce à aucun moment de la soirée ?

Questions et réponses s'étaient rapidement succédé. Marsham avait hésité une seule fois et pas longtemps. A présent, il se taisait. Il n'hésitait pas. Il restait silencieux. L'attention de Miss Silver s'aiguisa. Ses doigts s'affairaient, ses yeux ne quittaient pas le visage inexpressif de Marsham.

Frank fit sèchement :

— C'est ce que vous avez affirmé, vous le savez.

— Je vous demande pardon, monsieur, vous m'avez demandé si le professeur était venu ici avant le dîner puis quand la soirée s'est achevée, et j'ai dit que non. A présent, vous me demandez s'il y est venu pendant la soirée, quel que soit le moment.

— Et alors, est-il venu ?

— Je ne sais pas, monsieur.

— Que voulez-vous dire au juste par là ?

— Ce n'est pas facile de l'exprimer par un oui ou un non, monsieur.

Assis de guingois sur le bureau dans une pose nonchalante, Frank scruta délibérément de son froid regard bleu le visage impassible.

— Utilisez tous les mots que vous voudrez.

Marsham ne se le fit pas dire deux fois.

— Vous savez certainement, monsieur, que j'ai fait une déposition à l'inspecteur Newbury. On m'a posé nombre de questions que vous aussi m'avez posées et j'y ai répondu de mon mieux. On m'a demandé quand j'ai vu Sir Herbert vivant pour la dernière fois. J'ai répondu que c'était juste après que Lady Dryden, Miss Lila et Mr Grey furent montés.

Abbott fit un signe d'assentiment.

— J'ai la déposition ici, dit-il en saisissant une liasse dont il tourna une page. Il lut tout haut :

« Sir Herbert est sorti du salon et s'est dirigé vers le bureau. J'ai remis de l'ordre au salon et suis allé à l'office. A onze heures, j'ai fait le tour des pièces du rez-de-chaussée pour m'assurer que tout était bien fermé. Quand je me suis rendu au bureau, je ne suis pas entré parce que j'ai entendu des voix. Sir Herbert avait l'habitude de veiller tard. J'ai pensé que Mr Haile était peut-être avec lui... »

— Pourquoi pensiez-vous que ce pouvait être Mr Haile ?

— Parce qu'il passait la nuit ici. J'avais vu Mr Grey monter mais pas Mr Haile. J'ai pensé qu'il avait pu reprendre sa discussion avec Sir Herbert.

— Vous n'avez pas reconnu sa voix ?

— Non, monsieur.

— Vous savez que Mr Haile dit qu'il est allé au bureau prendre un verre mais qu'il n'y est resté que quelques minutes et qu'il était au premier dans sa chambre avant onze heures ?

— Non, monsieur, je ne le savais pas.

— C'est dans la déposition de Mr Haile, et c'est confirmé par Mr Grey qui dit avoir vu Mr Haile dans sa chambre par la porte à demi ouverte quand il est revenu de la salle de bains : Mr Haile était en pyjama et il était alors onze heures. Si bien que ce ne pouvait pas être Mr Haile que vous avez entendu parler avec Sir Herbert dans le bureau après que vous avez tout fermé.

— Il semble que non, monsieur.

— Dans votre déposition, vous dites ensuite qu'ayant entendu parler, et décidé alors de ne pas entrer, vous avez terminé votre tour et vous êtes monté vous coucher.

— Oui, monsieur.

— Alors, par où le professeur Richardson entre-t-il ?

— Monsieur ?

— Écoutez, Marsham, vous êtes peut-être en train de vous enfoncer dans une sale situation. Vous avez fait une déposition, vous avez répondu aux questions que la justice vous a posées. Vous auriez pu refuser de le faire jusqu'à citation de la cour du coroner[1]. Ce que vous ne pouvez faire sans vous attirer des ennuis, c'est une fausse déclaration.

— Monsieur !

— Il existe un délit que l'on appelle mensonge implicite. Je pense que votre déclaration est vraie jusqu'au point où elle s'arrête. Je pense que vous êtes passé devant la porte de cette pièce, que vous avez entendu parler et pensé que Mr Haile était avec votre patron. Et je vous dis que cette déclaration ne va pas assez loin. Sinon, pourquoi ne me répondez-vous pas quand je vous demande si vous êtes sûr que le professeur Richardson n'est entré dans cette pièce à aucun moment de la soirée du meurtre ? Quelque chose vous fait hésiter, c'est manifeste. Je vous demande maintenant catégoriquement : après être resté devant la porte du bureau et avoir pensé que Mr Haile était avec Sir Herbert, avez-vous entendu quelque chose qui vous a fait changer d'avis ?

Le visage de Marsham n'exprimait rien. Après un silence, il parla :

— Ce n'était pas quelque chose dont je puisse jurer.

— Écoutez, Marsham, vous feriez vraiment mieux de me dire ce que c'était.

— Je venais de passer devant la porte...

— Oui ?

— Eh bien, monsieur, je pense que je dois vous dire que j'ai entendu quelque chose.

— Qu'avez-vous entendu ?

1. Officier civil chargé d'instruire, assisté d'un jury, en cas de mort violente ou subite. *(N.d.T.)*

— Ce n'était pas des mots, monsieur, dit lentement Marsham. C'était... c'était juste un son. Et ce n'était pas le genre de son que j'aurais attendu de Mr Haile.

— Quel genre de son était-ce ?

Sans rien perdre de sa solennité, Marsham gonfla ses grandes joues pâles et proféra un son qui aurait pu être « Pah ! » ou « Pooh ! ».

L'effet comique était extraordinaire mais ni l'un ni l'autre des observateurs ne se sentit porté à rire. Cette imitation ridicule pourrait très bien conduire à la mort par pendaison l'individu dont elle s'inspirait. Miss Silver n'avait aucun moyen d'identifier cet individu. Frank Abbott l'avait. Quelques heures plus tôt, il s'était bien diverti lorsque deux joues rubicondes s'étaient distendues comme des ballons afin d'exhaler ce « Pooh » ou ce « Pah » méprisant.

— Vous avez reconnu le son ? demanda-t-il vivement.

Les contours du visage de Marsham avaient retrouvé leur lourde dignité.

— Je ne voudrais pas prendre sur moi de le jurer.

— Je ne vous demande pas de le jurer. Je vous demande ce à quoi vous avez pensé sur le moment.

Après une pause, il répondit :

— Je pense que c'était le professeur.

Frank fit un petit signe affirmatif.

— Vous êtes resté encore un moment près de la porte ?

— Juste un instant, monsieur.

— Vous n'avez rien entendu d'autre ?

— J'ai entendu Sir Herbert dire quelque chose. Je ne sais pas quoi.

— Il avait l'air en colère ?

— Je ne pourrais le dire, monsieur. Sir Herbert avait une façon vraiment glaciale de se mettre en colère. Il n'élevait pas la voix, pas de façon sensible.

— Et c'est tout ce que vous avez entendu ?

— Oui, monsieur. J'ai suivi le corridor et, une fois ma ronde terminée, j'ai regagné ma chambre.

CHAPITRE XXVIII

La porte se referma sur Marsham. Frank laissa s'écouler une minute. Puis il se leva, traversa la pièce d'un pas nonchalant et rouvrit la porte. Le corridor était vide. Il retourna près du feu, nota qu'il avait besoin de bois et disposa d'une main experte deux petites bûches sur une grande. Quand il eut terminé, il s'essuya les mains avec un mouchoir de fil, assorti à sa cravate et à ses chaussettes, et fit observer d'un ton anodin :

— Simplement pour être sûr qu'il ne prend pas l'habitude de s'appuyer contre les portes.

Les yeux fixés sur lui, Miss Silver tricotait.

— Vous pensez qu'il en a entendu plus qu'il ne veut l'admettre ?

— Cela se pourrait. Personne ne dit jamais tout ce qu'il sait dans une affaire de meurtre. Je l'ai appris de vous quand j'étais en barboteuse. J'ai l'impression qu'il cachait quelque chose. Et vous ?

— Je ne sais pas. Je pense qu'il a reconnu la voix du professeur beaucoup plus sûrement qu'il ne le déclare.

— Oh ! oui ! Absolument. Il aime le vieux bonhomme. Ça ne m'étonnerait pas. Il n'était pas, dirons-nous, follement attaché au défunt Whitall. Notre Marsham n'a rien du vieux serviteur fidèle.

Miss Silver toussa.

— Je n'ai pas encore vu une seule personne dont on peut dire qu'elle ait éprouvé la moindre affection pour Sir Herbert Whitall.

Les sourcils blonds de Frank se haussèrent :

— En voilà une épitaphe ! « Ci-gît l'homme que personne n'aima. » Que diriez-vous d'y ajouter : « Et que beaucoup détestèrent » ?

— Je pense que cela pourrait concorder avec les faits.

— Personne ne l'aimait et beaucoup le détestaient. C'est le verdict, n'est-ce pas ? Dans quelle catégorie classeriez-vous Miss Whitaker ?

— Je n'ose me prononcer. Un sentiment puissant a certainement existé. Il est indéniable qu'elle a subi un choc sévère.

— Elle a passé une dizaine d'années à ses côtés. Elle a peut-être été sa maîtresse. Je ne pense pas qu'elle l'ait assassiné. Newbury a vérifié son alibi, il semble que ça colle. Elle est partie à dix heures et demie avec les Considine, elle a attrapé le bus pour Emsworth et elle est descendue à la gare à onze heures. La sœur est une Mrs West qui habite 32 Station Road. Elle dit que Miss Whitaker est arrivée peu après onze heures et qu'elle est allée se coucher directement ; toutes les deux se sont couchées. Elle dit avoir eu une crise pénible dans la matinée et que son petit garçon n'allait pas bien. Elle avait appelé sa sœur parce qu'elle serait seule dans la maison avec lui et qu'elle n'était pas très sûre d'elle-même.

— Elle a le téléphone ?

— Oui, j'ai posé la question. Elle loge chez une masseuse qui a le téléphone et l'autorise à l'utiliser.

— Et où était la masseuse ?

— Partie pour le week-end. L'histoire se tient parfaitement. Miss Whitaker a pris le bus de dix heures du matin pour rentrer.

Miss Silver tricotait toujours. Frank lisait sur son visage qu'elle avait encore quelque chose à dire. Il attendit, adossé à la cheminée, parfait prototype du jeune oisif élégant, aux cheveux blonds et lisses, bien pris dans un complet sombre admirablement coupé. Elle ne tarda pas à tousser et demanda d'un ton un peu indécis :

— Depuis combien de temps Mrs West habite-t-elle Emsworth ?

Il parut surpris. Ce n'était pas ce qu'il attendait.

— Mrs West ? Je ne sais pas. Attendez... je crois que Newbury l'a mentionné. Il dit qu'elle n'est pas de la région. Ah, oui, c'était à propos de l'enfant, du fait qu'elle était seule avec lui dans la maison et ne connaissait personne à qui elle aurait pu demander de venir.

Miss Silver tira sur sa pelote de laine rose pâle.

— C'est ce que je pensais. A mon avis, le déménagement de Mrs West à Emsworth a probablement fait suite à l'achat de Vineyards par Sir Herbert.

— Et qu'est-ce que ça signifierait ?

— Je ne serais pas surprise que Miss Whitaker se soit inquiétée pour un enfant qui aurait souffert d'être privé des soins nécessaires plutôt que pour sa sœur. Puis-je demander si l'inspecteur Newbury a indiqué l'âgc de l'enfant ?

— Oui, un petit garçon de huit ans. Et alors ?

Les aiguilles cliquetaient.

— C'est possible. Cela expliquerait, je pense, certaines choses et en suggérerait quelques autres.

Elle parlait encore quand la porte s'ouvrit. Frederick apparut, dominant d'une bonne tête le professeur.

— Professeur Richardson, annonça-t-il.

Ce gentleman avait déjà investi la pièce, le crâne miroitant, sa fraise de cheveux roux hérissée comme une haie. Sa voix de basse gronda.

— Eh bien, inspecteur, me voici ! Que voulez-vous de moi ? Newbury m'a posé hier matin toutes les questions imaginables. Vous-même me les avez toutes posées de nouveau hier après-midi et maintenant, nous remettons ça ! J'espère que vous avez veillé la nuit entière pour en trouver de nouvelles. Vos méthodes m'épuisent, inspecteur.

Dès qu'il fut contraint de reprendre son souffle, Frank le présenta à Miss Silver.

— Une amie de Lady Dryden ? Sybil est très bouleversée, je suppose. Je ne peux pas l'imaginer bouleversée mais je suppose qu'elle l'est. Comme je l'ai dit à Mrs Considine que j'ai croisée sur la route en venant. Savez-vous ce qu'elle m'a répondu ? Elle était en classe avec Lady Dryden, vous savez. De sa vie, elle ne l'a vue bouleversée. « Sybil Dryden ne permet pas que les choses la bouleversent », ce sont ses propres termes. Elle dit qu'en cas de dispute ou autre chose, Sybil se tire toujours d'affaire à son avantage. J'ai déjà rencontré des gens comme ça. C'est un don du ciel, mais il ne leur attire pas l'amour des humains, je l'ai remarqué.

Il s'était posté près de la cheminée et se frottait les mains, penché vers le feu. Puis il fit demi-tour pour s'adresser directement à Miss Silver :

— C'est un fait, les gens qui n'ont jamais d'ennuis sont très irritants pour leur entourage : pas moyen d'aller faire une petite visite de condoléances en apportant des œufs du jour; pas de mouchoirs tendus aux affligés; pas de raison de répandre le lait de la tendresse humaine. Naturellement, cela déplaît.

Il était si rougeaud, si flamboyant, si content de lui qu'il devenait de plus en plus difficile de le situer dans le rôle de l'assassin. Et le mobile ? Une dispute sur l'authenticité d'une dague ancienne ? Dûment sollicitée, la mémoire de Frank Abbott lui fournit une kyrielle de missives belliqueuses, adressées au *Times* à propos de ceci, de cela, de tout et de n'importe quoi. Le passé du bonhomme était pavé de disputes et de controverses. Mais pas de cadavres. Alors, pourquoi maintenant ? Soupçonner le professeur semblait ridicule. Une chose était pourtant certaine : le professeur était entré dans cette pièce la nuit du meurtre ; il lui fallait s'expliquer sur ce point.

Quand la voix tonitruante s'arrêta, celle placide et traînante de Frank demanda :

— Cela vous ennuierait-il de me dire par où vous êtes entré l'autre nuit ?

Le professeur braqua vers lui ses lunettes étincelantes :

— Qu'entendez-vous par l'autre nuit ?

— La nuit où Sir Herbert a été assassiné.

— Je suis entré par où l'on entre d'habitude : par la porte. Je suis venu dîner ici. J'ai appuyé sur la sonnette et j'ai été introduit par cette grande chandelle d'un mètre quatre-vingt-cinq de Frederick je-ne-sais-pas-quoi. Demandez-le-lui, il vous le dira.

Frank Abbott hocha la tête.

— Naturellement. Mais ce n'est pas de ce moment que je parle. Vous avez dîné ici et vous êtes reparti à dix heures et demie, juste après Mr et Mrs Considine. Ce que je veux savoir, c'est quand vous êtes revenu et pourquoi.

— Quand je suis revenu ? Que voulez-vous dire, monsieur ?

— Simplement ce que je dis. Vous êtes revenu, probablement par cette porte sur la terrasse. Vous avez attiré l'attention de Sir Herbert et il vous a fait entrer.

Le professeur gonfla ses joues et gronda :

— « Pah ! » Absurde.

Frank décida que, finalement, « Pah » restituait mieux que « Pooh » le son produit par le professeur. Sans rien perdre de sa placidité, il répliqua :

— Je ne le pense pas. Je pense que vous êtes entré par cette porte.

Le professeur écarquilla les yeux.

— Ce que vous pensez n'est pas une preuve, jeune homme. Ce dont ma gouvernante peut jurer en est une. Elle vous dira que j'étais rentré à onze heures moins le quart. Un point, c'est tout.

— Vous êtes rentré en cyclomoteur ?

— Je me déplace toujours ainsi. Ce n'est pas un délit, que je sache !

— L'engin pourrait être un accessoire commode. Si vous étiez rentré chez vous en dix minutes à peu près, vous auriez pu faire dans le même temps le chemin en sens inverse. Vous aviez eu un sérieux accrochage avec Sir Herbert dans la soirée à propos de cette dague que Marco Polo aurait rapportée de Chine.

— Foutaise ! Pure et simple foutaise ! C'est ce que je lui ai dit ! Les documents les plus anciens qui la concernent remontent au XVIIIe siècle !

— A ce moment-là, Mrs Considine est intervenue ; elle a demandé à entendre ses disques préférés. Mais vous vouliez en finir avec cette histoire de dague. Vous êtes rentré chez vous en ruminant vos arguments, vous en avez trouvé d'autres, vous avez empoché votre loupe et vous êtes reparti. Vous saviez que Sir Herbert se couchait tard et que vous le trouveriez dans son bureau. Vous êtes arrivé par la terrasse, il vous a fait entrer, il est allé chercher la dague et vous avez repris la discussion au point où Mrs Considine l'avait interrompue. A propos, voici votre loupe.

Il sortit l'objet de sa poche et le lui tendit, posé sur la paume de sa main.

Le sang monta brutalement à la tête du professeur ; l'on eût presque pu dire jusqu'à ses cheveux roux. Il était inondé de sueur, à croire qu'il sortait d'un chaudron d'eau bouillante. Avec un grognement guttural, il demanda :

— Qu'est-ce que c'est que ça ?

— Votre loupe.

— Qui vous dit qu'elle est à moi ?

— Elle porte vos initiales.

La fureur noire du professeur, ses yeux flamboyants et ses grognements féroces étaient autant de réminiscences des âges barbares de l'humanité.

Miss Silver travaillait à la brassière de la petite Joséphine sans rien perdre de la scène. La colère passionnelle défigure l'homme mais, simultanément, elle le révèle. *In vino veritas*, dit le proverbe, mais l'homme en état d'ivresse n'est pas seul à dire la vérité. La colère, elle aussi, détient parfois le pouvoir souverain de délier les langues. La langue du professeur s'était déliée. Il gonfla ses joues au maximum, proféra d'étranges sons gutturaux dont jaillit finalement une cataracte de mots.

— Mes initiales sont gravées sur une loupe que l'on a dénichée dans cette pièce ! Comme c'est commode ! Comment cela s'est-il passé ? Peut-être les experts de Scotland Yard vont-ils nous en informer ! Et parce que ma loupe est ici, j'ai assassiné Herbert Whitall ! Je suppose que telle sera votre prochaine déduction. Alors, allez-y ! Dites-le !

L'attitude de Frank se fit encore plus froide.

— Avant que l'un de nous ajoute quoi que ce soit, je me dois de vous avertir que tout ce que vous dites peut être enregistré et utilisé comme témoignage.

Le professeur éclata de rire, à supposer que l'on puisse qualifier ainsi un son aussi belliqueux.

— Très bien, vous m'avez averti. Rien ne m'oblige à faire une déposition. Je peux consulter mon avocat et tout le reste. Foutaises ! Je ferai toutes les dépositions que je veux et je n'ai pas besoin d'un avocat pour m'enseigner à dire la vérité ! Alors, j'ai tué Herbert Whitall, hein ? Peut-être allez-vous me dire pourquoi ! Mis à part les maniaques, tout le monde doit avoir un mobile pour tuer. Où est le mien ? Dites-le-moi, monsieur l'Intello de Scotland Yard !

Frank alla s'asseoir au bureau. Il posa devant lui un bloc-notes et fit son choix parmi les crayons élégamment taillés de Sir Herbert.

— Vous avez eu avec lui une altercation sévère.

Le professeur passa les doigts dans sa ruche de cheveux roux.

— Altercation ! Vous appelez ça une altercation ! Mon bon jeune homme, toute ma carrière est jalonnée d'altercations ! Je n'aimais pas Herbert Whitall et n'ai jamais rencontré quelqu'un qui l'aimât. Absolument dénué de sincérité, de chaleur humaine et d'intégrité scientifique. Pah ! Mais je n'en suis jamais venu au point de vouloir le tuer. Pourquoi l'aurais-je voulu ? Si je n'ai pas tordu le cou de Tortinelli quand il m'a traité de menteur sur une tribune publique, si je n'ai pas étranglé Mrs Hodgkins-Blenkinsop après avoir subi ses imbécillités pestifères pendant deux heures lors d'un colloque, pourquoi aurais-je poignardé Herbert Whitall ? Je vous le dis : quiconque peut endurer cette femme deux heures durant est un champion de la maîtrise de soi ! Et moi, je n'ai même pas été grossier à son égard. Mon hôtesse me suppliait et j'ai réprimé mes impulsions. Je me suis simplement approché et j'ai dit : « Madame, les déclarations que vous avez avancées sont inexactes, votre façon de les présenter est malhonnête et je vous recommande d'abandonner l'histoire au bénéfice de la fiction. Bonsoir ! »

Il riait de toutes ses dents, un rire bien humain cette fois.

— Vous auriez dû voir sa tête ! reprit-il. La dame pèse plus d'une tonne et me regardait bouche bée. Pour la première fois de sa vie, elle était à court d'arguments. Je suis parti avant qu'elle n'ait récupéré ses esprits. Vous voyez bien que j'ai de la retenue, que je sais me contrôler. Je m'en tiens toujours au point de vue scientifique, je suis calme, détaché. Pourquoi aurais-je assassiné Herbert Whitall ?

Sur le bureau, le bloc-notes était toujours vierge.

— Je ne vous ai pas demandé si vous aviez tué Whitall, repartit l'inspecteur Abbott avec nonchalance. Je vous ai demandé si vous étiez revenu ici la nuit où quelqu'un l'a tué.

Le professeur s'était rapproché du bureau. Il se jeta

dans un fauteuil confortable dont il agressa les accoudoirs de ses poings serrés.

— Ah ! non, jeune homme, vous ne l'avez pas fait ! Vous ne m'avez rien demandé du tout. Vous m'avez dit que j'étais revenu, ce qui est tout différent.

— Bien, vous êtes revenu, n'est-ce pas ?

Le professeur se remit à cogner.

— Bien sûr, je suis revenu ! Et pourquoi pas ! Y a-t-il une loi qui me l'aurait interdit ?

— Voulez-vous me dire ce qui s'est passé ?

— Ce qui s'est passé ? hurla le professeur. Il ne s'est rien passé ! Si ce n'est que j'ai pu lui administrer une bonne déculottée à propos de sa ridicule dague d'ivoire. Marco Polo ! Je vous demande un peu ! Une œuvre fin XVIIe ou début XVIIIe, comme je le lui ai dit.

— J'avais cru comprendre que vous-même aviez fait une offre pour cet objet.

Le professeur écarta l'objection d'un geste de la main.

— Non, pas pour moi. Je ne peux pas m'offrir des faux aussi coûteux. Un de mes amis, Rufus T. Ellinger, le roi du bœuf, m'avait télégraphié pour me demander de lui trouver quelqu'un qui enchérisse pour lui. Je n'y suis pas allé moi-même, je ne voulais pas être mêlé à cette vente. Ellinger avait entendu des rumeurs fantaisistes. C'est un bon expert en matière de bœuf, pas en matière d'ivoires. Je lui ai dit la somme qu'il pouvait raisonnablement y mettre. Whitall a surenchéri. Il l'a payée une forte somme, beaucoup plus qu'elle ne vaut. Un point, c'est tout. Naturellement, il n'a pas apprécié que je lui dise qu'il s'était fait arnaquer. Jamais voulu l'admettre. Pah !

— Et vous êtes revenu pour en finir. Pourquoi êtes-vous rentré chez vous ? Pourquoi n'êtes-vous pas tout simplement resté après le départ des Considine ?

Le professeur ressemblait maintenant à un être tout à fait sociable. Son teint, sa voix et sa couronne de cheveux n'exprimaient plus l'outrance mais une bonhomie gouailleuse.

— Ah ! Vous pensez que c'est là que vous allez me piéger, jeune homme ! Pas du tout. Je suis allé chercher ma loupe et une lettre. J'avais l'intention de les emporter mais je me suis aperçu que je ne les avais pas. Ça, c'est ma gouvernante ! Sous prétexte que mes poches sont bourrées à craquer, elle passe son temps à en retirer ci ou ça. La lettre était de Robinet, le meilleur expert en ivoires sur la place. La précieuse dague d'ivoire n'a pas de secret pour lui. A nous deux, nous pouvions rabattre le caquet de Whitall, ce que nous avons fait. Je savais qu'il veillait tard, si bien que je suis arrivé par cette porte.

Frank jouait avec son crayon.

— Et il vous a laissé entrer.

Le professeur frappa son fauteuil.

— Non, la porte n'était pas fermée.

— Quoi !

— J'ai mis la main sur la poignée — je voulais juste la secouer un peu pour attirer son attention — mais la porte était ouverte et je suis entré. Il a sursauté comme une vierge.

Lui-même sourit comme un collégien. Frank ne le quittait pas des yeux.

— Bon, vous êtes entré. A-t-il été surpris de vous voir ?

— Je ne sais s'il était surpris ou pas. J'ai dit : « Écoutez, Whitall, si votre dague est antérieure d'un jour à la fin du XVIIIe siècle, je veux bien l'avaler. Allez la chercher. Je vous prouverai ce que je dis ou bien ce sera Robinet qui le fera. » Il est allé la chercher et je lui ai fait ma démonstration. Mais c'est un âne bâté. Il n'a jamais voulu en démordre.

— Et alors ?

Les yeux globuleux du professeur saillirent légèrement.

— Alors je suis rentré chez moi.

— Par où êtes-vous sorti ?

— Par où j'étais entré.
— Pourquoi ?
— Pah ! Pourquoi fait-on ce qu'on fait ? C'était le plus rapide.
— Ça vous obligeait à faire le tour de la maison dans le noir.
— J'ai une excellente lampe de poche. Allons ! Où tout ça nous mène-t-il ?
— Je me demandais, repartit Abbott glacial, si c'était parce que vous ne vouliez pas être vu. Si Whitall était mort quand vous l'avez quitté, vous n'auriez pas voulu que l'on vous voie sortir, n'est-ce pas ?
Le professeur martela son fauteuil des deux poings.
— Et alors ? Il était bien vivant, un point c'est tout ! Il était assis là où vous êtes, avec sa dague posée devant lui sur le buvard et l'air aussi gracieux qu'une giclée de verjus. Je suis sorti et je n'étais pas en bas des marches qu'il fermait la porte, au cas où l'idée m'aurait pris de revenir.
— Il a fermé la porte derrière vous ?
Le professeur luttait vainement contre une tempête de rire.
— Il a poussé le verrou à fond. Vif commc la poudre ! Terrifié à l'idée de me voir revenir pour l'enfoncer un peu plus !
Après un silence, Abbott reprit :
— Vous savez que Waring a trouvé cette porte entrouverte un peu après minuit.
— Alors, quelqu'un l'avait rouverte, répondit le professeur étonné.
— Ou l'avait laissée ouverte. Si Herbert Whitall était mort quand vous l'avez quitté, plus personne n'était là pour fermer la porte derrière vous, non ?
Le professeur sourit.
— Très subtil, jeune homme. Que voulez-vous que je vous dise ? Il était vivant quand je l'ai quitté et il a fermé la porte derrière moi. Vous pouvez mettre ça dans votre déposition et je la signerai !

CHAPITRE XXIX

Après avoir fait sa déposition et l'avoir signée — l'élégant zigzag du Z et la majuscule de « Richardson » en étaient les seuls éléments identifiables —, il jeta la plume et demanda si la police allait se couvrir de ridicule en procédant à son arrestation.

— Surtout, ne vous inquiétez pas pour moi. Si vous voulez être la risée du comté, allons-y gaiement !

— Pour que vous puissiez écrire au *Times* ? Je ne pense pas que nous allons vous rendre ce service. Sachez cependant que vous serez convoqué à l'enquête et que vous devez rester à la disposition de la justice pour des interrogatoires ultérieurs.

Le professeur mugit de rire.

— Je ne vais pas me sauver comme un lapin, si c'est ce que vous voulez dire !

Miss Silver avait manié ses aiguilles bien pensivement. Après que le professeur eut claqué la porte derrière lui, Frank Abbott se rapprocha d'elle d'un pas nonchalant.

— Eh bien ?

— Un caractère intéressant, fit-elle observer.

— On ne peut plus intéressant, fit-il en se posant en face d'elle sur le bras d'un fauteuil.

— Par certains côtés, tout à fait incontrôlé mais cependant capable d'affronter avec beaucoup de sang-froid une situation réellement inquiétante. Après une exhibition de colère réellement spectaculaire, son argumentation improvisée au pied levé était à la fois habile et pondérée, sous les affectations dont il agrémente son discours.

Frank hocha la tête :

— C'est un cerveau.

— Je dirais même un cerveau supérieur.

Il se mit à rire :

— Mais vous n'avez pas vraiment répondu à ma question. Que pensez-vous de cette argumentation habile et pondérée ? Vous a-t-elle convaincue ?

— Je suis en tout cas très tentée de l'être.

— Puis-je connaître vos raisons ?

Elle posa un moment son ouvrage et le regarda de son air le plus grave :

— C'est une question de mobile, dit-elle. Je ne vois pas pourquoi le professeur Richardson aurait désiré la mort de Sir Herbert Whitall. Il existe bien sûr des éléments que nous ignorons mais, dans le cas présent, le professeur avait de bonnes raisons d'être satisfait des résultats de l'entretien qui venait d'avoir lieu. Vous pouvez, bien entendu, contrôler son compte rendu et demander à voir la lettre de M. Robinet qui, selon sa déclaration, lui a permis de convaincre d'erreur Sir Herbert. Étant sorti vainqueur de cette discussion, pourquoi serait-il passé à la violence ? Il est beaucoup plus vraisemblable qu'il nageait en pleine euphorie, ce qui était indéniablement très offensant pour Sir Herbert Whitall mais pas de nature à provoquer une impulsion meurtrière. Autre point : apparemment, il n'a pas cherché à modérer le volume de sa voix pendant l'entretien. Il n'était pas très tard : à onze heures du soir, n'importe qui aurait pu emprunter le corridor. En fait, Marsham l'a parcouru et il a entendu sa voix et celle de Sir Herbert.

— Oh, je ne crois pas qu'il soit revenu ici dans l'intention d'assassiner Sir Herbert.

— Voyez-vous alors quelle provocation aurait pu l'amener à une telle extrémité ?

— Avec un tempérament pareil, la moindre provocation suffit, non ? demanda Frank, dubitatif.

— Pour les petites choses, vous avez raison. Nous avons observé de nombreuses perturbations superficielles : il explose, il rage. Mais, très rapidement, il reprend son contrôle, si tant est qu'il l'ait jamais perdu. Pour reprendre son argument, s'il n'a jamais agressé personne, pourquoi aurait-il tout à coup assassiné Sir Herbert Whitall ?

— Autrement dit, vous ne pensez pas qu'il l'ait fait.

— Je ne vois pas la raison pour laquelle il l'aurait fait.

Le téléphone les interrompit. Frank se leva, prit l'appareil. Après son « allô » coutumier, nettement impersonnel, sa voix changea.

— Ah ! c'est vous, Jackson. Vous avez du nouveau ?

Il y eut une pause occupée par le grésillement émis par l'appareil.

— Quarante mille ? reprit Frank, interrogateur. N'est-ce pas le vieux type que l'on a vu dans les journaux devant cent une bougies et un gâteau à trois étages ?... Je vois... Parfait. Merci.

Il raccrocha et revint à son siège.

— Il semblerait, d'après certains indices, que nous ayons levé un lièvre sur un territoire qui vous intéresse.

— Mon cher Frank !

— Je parle du territoire Dryden. J'y ai lancé un limier qui vient de me faire son rapport.

Le regard indulgent de Miss Silver n'en était pas moins un reproche.

— Je pense que vous voulez dire que vous avez fait faire des recherches du côté du testament de Sir John Dryden.

— Bravo, chère amie ! L'excellent Jackson est allé à

Somerset House[1] et me dit que Sir John a laissé quarante mille livres en fonds d'État à sa fille adoptive, Lila.

— Qui sont les exécuteurs testamentaires ?

— Il y en a deux : sa femme, Sybil Dryden, et Sir Gregory Digges.

Joint aux fragments de la conversation de Frank au téléphone, ce nom illumina instantanément la mémoire de Miss Silver. Elle lisait deux journaux, l'un mondialement réputé pour ses opinions modérées et son bon goût, l'autre d'un caractère plus enlevé et tourné vers les reportages illustrés. Comme Frank, elle s'était aussitôt rappelé la photographie de Sir Gregory Digges le jour de son cent unième anniversaire, entouré de ses descendants plongés dans la contemplation fascinée d'un énorme gâteau pyramidal, hérissé de bougies.

Frank se mit à rire :

— Je vois que le nom touche une corde sensible. Nous y voici. Le testament a été rédigé il y a près de vingt ans et je suppose que Sir John voulait faire une fleur au vieil homme. Vous savez comment cela se passe chez les exécuteurs : l'un d'eux fait le travail et les autres signent sur la ligne en pointillé. Sir John comptait manifestement que sa femme serait celle qui fait le travail. Je commence à me demander comment elle s'en est acquittée.

Miss Silver avait repris ses aiguilles. Sa mémoire explorait le passé.

— Il y a dix-neuf ans... Miss Lila devait en avoir trois et Sir John n'avait pas encore épousé Lady Dryden.

— Vous en êtes sûre ?

— Absolument. Je crains de ne pouvoir vous donner la date du mariage mais c'était quelques années après l'adoption.

— Alors, son nom a dû être ajouté plus tard. Ce devait

1. Édifice londonien du XVIIIe siècle où se trouvaient autrefois l'état civil, les impôts et d'autres administrations. *(N.d.T.)*

être une chose tout à fait normale. Jackson n'est pas entré dans les détails.

Miss Silver toussa.

— Lady Dryden m'a laissé entendre que Sir John n'avait pu faire que bien peu pour sa fille adoptive.

— Question : a-t-elle les idées si larges qu'elle considère quarante mille livres comme de la bouillie pour les chats ? Ou y aurait-il une autre explication ? Je me demande si feu Herbert a vu le testament de Sir John Dryden du même œil que Jackson. S'il devait épouser la jolie Lila, il a dû s'intéresser de près à ces quarante mille livres. Mais Lady Dryden dit qu'il n'y avait pas grand-chose pour Lila. Comment cela se fait-il ? Il est possible que Herbert ait voulu le savoir, ainsi que certaines autres choses. Il a pu manifester une curiosité inopportune, voire même menaçante. Si les quarante mille livres n'étaient plus là, ç'aurait pu être vraiment terrible pour Lady Dryden. En fait, cela expliquerait pourquoi Lila ne devait pas épouser Bill et devait épouser Herbert bien qu'elle le détestât manifestement.

Il consulta sa montre et se leva.

— Eh bien, après avoir lâché la bride à nos imaginations et suspendu beaucoup d'hypothèses à une mince patère, nous ferions bien de revenir sur un terrain solide. « De ces métaphores mélangées, vous pouvez choisir celle qui vous plaît et la garder avec l'assurance de ma profonde considération. » C'est une expression traduite du français. Je vais la tester sur l'inspecteur principal de police un de ces jours et le regarder exploser. Pour l'instant, si son train n'est pas en retard, Mr Garside, notaire de Whitall, devrait s'engager dans l'avenue. La grande scène du testament est imminente. Vous êtes tout particulièrement invitée à y exercer vos dons d'observation.

Miss Silver rassembla sa pelote rose, son sac à ouvrage et la brassière de la petite Josephine. Elle sourit :

— Merci, dit-elle posément. Ce sera une expérience tout à fait intéressante.

CHAPITRE XXX

Mr Garside était un homme mince, au visage en lame de couteau, au dos voûté, à la voix caverneuse. La mort violente de son client l'avait profondément scandalisé ; lui-même était choqué d'être projeté dans une affaire de meurtre. Pareille chose ne s'était jamais produite dans la clientèle du cabinet auquel sa famille était associée depuis trois générations. Toute sa personne et son comportement exprimaient la désapprobation. Il s'assit à la grande table du bureau, ouvrit son attaché-case et en sortit des papiers. Puis il examina la pièce et les personnes qui s'y trouvaient assemblées. L'inspecteur Abbott de Scotland Yard était à sa droite, ainsi que l'inspecteur local qui était venu le chercher à la gare. Il lui parut aussitôt que l'inspecteur Abbott était beaucoup trop jeune pour exercer cette fonction ; selon toute probabilité, il devait avoir tendance à se donner de grands airs. Il lui déplaisait, sa mission lui déplaisait. Bref, toute cette affaire lui était proprement odieuse. Son attention se porta sur la famille.

Mr Haile : il en savait long sur Mr Eric Haile. Sir Herbert ne s'était pas gêné pour le dénigrer devant lui à maintes reprises. Lady Dryden : jolie femme à qui le noir seyait à ravir. La secrétaire, Miss Whitaker : il ne savait pas grand-chose sur elle mais elle avait l'air affreusement mal en point. Miss Dryden, à présent, qui avait perdu son fiancé quelques jours avant leurs noces ne semblait pas aussi atteinte. Fragile et nerveuse, sans doute, mais c'était on ne peut plus naturel. Une bien jolie fille. Eh oui, il y a loin de la coupe aux lèvres. Elle était assise sur le canapé dans une sobre robe noire à col montant et manches longues, entre Mr Adrian Grey et une petite femme qui avait l'air d'une gouvernante. Il avait entendu prononcer son nom qui pour l'instant lui échappait... Silver, voilà, Miss Silver. Pourquoi était-elle là ? Il n'aurait pu le dire car personne ne s'était donné la peine de l'en informer. Elle avait un sac à ouvrage sur les genoux. Il espérait bien qu'elle n'allait pas se mettre à tricoter. Il ne pouvait évidemment deviner que le sens des convenances de Miss Silver, aussi développé que le sien, lui interdisait en pareille circonstance de produire la brassière rose de la petite Josephine.

L'inspecteur Abbott avait lui aussi passé la revue du groupe massé près de l'âtre : Mr Haile, adossé à la cheminée, son beau visage empreint de gravité ; Lady Dryden, dans un grand fauteuil ; Miss Whitaker dans un siège modeste, conforme à sa position. Bref, tous les suspects étaient là, à l'exception de Bill Waring et du professeur. Il se tourna vers le notaire auquel il fit un signe de tête et Mr Garside prit ses papiers, s'éclaircit la voix et s'adressa à son auditoire attentif :

— L'on m'a demandé de vous faire une communication au sujet du testament de feu Sir Herbert Whitall. Les deux exécuteurs testamentaires, Mr Haile et moi-même, étant présents, je vais y procéder. Je ne sais si Mr Haile connaît les clauses du testament...

Il s'interrompit et Eric Haile prit la parole :

— Mon cousin m'avait dit qu'il m'avait désigné comme exécuteur testamentaire, mais il y a de cela quelques années. Je ne sais rien de plus. Il n'était pas très expansif. Comme il était sur le point de se marier, je pense qu'il avait rédigé un autre testament. Puis-je vous demander si vous parlez à présent du testament ancien ou d'un nouveau ?

Il y eut un silence. Personne ne pouvait ignorer l'importance de cette question et de la réponse qui y serait faite. Si le testament récent avait été signé, Lila serait une héritière. Si l'ancien était toujours en vigueur, elle n'aurait pas un penny. Qui serait alors bénéficiaire : le cousin ? la secrétaire ? d'autres personnes de l'entourage ? ou, pourquoi pas, des inconnus ? Tout était possible et quand Mr Garside ouvrirait à nouveau sa bouche aux lèvres sèches, le secret serait dévoilé. Le notaire s'y disposait.

— Sir Herbert m'avait donné récemment des instructions en vue de la rédaction d'un nouveau testament mais il avait reporté la décision finale relative à certaines clauses. Il devait prendre ces décisions pendant le week-end et signer le testament mercredi, la veille de son mariage. J'ignore s'il était parvenu à une décision finale et ce que celle-ci aurait pu être. C'est sans importance puisque ledit testament n'a pas été signé. C'est donc le testament ancien qui est en vigueur et, en vertu de ce testament, comme je l'ai dit, vous et moi, Mr Haile, sommes désignés comme exécuteurs.

Lady Dryden encaissa le coup avec courage. Elle pâlit légèrement. Il devint apparent que ce qui lui restait de couleur était un effet de l'art et non de la nature. La main qui reposait sur le bras de son fauteuil se crispa mais ses yeux demeurèrent fixés sur le visage du notaire. Dans le siège voisin, Miss Whitaker inspira longuement et profondément ; sa main lâcha l'accoudoir et se détendit. Le regard étonné de Lila Dryden ne subit aucune modification. Eric Haile hocha la tête et dit :

— Eh bien, poursuivons. Quelles sont les clauses du testament ?

Avant que Mr Garside ait pu ouvrir la bouche, l'inspecteur Abbott intervint :

— Êtes-vous sûr que vous ne les connaissez pas ?

Un regard surpris lui parvint :

— J'ai dit que je ne le savais pas.

— Vous ignorez vraiment si vous êtes ou non légataire ?

— On peut toujours espérer. Je suis son seul parent.

S'il jouait la comédie, c'était une jolie performance. Pas de protestations, pas d'affectation de désintéressement, nulle prétention d'aucune sorte, mis à part la gravité, la décence et les regrets.

Sur un regard d'Abbott, Garside reprit :

— Je n'ai pas l'intention de lire le testament *in extenso*, pas maintenant. Bien entendu, je vais donner à Mr Haile la copie à laquelle il a droit en qualité d'exécuteur. S'il souhaite l'avoir à présent...

Le ton était interrogateur.

Eric Haile écarta d'un geste de la main cette suggestion.

— Non, non, rien ne presse. Je ne pense pas que l'un de nous soit versé dans le jargon juridique. Je ne vois pas pourquoi vous enrobez ainsi les choses.

La voix caverneuse se teinta d'une nuance de blâme.

— Là où la précision est indispensable, les mots doivent souvent être utilisés dans un sens qui est peu familier au profane. Je vais donc vous donner un résumé des principaux legs. Ils sont, comme suit...

Il y eut une nouvelle pause pendant qu'il mettait son pince-nez. Elle ne dura guère mais pesa lourdement sur toutes les personnes présentes. Mr Garside s'éclaircit de nouveau la voix, ajusta la distance entre son pince-nez et le feuillet qu'il s'apprêtait à lire et annonça :

— Je commencerai par les legs de moindre importance. Dix œuvres de bienfaisance recevront chacune cinq cents livres. Ces legs seront libres de droits de succession, comme le seront aussi les legs de dix livres par année de service destinés à tous les membres du personnel.

C'est à ce moment que Miss Whitaker se pencha en avant et que Lila Dryden tourna vers Adrian Grey un regard perplexe où chacun pouvait lire sa pensée : « Qu'est-ce que tout ça veut dire ? Qu'est-ce que j'ai à faire là-dedans ? » Après tout, Herbert Whitall était mort ; elle n'avait plus à l'épouser. Alors, pourquoi devait-elle écouter un homme de loi qui lisait son testament ?

Adrian posa la main sur les siennes puis la retira. Elle aurait aimé qu'il la laisse. Quelque chose s'était mis à trembler en elle. Ses couleurs délicates s'estompaient lentement.

Mr Garside équilibra son pince-nez et poursuivit :

— Il y a un legs de cinq mille livres en faveur de Mr Adrian Grey.

Mr Garside regarda par-dessus ses verres et expliqua :

— Ce legs est inscrit dans un codicille ajouté récemment mais, pour plus de commodité, je l'inclus dans les legs qui figurent dans le corps du testament. Ce codicille fait également état d'un legs de cinq mille livres et de la collection d'ivoires au South Kensington Museum.

Il fit une pause pour s'éclaircir la voix et toussa.

Adrian Grey avait rougi. Il parut un instant sur le point de prendre la parole, émit en fait un vague murmure que personne n'entendit et se tut. Il retrouva lentement son teint normal.

D'un ton proprement lugubre, Mr Garside annonça :

— Le reste de la succession, y compris tout le parc immobilier en sa possession au moment de sa mort, va à son cousin Mr Henry Eric Haile.

Eric Haile ne bougea pas, mais tous les regards se portèrent sur lui. Ou pratiquement tous. Même Lila Dryden tourna ses grands yeux bleus dans sa direction. La seule personne qui continua de fixer Mr Garside était Miss Whitaker. Son regard était si intense, si chargé d'espoir qu'il en était incommodé, qu'il en éprouvait même une sensation d'inconfort. Il empila les feuillets qu'il avait lus et les posa sur le buvard.

Eric Haile se redressa. Il avait rosi. L'homme qui peut entendre, impassible, qu'il vient d'hériter d'une grosse fortune est soit un saint, soit un individu dénué des sentiments propres aux humains. Son teint plus vif et l'éclat de ses yeux montraient qu'il était loin d'être indifférent mais il se comportait avec dignité, témoignait de beaux sentiments ; nul n'aurait pu prétendre le contraire. Il s'exprima de façon un peu précipitée :

— Je ne m'attendais vraiment pas à ça. C'est très généreux de sa part. Je pensais qu'il pourrait me laisser un legs, mais rien de comparable... à ça.

Était-il sincère ? Jouait-il un rôle ? Frank Abbott avait été élevé dans le culte des ouvrages immortels de Lewis Carroll, *Alice au pays des merveilles* et *A travers le miroir*. Une petite phrase du thé de Hatter traversa son esprit : « C'était le meilleur beurre. »

Mr Garside, qui rajustait son pince-nez, se demandait si Mr Haile avait idée de sa chance fabuleuse. Si Herbert Whitall avait vécu quatre jours de plus, il aurait très bien pu se faire que son unique parent n'eût même pas bénéficié d'un legs de dix livres. Il se demandait si Mr Haile se doutait que sa métamorphose en homme excessivement riche avait tenu à un fil.

On peut affirmer sans risque que les deux officiers de police se posaient la même question. Mais l'examen serré auquel ils soumettaient Mr Haile ne leur apporta pas de réponse.

Mr Garside rangeait ses papiers dans son attaché-case.

— Peut-être, Mr Haile, pourrions-nous avoir un entretien... ailleurs, proposa-t-il en parcourant la pièce du regard.

Pendant tout ce temps, Miss Whitaker était demeurée penchée en avant, les yeux braqués sur lui. Toute trace de couleur avait quitté son visage. Mis à part l'éclat anormal de ses yeux, ce visage avait l'air mort. Alors que le notaire repoussait son fauteuil pour se lever, elle dit les dents serrées :

— Ce n'est pas fini.

— Si, Miss Whitaker.

— Ce n'est pas possible ! Il doit y avoir quelque chose pour moi. Il me l'avait dit.

La pièce aurait pu être déserte. L'intensité des sentiments isole. Elle oppressait la voix qui répéta :

— Il me l'avait dit... il me l'avait dit...

— Je crains que vous n'ayez mal compris, répondit Mr Garside. Vous avez été, je crois, la secrétaire de Sir Herbert pendant quelques années.

— Dix !

Le mot sonna comme un glas.

Le notaire s'éclaircit la voix.

— Vous recevrez évidemment dix livres pour chacune de ces années, soit cent livres. C'était, je suppose, le legs auquel Sir Herbert faisait allusion.

— Cent livres ! dit-elle en écho d'une voix sourde et stupéfaite.

Puis, subitement, elle bondit sur ses pieds et hurla :

— Cent livres ! C'est ça que vous appelez un legs ? J'ai mal compris, hein ? Cent livres ! Il m'avait dit qu'il prendrait des dispositions pour moi et pour l'enfant ! Il m'avait dit qu'il m'avait couchée sur son testament pour dix mille livres ! Pourquoi pensez-vous que je sois restée quand j'ai appris qu'il allait épouser cette fille ? Vous croyez que j'en avais envie ? Vous connaissez, vous, une femme qui en aurait eu envie ? Je l'ai fait parce que je devais le faire, voilà pourquoi ! Parce qu'il était en train de rédiger un autre testament, parce que j'étais bénéficiaire de dix mille livres dans le précédent et parce qu'il disait qu'il me ferait sauter du nouveau et ne me laisserait pas un penny si je le quittais ! Si bien que j'ai été obligée de rester, obligée de le regarder installer cette fille sur un piédestal, obligée de l'écouter quand il l'appelait « mon idole d'ivoire », obligée de me révolter moi-même de la haine que m'inspirait leur manège, qu'il m'inspirait, qu'elle m'inspirait !

Sa voix se brisa. Quand elle reprit, ce fut sur un ton moins exalté :

— Et elle ! La folle, la petite folle ! Qu'est-ce que vous en faites maintenant ? Vous allez l'arrêter ? Elle y était, la main rouge de sang. Elle y était, je vous dis, elle y était ! Vous n'allez pas l'arrêter ?

Elle se tut brusquement. Un frisson la secoua. Elle avança les mains, comme si elle cherchait quelque chose à tâtons. Puis s'affala sur le parquet.

CHAPITRE XXXI

A dix heures ce soir-là, Miss Silver dit bonsoir à Lady Dryden et à Ray Fortescue sur le palier du premier étage pour se retirer dans sa chambre. Lila Dryden était descendue pour le dîner mais était remontée sitôt le repas terminé. Les messieurs allaient probablement prolonger un peu la soirée.

Un feu joyeux brûlait dans la cheminée de Miss Silver et ce fut avec plaisir qu'elle tira devant l'âtre un confortable fauteuil tapissé de chintz. Elle n'avait pas l'intention pour l'instant de se dévêtir ni de se coucher. Elle avait entrepris une petite expérience inoffensive et souhaitait voir comment elle tournerait. En attendant, la chambre était chaude et douce et elle avait amplement de quoi réfléchir. Ne disposant pas d'un endroit sûr où elle aurait pu enfermer des notes — de nature éminemment confidentielle —, elle n'en avait pas pris. En fait, ce n'était pas un handicap. Tandis qu'elle faisait défiler les noms des gens impliqués dans l'affaire, ce qu'elle aurait pu noter sur chacun d'eux était là, présent dans son esprit. Elle les passa méthodiquement en revue.

D'abord, la victime, Sir Herbert Whitall. Le rapport médical indiquait que l'heure du décès ne se situait probablement pas au-delà de onze heures trente. Il était certainement vivant et discutait avec le professeur Richardson à onze heures. Il était certainement mort, étendu sur le parquet du bureau, un peu après minuit. Comme beaucoup de jurés anglais, Miss Silver n'avait pas une foi absolue dans les rapports médicaux quand ceux-ci lui semblaient entachés de dogmatisme. Elle considérait qu'il pouvait y avoir une marge moins stricte que celle que le Dr Everett avait fixée. Sans se braquer sur ce point, elle se sentait autorisée à garder l'esprit ouvert.

Elle examina les suspects.

Le professeur Richardson : il avait parlé à Herbert Whitall à onze heures. Dans sa déposition, il déclarait l'avoir quitté peu après. Il n'avait pas regardé sa montre mais il avait entendu les onze coups de l'horloge du village et était reparti un moment plus tard. Il pensait avoir passé environ vingt minutes avec Sir Herbert. Pas plus. Si l'on estimait de vingt à vingt-cinq minutes le temps qu'il lui avait fallu pour rentrer chez lui, prendre la lettre de M. Robinet et la loupe et revenir à Vineyards, plus vingt minutes avec Sir Herbert, cela portait l'heure du départ du professeur à onze heures un quart. On ne pouvait faire de calcul précis mais cette approximation devait être assez juste. Le professeur jurait que Sir Herbert était vivant quand lui-même l'avait quitté. Si l'on interprétait de façon stricte le rapport médical, il restait un petit quart d'heure pendant lequel quelqu'un d'autre aurait pu l'assassiner.

Ensuite, Miss Silver évoqua les personnes qui auraient pu avoir accès au bureau de Sir Herbert pendant ce quart d'heure, autrement dit, toutes celles dont on savait qu'elles étaient alors dans la maison.

Lady Dryden : il lui aurait été tout à fait possible de se rendre au bureau, peut-être pour reprendre une conversation qui n'avait pas abouti à une conclusion satisfaisante. La dague était sur la table de travail. Elle aurait pu poignarder Sir Herbert. Pour Miss Silver, il ne faisait aucun doute que la conduite de Lady Dryden en qualité d'exécuteur testamentaire était sujette à caution. Si l'on n'avait pu rendre compte des quarante mille livres de Lila Dryden, Sir Herbert Whitall devait connaître les faits. Il n'aurait pas été possible de le tromper. Étant donné ce qu'elle avait appris sur lui pendant ces deux jours à Vineyards, Miss Silver était prête à croire qu'il aurait utilisé sans scrupules ce qu'il savait. Quand il obtenait ce qu'il voulait, les choses se passaient en douceur. Il voulait Lila Dryden. Mais à supposer que Lady Dryden se soit rendu compte que, tout compte fait, elle ne pouvait obliger Lila à ce mariage, elle risquait en ce cas de se trouver elle-même confrontée au déshonneur, voire à une peine de prison. Des motivations bien moindres avaient conduit certains au meurtre.

Lila Dryden : la jeune fille contrainte à épouser un homme qui lui répugnait. Inutile de dire que l'on ne forçait plus les filles à se marier contre leur gré. Mais quand une volonté puissante dominait une personnalité faible, la contrainte pouvait être employée et l'avait été. Miss Silver considéra avec le plus grand soin la personnalité de Lila Dryden. Qu'elle puisse être capable de violence à l'état de veille et dans son état normal, elle n'y croyait pas. Mais, d'après les témoignages d'Adrian Grey et de Bill Waring, elle était alors en état de somnambulisme. Il y avait aussi les témoignages de Lady Dryden et de Ray Fortescue sur des accès antérieurs de somnambulisme. Nerveusement tendue et troublée par la répugnance que lui inspirait le mariage auquel elle était contrainte, elle avait entendu l'histoire de Lucy Ashton. Lucy avait poignardé son mari pendant sa nuit de noces. Était-il possible que, sous l'emprise d'un rêve désespéré, Lila se soit rendue au bureau et qu'elle ait fait usage de la dague d'ivoire pour poignarder Herbert Whitall ? Aurait-il pu, dans son rêve ou dans la réalité, essayer d'abuser d'elle ? N'aurait-elle pu alors s'emparer de la dague et frapper aveuglément sans savoir ce qu'elle faisait ? Que pouvait-on opposer à cette hypothèse? Le témoignage d'Adrian qui disait l'avoir suivie de près depuis le moment où elle avait quitté sa chambre, et le rapport médical qui disait que Herbert Whitall était mort plus d'une heure avant l'arrivée de la police. Peu après minuit, Bill Waring et Adrian Grey étaient entrés dans le bureau par les portes opposées et ils avaient vu Lila debout, la dague à ses pieds, le sang de Herbert Whitall sur sa main tendue, Eric Haile étant arrivé quelques minutes plus tard. La police était sur les lieux peu après minuit et demi. D'après le rapport médical, Sir Herbert avait dû mourir à onze heures et demie. Même si l'on tenait compte d'une marge importante, était-il possible de croire que Lila Dryden l'avait tué puis était restée debout près du cadavre pendant une demi-heure ou même trois quarts d'heure? Miss Silver secoua la tête. Elle ne croyait pas que ce fût possible. Quant au témoignage d'Adrian, il aurait été gravement suspect, n'eût été le soutien que lui apportaient le facteur temps et le fait qu'il était certainement entré dans le bureau par le corridor juste après que Bill Waring fut entré par la porte-fenêtre. S'il n'avait pas suivi Lila Dryden comme il le disait, qu'est-ce qui l'aurait amené là?

Miss Silver revint à Eric Haile. C'est lui qui avait ce que tout jury aurait considéré comme le mobile le plus puissant. La mort de son cousin à ce moment précis avait fait de lui un homme très riche. Si Herbert Whitall avait vécu quatre jours de plus, cela n'aurait sûrement pas été le cas. Il aurait pu espérer un legs, mais étant donné le mariage de Sir Herbert, il était peu probable que ce legs eût été considérable. La question cruciale était donc : Mr Eric Haile savait-il quelles étaient ses espérances selon les termes du testament antérieur? Il ignorait qu'il était exécuteur testamentaire. Il admettait qu'il avait espéré un legs. Mais que savait-il vraiment? A moins que ne surgisse la preuve qu'il savait devoir être un bénéficiaire comblé, le mobile financier n'était pas étayé. Il semblait probable qu'il était chroniquement en difficultés financières. D'après Lady Dryden, il avait sollicité un prêt de Sir Herbert le soir du meurtre et sa demande avait été repoussée. Miss Whitaker avait confirmé cette assertion. Mr Adrian Grey l'avait vu dans sa chambre, apparemment prêt à se mettre au lit à onze heures. Il aurait pu très facilement se rendre au bureau et poignarder son cousin à tout moment, après le départ du professeur, soit après onze heures et quart. Il avait indéniablement fait une entrée très opportune pendant que Mr Grey et Mr Waring discutaient de ce qu'il convenait de faire. Comme tous les autres hôtes de Vineyards, il aurait pu tuer Sir Herbert. Mais il n'existait aucune preuve qu'il l'eût fait.

Elle enchaîna sur un autre nom.

Adrian Grey : là aussi, l'argent était un mobile. Par ailleurs, il avait reconnu dans sa déclaration que ses relations avec Sir Herbert passaient parfois par des périodes de tension. Autre mobile possible, son affection profonde pour Lila Dryden et son inquiétude la concernant. N'était-il pas possible qu'au lieu de suivre Lila, il l'eût précédée ? Il aurait pu se trouver dans le bureau à tout moment après que le professeur Richardson l'eut quitté. Il aurait pu, pour une raison quelconque, s'attarder sur les lieux. Il aurait pu voir Lila descendre l'escalier. Ou, plus probable encore, étant revenu dans sa chambre et ne parvenant pas à s'endormir, il aurait pu l'entendre ouvrir sa porte de l'autre côté du palier, puis la suivre en bas comme il le disait. Oh ! oui, Mr Adrian Grey pouvait être considéré présomptivement comme coupable. Après l'avoir clairement conçue, Miss Silver engrangea cette hypothèse dans son esprit.

Poursuivant la liste des personnes présentes dans la maison la nuit du crime, elle arriva aux Marsham. Elle n'avait jamais rencontré personnellement Mrs Marsham mais était incapable de l'envisager sérieusement comme suspecte. Il faut avoir la tête et le cœur à ses fourneaux pour cuisiner les mets qui lui avaient été servis depuis son arrivée à Vineyards. En revanche, elle avait vu Marsham et l'avait observé pendant son interrogatoire mené par Frank Abbott. Son maintien avait été majestueux, ses manières parfaites et il s'était comporté avec dignité. Il avait manifesté quelque réticence, semblait-il, à impliquer le professeur mais n'avait pas refusé de témoigner quand on l'avait interrogé. Toujours à l'affût des moindres anomalies de la vie quotidienne, Miss Silver en avait relevé un seul exemple dans le comportement de Marsham. Il avait la charge exclusive du bureau mais, une fois l'interrogatoire terminé, il avait quitté la pièce sans s'inquiéter du feu. Or le feu avait besoin d'être alimenté. Sitôt la porte refermée derrière le majordome, d'ailleurs, Frank Abbott s'en était occupé ; il y avait mis deux bûches. Elle examina soigneusement cet incident banal. Depuis qu'elle séjournait à Vineyards, elle avait observé le soin extrême que Marsham consacrait à l'entretien des feux. Le fait qu'il ait négligé celui du bureau indiquait chez lui une perturbation sérieuse. Ce pouvait être la perturbation d'ensemble provoquée par une mort violente dans la maison mais, dans ce cas, elle se serait manifestée à d'autres moments et par d'autres symptômes. Ce qui n'était pas le cas. Elle décida d'en rester là concernant Marsham et d'étudier le cas du jeune valet de pied.

Frederick : elle le considérait comme un adolescent nerveux. Moins de dix-huit printemps, en attente de l'appel pour le service militaire. Un garçon gentil et intelligent, peu expérimenté mais désireux d'apprendre. Très impressionné par le majordome. Elle s'attarda un long moment sur le cas Frederick. Il était trop nerveux. Elle reconnaissait la peur au premier coup d'œil et Frederick certainement était très effrayé. Il avait le regard oblique et apeuré, les sursauts et les mouvements saccadés d'un animal terrifié. Il avait une façon particulière de regarder

Lila Dryden quand elle était dans la pièce : un coup d'œil vif, furtif, et le regard se détournait aussitôt. La jeune fille n'était pas étrangère à sa nervosité, le fait ne pouvait échapper à la subtile Miss Silver. Peut-être était-il perturbé par ses premières amours mais elle ne pensait pas que l'explication fût là. Il n'avait ni la suffisance ni l'humeur en dents de scie propres à l'amoureux éperdu ou transi. Frederick vivait dans la peur et, selon Miss Silver, la seule raison possible de cette peur devait être la détention d'un secret lié de quelque manière à la personne de Lila Dryden.

Telles étaient toutes les personnes présentes dans la maison vers onze heures la nuit du crime. Miss Silver n'incluait pas Bill Waring dans cette catégorie car, mis à part la déposition d'Adrian Grey, le seul témoignage relatif à ses faits et gestes était le sien. Il affirmait dans sa déclaration qu'après avoir attendu jusqu'à minuit passé que Lila Dryden se présente au rendez-vous qu'il lui avait fixé, il avait fait le tour de la maison, remarqué de la lumière dans le bureau, trouvé la porte entrebâillée et était alors entré dans la pièce. Ayant écarté les rideaux, il avait vu Lila Dryden debout près du corps de Sir Herbert Whitall et Adrian Grey arriver par la porte située de l'autre côté de la pièce. Le témoignage de Mr Grey confirmait ses dires. Il était entré dans la pièce, avait vu Lila Dryden et le corps, puis Bill Waring debout entre les rideaux écartés. Aucun élément, donc, ne permettait de dire que Bill Waring était entré dans la maison avant que le meurtre ait eu lieu ; en revanche, quelques éléments venaient à l'appui de sa déclaration : quand il était apparu à ce moment sur le lieu du crime, Sir Herbert était mort. On ne voyait pas pour quelle raison Adrian Grey aurait menti pour le couvrir et dans leur discussion ultérieure, telle qu'Eric Haile l'avait rapportée, rien ne donnait corps à une hypothèse de ce genre. A première vue, il avait une raison sérieuse de vouloir la mort de Sir Herbert mais, se fiant à son bon sens, Miss Silver estimait que ce mobile ne résisterait pas à un examen approfondi. Le mot adressé par Bill Waring à Lila pour lui proposer de partir avec lui était direct et concret. Qu'elle épouse Sir Herbert si elle le désirait ; dans le cas contraire, il la conduirait chez sa cousine Ray Fortescue. Plus quelques détails pratiques pour fixer le rendez-vous. Pas de protestations véhémentes, pas de menaces. Elle ne pouvait croire que l'auteur de ce billet ait commis un acte aussi insensé et mélodramatique qu'un assassinat à coups de poignard. Il est vrai qu'elle ne connaissait pas personnellement Bill Waring mais les dires de Ray Fortescue et de Frank à son sujet avaient produit sur elle une forte impression. Les appréciations offensantes de Lady Dryden l'avaient également éclairée sur la personnalité de Bill Waring. En fait, elle ne pouvait l'imaginer en meurtrier.

A présent, le dernier des suspects : Millicent Whitaker, manifestement hantée par la jalousie, le plus vieux et le plus puissant mobile du monde. Parvenue là, Miss Silver s'autorisa un temps d'arrêt sur une citation inexacte, passée au rang de cliché : « L'enfer ne connaît pire furie qu'une femme dédaignée. » Après dix ans d'une étroite collaboration, Herbert Whitall épousait une autre femme. Puis, pour une raison non déterminée : désaffection, convenance personnelle ou même sadisme, il harcelait sa secrétaire pour qu'elle demeure à son service et recourait même à la menace. Miss Whitaker croyait que, selon les termes du testament qu'il était sur le point de remplacer par un autre, elle hériterait d'une somme de dix mille livres. Si elle lâchait son poste, elle ne recevrait pas un penny pour elle ou pour son enfant. Le second mobile, presque aussi fort, étayait le premier. Par ailleurs, le visage défait, proprement ravagé de Miss Whitaker était impressionnant. Mais Millicent Whitaker avait un alibi. A onze heures, elle descendait du bus à la gare routière d'Emsworth. Deux minutes plus tard, elle arrivait 32 Station Road et, selon sa sœur, Mrs West, elle montait se coucher directement ; elle était de retour à Vineyards le lendemain matin à dix heures. Miss Silver se demanda si Mrs West avait une bicyclette. Il ne faut pas longtemps pour parcourir onze kilomètres à bicyclette sur une route peu encombrée. N'étant pas cycliste, Miss Silver ne pouvait estimer avec certitude le temps que cela prendrait réellement. On pouvait imaginer une urgence pressante, une compulsion irrépressible. Mais il n'y avait pas l'ombre d'une preuve.

Tous les suspects avaient défilé, ceux qui séjournaient à la maison et ceux de l'extérieur. Elle les avait tour à tour convoqués et soumis à sa réflexion. Elle les laissa s'éloigner et concentra sa pensée sur un objet inanimé : la porte vitrée qui n'était pas fermée à clé quand le professeur Richardson s'était présenté peu avant onze heures.

Miss Silver se rencogna dans son fauteuil et considéra les éléments connus, relatifs à cette porte.

Elle n'était pas fermée à clé à onze heures, mais le professeur avait lourdement insisté sur le fait qu'on l'avait verrouillée derrière lui après son départ. Cependant, Bill Waring l'avait trouvée entrebâillée peu après minuit. Comme elle avait une fermeture à l'ancienne mode — en tournant la poignée, on engageait la tringle dans une cavité du seuil de la porte —, avec ou sans clé, on ne pouvait l'ouvrir de l'extérieur. Elle avait donc forcément été ouverte de l'intérieur et ceci à deux reprises. Une fois avant onze heures : par qui et par quel moyen ? Et de nouveau après que Sir Herbert l'eut fermée à onze heures un quart.

On était donc forcé de conclure que la personne qui avait ouvert cette porte la seconde fois était soit Sir Herbert Whitall lui-même, soit son meurtrier. Le professeur Richardson était parti avant onze heures un quart. Une personne venue plus tard frapper contre la vitre aurait-elle été introduite ? Qu'espérait cette personne ? S'agissait-il d'une personne si familière qu'elle aurait été reçue sans problème? Miss Whitaker aurait pu être cette personne. Serait-elle venue d'Emsworth à bicyclette pour faire une ultime scène de jalousie et, finalement, s'emparer de la dague? A moins que cette personne, présente dans la maison endormie, n'ait emprunté le couloir et l'autre porte pour assouvir quelque rancune ou satisfaire son avidité; puis, une fois son objectif atteint, qu'elle n'ait entrouvert la porte-fenêtre avant de quitter le bureau pour faire croire que le meurtrier s'était introduit par là. Sur ce point, il n'y avait pas de preuve.

CHAPITRE XXXII

Miss Silver consulta sa montre. Les aiguilles indiquaient minuit moins le quart. Elle se dirigea vers la penderie d'acajou, prit son manteau noir et l'enfila. Elle échangea ses minces chaussons perlés contre une paire d'oxfords et se coiffa de son chapeau numéro deux. Elle ouvrit sa porte, s'arrêta, écouta. Un profond silence régnait dans la maison. A cet étage, du moins, elle ne décela ni bruit ni mouvement.

Elle s'arrêta de nouveau en haut de l'escalier. Une veilleuse brûlait dans le hall. Le tapis épais étouffait le bruit de ses pas. Elle traversa le hall pour se rendre dans la chambre bleue, où Bill s'était entretenu avec Lady Dryden et qu'il avait choisie pour son rendez-vous avec Lila Dryden. Ainsi qu'elle l'avait observé quand elle était venue dans cette pièce pour téléphoner à Frank Abbott, la fenêtre était un simple cadre à battants : pas de serrures, pas de verrous, pas de barres. Elle avait seulement à lever le loquet, pousser le battant droit de la fenêtre, puis enjamber le mur. A l'intérieur, une banquette basse placée sous la fenêtre faciliterait la manœuvre ; du côté extérieur, la hauteur ne dépassait pas soixante-dix centimètres et, comme le gravier de l'allée carrossable montait jusqu'à la maison, elle ne risquait pas de laisser des empreintes.

Après avoir éteint la lumière dans la pièce, elle se coula dehors et tira la fenêtre derrière elle. Le loquet l'empêcherait de se refermer complètement ; d'ailleurs, il n'y avait pas de vent et elle était sûre qu'elle resterait jusqu'à son retour dans la position où elle l'avait mise. Si elle n'avait pas à emprunter cette issue pour rentrer, elle veillerait bien entendu à refermer le loquet de l'intérieur.

Occupée par ces détails matériels qu'elle avait soigneusement planifiés, elle s'immobilisa quelques minutes, le temps que sa vision s'adapte à l'obscurité. D'abord, elle ne distingua rien du tout. Puis l'immense rideau noir initial se mua progressivement ; le ciel apparut le premier, gris et nuageux, puis l'ombre plus soutenue des arbres le long de l'avenue à laquelle elle faisait face. En se tournant vers la maison, elle perçut la masse dense des buissons qui l'entouraient. Elle s'était munie d'une torche mais ne souhaitait pas l'utiliser, sauf en cas d'extrême nécessité. En longeant le mur, elle ne pouvait manquer l'allée dallée que Bill Waring avait suivie la nuit du meurtre. L'autre allée, celle qui serpentait entre les buissons, partait de plus loin. C'était dans sa direction que Bill Waring et Eric Haile avaient situé le bruit léger que, dans leur déposition, ils disaient avoir entendu. Ni l'un ni l'autre n'avait affirmé qu'un animal — chien, chat ou renard — n'aurait pu être à l'origine de ce bruit. Tout en progressant avec précaution sur l'allée dallée le long de la maison, Miss Silver se disait que l'être humain qui aurait emprunté l'obscure allée buissonnière devait être familier des lieux.

Parvenue aux marches de la terrasse, elle monta et contourna le sombre buisson de romarin qui dissimulait la porte du bureau. Comme Bill Waring avant elle, elle vit de la lumière dans la pièce. Seule exception parmi les fenêtres noires dans le ciel de minuit, celle du bureau laissait sourdre entre ses rideaux une lueur ténue.

Miss Silver s'arrêta un instant. Vers sept heures —

moment favorable parce que les domestiques étaient alors très occupés et les invités dans leur chambre —, elle était venue seule au bureau et avait manipulé la poignée de la porte vitrée pour ouvrir le verrou, ceci dans un double objectif : savoir si le fait que cette poignée n'était plus dans la position fermée aurait échappé à l'attention de Marsham ; savoir si le fait que le verrou avait été ouvert aurait provoqué un courant d'air suffisant pour attirer l'attention d'une personne présente dans la pièce. Concernant le premier point, Marsham avait l'habitude de tirer les rideaux et de fermer le loquet des fenêtres entre six et sept heures. C'est ce qu'elle avait observé. Elle ne pensait pas qu'il vérifierait de nouveau les loquets. Il avait déclaré avoir fait ses tournées la nuit du crime mais il semblait peu probable qu'il eût réellement examiné les fermetures, et il avait bien précisé qu'il n'était pas entré dans le bureau ce soir-là parce que Sir Herbert y était. Le but précis de Miss Silver en cet instant était de s'assurer qu'aucune personne présente dans la maison n'avait pu compter sur le fait que le verrou de la porte du bureau, ouvert au préalable, aurait, le cas échéant, échappé à l'attention de Marsham. Si le professeur Richardson avait trouvé la porte entrouverte après onze heures, ce verrou avait dû être ouvert de l'intérieur de la maison, entre sept heures et onze heures moins dix environ. Elle monta les deux marches de la terrasse et tira la porte qui pivota sans bruit, vers l'extérieur. Il n'y avait pas seulement de la lumière dans la pièce mais aussi deux personnes. De l'autre côté des rideaux, la voix d'Eric Haile lui parvint :

— Qui est là ?

Un quart de seconde, Miss Silver crut que ces mots s'adressaient à elle mais la voix de Marsham la détrompa presque instantanément.

— Désirez-vous quelque chose, monsieur ?

— Je n'ai pas sonné, répondit Eric Haile, une nuance d'impatience dans la voix.

— Non, monsieur. J'ai veillé tard et comme j'ai vu de la lumière sous la porte...

— ... vous vous êtes demandé si je gisais mort sur le parquet !

Marsham fit entendre un murmure attristé et Miss Silver se glissa dans l'espace vacant entre les rideaux et la porte qu'elle tira en prenant soin de ne pas la faire grincer. En tant que personne, elle réprouvait le fait d'écouter aux portes. Elle n'aurait jamais songé dans sa vie privée à écouter une conversation qui n'était pas destinée à ses oreilles. En tant que détective, elle avait souvent estimé de son devoir de le faire. La remarque de Mr Haile était du plus parfait mauvais goût. Oh ! oui.

En déplaçant discrètement le pli du milieu du rideau, elle avait vue sur la pièce. Les deux hommes se trouvaient dans son champ de vision : Mr Haile assis au bureau et Marsham dans l'entrebâillement de la porte du corridor. Il la ferma, d'ailleurs, et s'avança.

— En fait, monsieur, j'aimerais évoquer une question, si vous voulez bien m'excuser pour cette heure tardive.

— Plus l'heure est tardive, plus le cerveau est clair ! s'exclama Eric Haile en riant. Si jamais je devais entreprendre un travail sérieux — ce dont je doute —, je m'y mettrais à minuit. De quoi s'agit-il ?

Le visage de Marsham était sans expression mais sa voix trahit une légère hésitation.

— Je ne voudrais pas être importun et vous avez eu, bien sûr, très peu de temps pour considérer vos plans domestiques. Je voulais seulement dire que, quand vous l'aurez fait, Mrs Marsham et moi considérerions comme une faveur que vous nous en informiez à votre meilleure convenance.

Eric Haile haussa les épaules avec impatience.

— Grand Dieu ! Marsham ! Dites ce que vous avez à dire ! Vous voulez savoir ce que je compte faire de cette maison et des domestiques. Surtout des domestiques, c'est ça ?

— A votre meilleure convenance, monsieur.

Mr Haile semblait songeur. Ses airs de bravache s'étaient évanouis.

— A propos de cette maison, je ne sais pas, je n'ai pas encore étudié la question. Mais l'appartement de Londres, il est sûr que je le garde. Et j'aurai besoin d'un majordome et d'une cuisinière. Votre femme est une excellente cuisinière.

— Elle a toujours été considérée comme telle, monsieur.

— Et la bonne cuisine fait pardonner une multitude de péchés, n'est-ce pas ?

Il se tut un moment avant d'insister :

— C'est aussi votre avis, n'est-ce pas ?

— Monsieur...

— Vous savez ce que je veux dire, hein ? Parlons franchement, voulez-vous ? Mon cousin s'était aperçu que vous l'escroquiez et il était sur le point de vous congédier sans certificat. Il me l'a dit quand nous étions ensemble au bureau avant le dîner la nuit... où il mourut. Si je communiquais cette information à la policc, à votre avis, serait-elle intéressée ?

Le visage de Marsham était devenu gris mais il résista au vent du boulet.

— Puis-je vous demander si vous en avez parlé à la police, monsieur ?

— Pas encore, répondit Haile avec un bref éclat de rire. Et au cas où il vous viendrait à l'idée de faire disparaître un témoin encombrant, laissez-moi vous dire qu'il serait très difficile de filer en abandonnant un autre cadavre sur le coin de tapis marqué X.

— Monsieur !

— Ce serait à proprement parler stupide.

— Monsieur aime plaisanter, fit observer Marsham avec dignité. Peut-être me permettrez-vous de présenter une explication personnelle. Vous avez employé un terme très désobligeant à mon égard en utilisant le mot « escroquer ». Je reconnais que j'ai outrepassé les limites de la légalité en acceptant une commission des marchands de vins et de cigares dont Sir Herbert était client. Lorsque j'étais au service de feu Lord St. Osbert, j'avais son autorisation de prendre ma commission. Il disait qu'ils faisaient suffisamment de bonnes affaires sur son dos pour que je puisse faire les miennes sur le leur. J'ai passé dix ans chez lui, monsieur.

— Et mon cousin ne voyait pas les choses sous le même angle que Lord St. Osbert ?

— En effet, monsieur.

Eric Haile émit de nouveau son rire bref.

— Il n'est pas entré dans les détails, vous savez. Je suppose que vous aimeriez que je retire — ou, dirais-je, que j'atténue — le mot escroquerie.

— Ce n'est pas un terme que j'aurais utilisé pour qualifier le fait d'accepter une commission.

— Moi non plus ! s'esclaffa Eric Haile. Vous voulez me faire croire que Sir Herbert n'avait pas d'autres raisons que ça pour se passer des services réellement excellents de vous-même et de votre femme ?

Marsham émit un toussotement réprobateur.

— Veuillez m'excuser, monsieur, il semble que vous ne soyez pas correctement informé. J'ai donné ma démission ainsi que celle de Mrs Marsham à Sir Herbert il y a une semaine. Il n'a pas voulu les accepter et m'a informé que j'aurais intérêt à rester à son service.

— Vous vouliez partir ? demanda Mr Haile surpris.

— Je n'étais pas heureux dans cette situation, monsieur. Samedi soir, je vérifiais que la table avait été bien dressée pour le dîner quand Sir Herbert m'a envoyé chercher. Il m'a informé qu'il n'acceptait pas ma démission et m'a offert une augmentation. Lorsque j'ai refusé, il s'est oublié jusqu'à me menacer, disant que si je partais, ce serait sans certificat et avec la police sur mes talons.

— Tout ça pour une malheureuse affaire de commission ? Allons ! Allons ! Marsham ! Si j'allais raconter tout ceci à la police, jusqu'où pensez-vous que l'histoire vous mènerait ?

De son poste, Miss Silver voyait parfaitement le visage de Marsham. Sous l'apparence calme et policée, elle avait noté un tressaillement.

— Je considérerais comme peu judicieux d'introduire la police dans cette histoire, monsieur. Chacun a ses affaires privées dans lesquelles il ne souhaite aucune intrusion. Revenons au problème de samedi soir, ou de n'importe quelle autre nuit, monsieur. Il y a toujours un certain nombre de personnes dans la maison dont l'une ou l'autre pourrait se livrer à ses affaires privées, à une heure et dans un lieu qui pourraient être considérés comme compromettants. Par la police, par exemple. Une profession qui développe des habitudes mentales très suspicieuses. Si je peux me permettre, monsieur, il serait très peu judicieux de l'introduire dans la matière en question.

Le silence se prolongea ; Eric Haile regardait fixement Marsham. Aucun changement ne modifia l'expression du majordome qui demeurait parfaitement respectueux. Finalement, Haile dit doucement :

— Je crois comprendre que vous insinuez quelque chose. De quoi s'agit-il ?

— J'exposais une hypothèse, monsieur. Il existe, je crois, un proverbe un peu vulgaire qui conseille, non sans sagesse, de laisser dormir le chien qui dort.

Les poings serrés, Haile cogna le rebord de la table.

— Et combien de temps va-t-il dormir ? Jusqu'à ce qu'il ait faim. Et quand on l'aura nourri, il aura de nouveau faim. Et encore et encore.

Marsham laissa paraître discrètement sa désapprobation. Sans se soucier de la façon dont sa métaphore avait été retournée contre lui, il adopta la manière de l'homme du monde qui, ayant observé une infraction aux bonnes manières, est trop bien élevé pour attirer l'attention sur cette infraction.

— J'ai du mal à le croire, monsieur. L'affaire, naturellement, doit être pénible pour tous et personne ne souhaiterait qu'elle se reproduise. Tel est mon point de vue et j'imagine que tel est aussi le vôtre. A mon avis, moins on en dit sur le sujet, mieux cela vaut. Si vous voulez bien accepter notre démission et consigner sur un certificat l'aimable appréciation que vous avez exprimée concernant nos services, ce serait, je pense, satisfaisant.

Eric Haile éclata franchement de rire.

— Quel formidable hypocrite vous faites, Marsham! dit-il. Je me résigne mal à l'idée de devoir me séparer de vous et je le regretterai probablement toujours. Mais, comme vous dites, il y a des choses qu'il vaut mieux oublier; je pourrais, moi aussi, m'interroger de temps à autre sur ceci ou cela, vous savez. Aussi, peut-être vaut-il mieux que nous nous séparions. Vous aurez votre certificat. Mais je vous conseille de vous aventurer avec circonspection sur le terrain... des commissions, dirons-nous. Ou sur tout autre terrain susceptible d'intéresser la police. Bonsoir!

— Bonsoir, monsieur, répondit Marsham.

Pendant qu'il faisait demi-tour pour quitter le bureau, Miss Silver ouvrit la porte derrière elle et recula. Il faisait incroyablement sombre dehors. Elle referma sans bruit le battant de la porte vitrée et attendit le temps qu'il fallait pour distinguer son chemin. Puis elle descendit les marches de la terrasse et prit la voie dallée qu'elle avait empruntée depuis la fenêtre de la chambre bleue. Quelques minutes plus tard, elle était dans sa chambre, bien persuadée de n'avoir pas perdu son temps.

CHAPITRE XXXIII

— Jamais je ne pourrais me justifier à mes propres yeux de garder pour moi pareille conversation.

Miss Silver méditait, assise sur un des petits sièges qui meublaient la chambre bleue. Il avait un dossier d'époque victorienne et l'élégant motif au point de croix dont il était tapissé représentait des lis pâles sur un fond outremer. Ainsi que d'autres meubles, il avait été vendu avec la maison et devait sa survie à la persuasion et à la persévérance d'Adrian Grey. On y discernait l'influence préraphaélite. Un authentique papier de Morris recouvrait les murs.

Tout en écoutant avec attention le récit de son équipée nocturne, Frank Abbott ne pouvait s'empêcher d'apprécier la parfaite harmonie entre Miss Silver et cet environnement. Le siège qu'elle avait choisi avait sûrement été spécialement dessiné à l'intention de dames qui s'adonnaient aux travaux d'aiguilles. Il soutenait le dos tout en laissant s'épanouir les jupes gonflantes d'autrefois. En fait, il ressemblait beaucoup au mobilier de l'appartement de Miss Silver, qu'elle avait hérité d'une grand-tante « victorienne ». Frank fit un effort pour revenir à l'affaire en cours.

— Il s'agit d'une très curieuse conversation, dit-il. J'aurais aimé être là.

— Je vous l'ai rapportée aussi exactement que possible, répondit-elle.

— Vous le faites toujours et vous y excellez, l'assura-t-il. Je veux dire qu'il s'agissait là de deux personnes qui manifestement ne parlaient pas franchement. Dans ce genre d'entretien, les paroles comptent, bien sûr, mais plus encore les intonations, les inflexions, les gestes, un battement de paupières, l'atmosphère de la pièce... Tous ces impondérables vous ont impressionnée et, si j'avais été là, moi aussi, nous aurions pu comparer nos impressions. Bien sûr, leur identité n'aurait pas constitué une preuve, mais nous nous serions sentis plus assurés que nous ne le sommes à présent.

Miss Silver inclina la tête. Elle avait monté les mailles de la troisième brassière de la petite Josephine, celle qui compléterait l'ensemble. Un mince liséré rose pâle était apparu sous une aiguille.

Comme elle n'avait pas répondu, Frank reprit :

— Récapitulons déjà en mots simples ce que nous avons obtenu. Marsham entre dans le bureau à une heure qui donne à penser qu'il avait attendu que tout le monde soit allé se coucher, excepté Haile. C'est le premier point. Il veut voir Haile d'urgence et être sûr qu'ils ne seront pas interrompus. Je pense que cette déduction ne manque pas d'intérêt.

— Je le pense aussi.

— Puis il manœuvre pour prendre l'avantage. Il ne veut pas rester au service de Haile mais ne le lui dit pas. Il laisse Haile penser qu'il aimerait rester. Manifestement, il cherche à découvrir si Haile sait qu'il a reçu son congé et la raison pour pour laquelle il a été congédié. Whitall a pu dire à son cousin qu'il renvoyait Marsham pour cause de détournement d'argent. De toute évidence, Haile ne croit pas à son histoire de commission; moi non plus d'ailleurs. Il y a quelque chose de plus sérieux et il doit découvrir si Haile en a été informé, soit oralement, soit parce que des preuves auraient pu tomber en sa possession. Alors il demande à Haile ce qu'il a l'intention de faire du domaine et des domestiques.

Miss Silver toussa.

— C'est un très bon résumé.

Sans quitter son fauteuil, Frank se pencha pour déposer une bûche dans le feu. Une gerbe d'étincelles s'éleva et l'odeur du bois de pommier envahit le bureau.

— Haile passe à l'offensive avec vigueur. Il dit que son cousin lui a révélé que Marsham l'avait escroqué, terme que Marsham qualifie d'offensant et qui, selon lui, ne convient pas pour désigner la pratique relativement innocente de prendre une commission. Vous avez évidemment remarqué avec quelle adresse Marsham mène sa participation personnelle à la conversation : il évoque discrètement Lord St. Osbert, il laisse finement entendre qu'il a consenti à travailler pour un simple baronnet, troisième du nom, tout en observant de bout en bout une correction parfaite, qu'il s'agisse de son vocabulaire comme de sa tenue. Cela vous a-t-il aussi frappée ?

— Vous l'avez très bien exprimé.

— Poursuivons. Mr Haile laisse entendre à Marsham qu'il ne croit pas à l'histoire de commission. Déclare que Whitall devait avoir des raisons autrement sérieuses pour congédier un excellent majordome et une cuisinière de premier ordre.

Miss Silver cessa un moment de tricoter.

— Elle est mieux que ça, Frank, insista-t-elle, elle est exceptionnelle. Vous ne pourriez surestimer l'importance de ce facteur. Il explique la détermination de Sir Herbert de garder les Marsham à son service et la rend plausible.

— Croyez-vous Marsham quand il dit que Sir Herbert a menacé de le dénoncer à la police s'il persistait à vouloir partir ?

— Oui, absolument. C'était tout à fait dans le caractère de Sir Herbert. Miss Whitaker était une secrétaire inestimable. Nous savons qu'il a contrecarré son désir de le quitter en utilisant le chantage et la menace. Je ne vois aucune raison de penser qu'il aurait eu scrupule à menacer aussi les Marsham. Étant donné ce que j'ai appris de sa personnalité depuis que je suis dans cette maison, je croirais volontiers qu'il tirait un plaisir pervers de l'usage de la contrainte. Il ne pouvait ignorer les sentiments de Lila Dryden ; néanmoins, il était déterminé à l'épouser. Son comportement cruel à l'égard de Miss Whitaker était aussi d'un parfait mauvais goût. Elle avait été sa maîtresse et désirait à juste titre quitter son emploi avant qu'il épouse Lila Dryden. Il a brandi la menace pour l'amener à rester. Je suis toute prête à croire qu'il aurait utilisé les mêmes méthodes pour s'assurer les services des Marsham.

— Autrement dit, vous pensez que Marsham disait la vérité ? questionna Frank, ironique.

— Sur ce point précis, je dirais oui.

— Mais Haile ne semble pas s'être laissé impressionner. Selon Marsham, Whitall l'avait prévenu que, s'il le quittait, ce serait sans certificat et avec la police sur les talons.

Miss Silver était songeuse.

— Je suis convaincue que Marsham n'a pas inventé cette expression. Elle est tout à fait étrangère à son vocabulaire. J'ai eu la très vive impression qu'il répétait la formule que Sir Herbert avait utilisée pour le menacer.

Frank hocha la tête.

— Vu pour ce premier point, dit-il. Il y en a un second. Haile revient en arrière : « Tout ça pour une malheureuse affaire de commission. Si j'allais raconter tout ceci à la police, jusqu'où pensez-vous que l'histoire vous mènerait ? » Et maintenant nous arrivons à ce qui pourrait être — ou ne pas être — une contre-attaque. J'ai noté tout ce que vous m'avez dit et il n'y a aucune preuve. Mais Marsham lâche une information : nombre de gens dans la maison pouvaient être absorbés par leurs affaires privées la nuit du meurtre; lui-même estime qu'il serait peu judicieux d'y mêler la police dont les affreux agents sont si soupçonneux, etc. Eh bien, si cette insinuation et ce qui va suivre ne signifient pas que Marsham sait quelque chose qui lui donne barre sur Haile, je veux bien être pendu. L'ennui évidemment est qu'il peut s'agir de n'importe quoi : intrigue amoureuse avec Lady Dryden, raid clandestin sur le whisky ou Dieu sait quoi. Je ne pense pas que Haile ait jamais postulé au prix de vertu, récompense d'une vie sans tache, pour ressortir un cliché du révéré Tennyson. Mais rien de flagrant ne peut lui être imputé. Et l'on aboutit à ceci : Marsham sait une chose dont Haile préfère qu'elle demeure secrète et ils tombent d'accord pour se séparer amis et pour enterrer leur passé réciproque. Je pourrais les interroger l'un après l'autre, puis les confronter mais je ne pense pas que j'obtiendrais quoi que ce soit. Marsham ne trahira pas Haile parce qu'il ne veut pas que l'autre le trahisse, et vice versa. Ils sont dotés tous les deux d'un cerveau et de nerfs à toute épreuve. Marsham admettra sans doute qu'il a reçu des commissions — rien à voir dans une affaire de meurtre — et Haile dira ce que nous savons : son cousin avait tendance à être trop sévère; lui-même envisage la question avec plus de compréhension et il ne veut pas que l'on accable un homme qui est réellement un excellent majordome. Vous voyez, nous n'arriverions à rien. Et si je raconte tout ça au chef, il me dira que je suis plein de prétentions, que je ne vois pas ce qui est sous mon nez, qu'il y a deux suspects parfaitement plausibles : Lila Dryden et Bill Waring, et pourquoi n'ai-je pas poursuivi cette piste et ne les ai-je pas arrêtés... Je l'ai eu au téléphone ce matin, très britannique, acharné comme un bouledogue et tout à fait dénué de bonhomie. D'après lui, j'ai eu trop tôt ma promotion et cela m'a tourné la tête, j'élucubre de folles hypothèses contraires à celles de mes supérieurs hiérarchiques, et je vous en passe. Espérons qu'il se sent mieux maintenant qu'il a déversé sa bile. Il ne pouvait se libérer aujourd'hui mais il débarque demain matin pour voir si j'ai fait de l'affaire un irréparable gâchis. Alors, si vous pouviez sortir quelque lapin de votre chapeau avant demain, je serais à jamais votre esclave.

La toux de Miss Silver fut nettement réprobatrice.

— Mon cher Frank !

CHAPITRE XXXIV

Lorsqu'elle quitta la chambre bleue un peu plus tard, Miss Silver croisa Ray Fortescue. Un vent fort soufflait ce jour-là et Ray s'était bien couverte : jupe de tweed brun, pull-over et cardigan jaune doux. Elle avait noué sur ses boucles sombres un foulard assorti. Souriante, Miss Silver l'aborda.

— Je vois que vous sortez. Je me demandais si je pourrais vous parler un moment. Mais je ne voudrais pas vous retenir si vous avez un rendez-vous.

Un rouge ardent monta aux joues de Ray.

— Oh ! non, c'est sans importance. Je me disais simplement que ce serait bon de prendre un peu l'air. Il y a quelque chose dans cette maison... Je pense que c'est le chauffage central. C'est évidemment très agréable mais... Je pense que vous voyez ce que je veux dire.

Ray éprouvait le sentiment déplaisant que si la première partie de son discours précipité s'écartait légèrement de la vérité, sa dernière phrase était terriblement exacte. Soumise au regard aimable et candide de son interlocutrice, Ray était convaincue que Miss Silver savait parfaitement qu'elle allait voir Bill Waring et estimait que Ray n'avait aucune raison de ne pas le lui dire. La jeune fille suivit Miss Silver dans la chambre bleue, tout en songeant pour se consoler que ça ne ferait pas de mal à Bill de l'attendre.

Miss Silver s'installa et sortit son tricot. Elle avait perçu chez Ray une légère nervosité ; peut-être la jeune fille était-elle pressée. Dans ce cas, le cliquetis doux et régulier des aiguilles exercerait sur elle un effet apaisant. Les entretiens menés à la hâte ne donnent jamais rien de bon.

Ray était toujours debout et Miss Silver la pria de s'asseoir.

— Je vous en prie, ma chère, asseyez-vous. Je ne vais pas vous retenir longtemps mais j'ai réellement besoin de connaître votre opinion sur un sujet auquel j'ai déjà longuement réfléchi.

Amusée par ce mélange de franchise et d'autorité, Ray se croyait revenue dans une salle de classe. Elle se laissa choir sur le siège le plus proche.

— De quoi s'agit-il ? demanda-t-elle.

Miss Silver tira sur la pelote rose.

— Il s'agit du jeune valet de pied, Frederick. Je ne sais si vous lui avez accordé une attention particulière.

Ray ne cacha pas sa surprise.

— Oh ! oui, c'est un gentil garçon. D'après ce que Mary Good a raconté à Lila, sa famille habite le village.

Miss Silver tricotait avec placidité.

— Ah bon ? C'est exactement ce que je cherche, quelques renseignements sur Frederick. Je vous écoute.

— Mais, Miss Silver, vous ne pensez pas qu'il ait quoi que ce soit à voir avec le meurtre ? s'écria-t-elle alarmée. Je veux dire que c'est vraiment un garçon bien, tout le monde le dit. Il attend d'être appelé pour l'armée. Et ensuite, il veut suivre un enseignement professionnel et apprendre un métier. Il ne veut pas rester domestique, c'est juste pour un moment. Il a terriblement envie de réussir parce qu'il a une amie, et il a l'intention d'économiser tout ce qu'il peut pour pouvoir se marier dès qu'il aura vingt et un ans.

Miss Silver toussa.

— Est-ce Mary Good qui a raconté tout ça à votre cousine ?

— Non, c'est à moi qu'il l'a dit. Je lui ai demandé ce qu'il comptait faire après l'armée et il a déballé toute son histoire. Je m'entends bien avec les garçons et ils se confient volontiers à moi. En réalité, c'est le fait qu'il soit si sûr de Lila qui a brisé la glace. Le premier jour, il m'a conduite ici pour me montrer où était le téléphone et, brusquement, il m'a déballé son paquet. Je l'ai trouvé d'autant plus adorable que tout le monde dans la maison broyait du noir et imaginait le pire.

Selon Miss Silver, ces remarques présentaient beaucoup d'intérêt mais manquaient un peu de clarté. Sur un ton bien fait pour encourager un élève hésitant, elle suggéra :

— Peut-être pourriez-vous me répéter ce que Frederick vous a dit.

— Je peux toujours essayer. Je ne sais si je me souviens exactement... C'était comme s'il explosait tout à coup, quelque chose comme : « Miss Lila n'a jamais fait ça ! » Je suis sûre qu'il a dit ça, mais je ne me souviens pas du reste. C'était à propos de la police : « Ils pensent que c'est elle qui l'a fait mais bien sûr que non. » Je ne suis pas certaine parce que j'étais pressée de téléphoner.

Elle n'aurait pu se livrer plus totalement. Alors que Lila était soupçonnée de meurtre, tout ce qu'elle avait su faire, c'était prêter une oreille distraite à la seule personne qui croyait à son innocence et le lui disait. Elle rougit violemment. Si Miss Silver n'avait pas déjà percé à jour le secret de Ray, à présent c'était chose faite. Elle aurait aussi bien pu lui dire tout net : « Je devais appeler Bill Waring et je n'avais pas le temps de penser à autre chose. »

Le regard paisible de Miss Silver ne quittait pas le visage empourpré de Ray.

— Je vois, dit-elle. Est-ce tout ?

— Oui, je crois. Il est reparti.

— Et vous avez appelé Mr Waring à l'*Hôtel du Sanglier*, enchaîna Miss Silver avec un sourire. Vous deviez évidemment vous inquiéter beaucoup à son sujet.

La rougeur avait disparu des joues de Ray. Que Miss Silver soit au courant était sans importance. Elle répondit très simplement :

— Oui, je l'étais. Comme je vous l'ai dit, il m'avait demandé de venir à Vineyards, et je ne l'avais pas encore vu. Je désirais désespérément lui parler. Je ne savais pas s'il avait été arrêté ou interrogé ou Dieu sait quoi. C'est pour ça que je n'ai pas fait très attention à Frederick. Lila était dans la maison et j'étais parfaitement au courant de ce qui se passait pour elle, c'est-à-dire qu'elle n'avait pas été arrêtée. Mais je ne savais rien de Bill. Vous connaissez sûrement cette impression... Quand quelqu'un est loin, qu'on ne le voit pas, on ne peut s'empêcher de penser à tout ce qui pourrait lui arriver.

Il y avait un appel dans sa voix mais avant que Miss Silver ait pu réagir, elle reprenait, légèrement haletante.

— J'y pensais tout le temps. Par moments, je sentais que c'était trop affreux pour pouvoir arriver. Puis, à d'autres instants, je sentais que cela devait arriver précisément parce que c'était trop affreux. Je veux dire que je ne vois vraiment pas pourquoi on ne l'a pas arrêté. Il était sur les lieux, Lila était sur les lieux, et je sais que ni l'un ni l'autre n'aurait pu le faire, mais je ne voyais pas pour quelles raisons la police aurait pensé comme moi, ni pourquoi elle ne les avait pas arrêtés sur-le-champ. Et maintenant, j'ai peur qu'elle ne le fasse. Vous savez, Mary Good et l'inspecteur Newbury sont voisins et elle est plus ou moins cousine de Mrs Newbury.

Miss Silver toussa.

— Elle aurait parlé ?

— Pas vraiment. Elle a seulement dit qu'un ponte de Scotland Yard doit arriver demain, l'inspecteur détective principal, je crois. Et elle ne cesse de regarder Lila en silence, comme font les gens quand ils pensent qu'une chose atroce doit vous arriver et qu'ils se sentent désolés pour vous. Je crois qu'elle est désolée pour Lila. Elle l'a prise en affection, vous savez.

Miss Silver pencha la tête.

— Si nous revenions à Frederick. Lui aussi est désolé pour votre cousine. J'aimerais que vous m'en disiez un peu plus sur l'attachement dont vous avez parlé. S'agit-il d'une jeune fille de la région ?

— Oui ! Je croyais vous l'avoir dit. Elle est un peu parente de Mary Good. Vous savez comment c'est à la campagne, tout le monde est plus ou moins allié avec tout le monde. La jeune fille s'appelle Gloria Good. Son beau-père a épousé une tante de Frederick et Gloria n'est pas très heureuse chez elle. Frederick est inquiet ; il a peur qu'elle fasse une fugue et elle n'a que seize ans.

Miss Silver sourit avec indulgence.

— Il vous a vraiment fait confiance, dirait-on.

— Pauvre garçon, il en a rudement besoin. Les garçons parlent toujours si on les écoute, et il a bien vu que je m'intéressais à lui. Les gens sont intéressants, vous ne trouvez pas ? La façon dont leur esprit fonctionne, et toutes les drôles de choses qu'ils font.

— « L'étude propre de l'homme est l'homme », déclama Miss Silver, citant avec à propos Alexander Pope.

Ray parut un peu interloquée. Elle n'avait pas étudié Frederick, elle n'avait fait que l'écouter, ce qu'elle dit à Miss Silver, avant d'ajouter :

— Il était si inquiet, le pauvre, sinon il n'aurait pas...

Elle laissa sa phrase en suspens et Miss Silver intervint doucement :

— Il n'aurait pas quoi ?

Ray s'agita sur son siège.

— J'allais dire quelque chose, mais je ferais mieux de me taire. Ce n'était vraiment rien... simplement le genre de choses que font les garçons. Je ne voudrais pas qu'il ait des ennuis.

Miss Silver toussa doucement.

— Il était si inquiet, disiez-vous. Il a fait quelque chose qui pourrait lui attirer des ennuis, mais ce n'était pas quelque chose de grave, n'est-ce pas ?

— Oh ! non, repartit Ray troublée. Je n'aurais rien dû dire. J'ai cru que je m'étais arrêtée à temps mais vous êtes si vive...

Miss Silver la regarda gravement.

— Je pense sincèrement que vous feriez mieux de me dire ce que vous vouliez dire. Si cela n'a rien à voir avec l'affaire qui nous préoccupe toutes les deux, je le considérerai comme une confidence. En revanche, s'il y a un rapport avec l'affaire, il serait peu judicieux de votre part de le dissimuler et vous ne devrez pas attendre de moi que je fasse de même.

— Mais ça n'a rien à voir, réellement ! protesta Ray. Bon, mieux vaut que je vous le dise, sinon vous allez imaginer toutes sortes de choses. C'est très simple : Frederick quitte quelquefois la maison après avoir terminé son travail pour aller voir Gloria. Je sais qu'il l'a fait une fois parce qu'ils s'étaient disputés et qu'il voulait se réconcilier, et une autre fois quand il craignait qu'elle fasse une fugue. Vous ne le direz pas, n'est-ce pas ? Il était vraiment terriblement inquiet. Il dit que Gloria est encore une enfant et qu'elle n'est pas capable de se diriger. Il dit que sa tante est très gentille et que le beau-père n'est pas méchant mais qu'il a des accrochages avec Gloria, et il faut que Frederick la calme et l'empêche de faire des sottises.

Miss Silver examinait distraitement la brassière de la petite Josephine qui avait maintenant dix à douze centimètres de haut.

— Ce que vous dites m'intéresse beaucoup, déclara-t-elle. Puisque Frederick vous en a parlé, puis-je vous demander s'il a dit à quelle heure il quitte Vineyards dans ces cas-là ?

— Je pense que ce doit être très tard, dit Ray tristement.

— Après que Marsham a fait sa ronde ?

— Je pense que oui.

— Et Gloria, alors ? Il a peu de chance de la trouver debout à une heure pareille.

Ray rougit.

— Oh ! Miss Silver, je me sens tellement ignoble de trahir ce pauvre gamin. Mais je suis sûre qu'il ne se passe rien de mal, j'en suis absolument sûre. Frederick est encore un adolescent, terriblement romantique et amoureux. Il y a un pommier. Il grimpe jusqu'à la fourche qui se trouve à un mètre environ de la fenêtre de Gloria et ils discutent. La tante et le beau-père couchent de l'autre côté de la maison et, de toute façon, ils dorment comme des souches. Mais il n'y a pas de mal dans tout ça ; autrement, il ne m'en aurait pas parlé.

Miss Silver toussa pensivement.

— Frederick vous a-t-il dit qu'il avait quitté la maison la nuit du crime ?

La question frappa Ray comme un soufflet. Plus tard, elle se demanda pourquoi elle ne se l'était pas posée plus tôt. Sûrement parce qu'elle était alors submergée par les problèmes posés par Bill, par Lila et par elle-même, par les relations entre Bill et Lila et les siennes à leur égard. L'histoire naïve de Frederick n'avait fait qu'effleurer sa conscience. Elle ne l'avait pas liée à la sienne, à celle de Bill, à celle de Lila. Elle avait traité le récit de Frederick comme une anecdote lue dans un livre ramassé au hasard pour passer le temps. Tout à coup, cette histoire prenait corps ; des liens se nouaient. Elle respira profondément et balbutia :

— Non, non... Je n'y ai jamais pensé... Il n'a rien dit.

Les aiguilles de Miss Silver cliquetaient.

— Je me demandais si c'était lui qui avait laissé la porte sur la terrasse ouverte, dit-elle.

CHAPITRE XXXV

Une fois dépassée la première courbe de l'allée qui la mettait à l'abri des regards, Ray adopta la course alternée que l'on peut soutenir un bon moment : trois pas de course et deux pas de marche. Une allure qui vous fait progresser vite sans vous mettre hors d'haleine. Bill pouvait l'attendre un peu, ça ne lui ferait pas de mal mais, simultanément, Ray ne voulait rien perdre du temps qu'ils passeraient ensemble. Ils devaient prendre le café au *Sanglier*. Mrs Reed faisait un excellent café, c'était du moins l'opinion de Bill. Même si c'était du jus de chaussette, Ray s'en fichait éperdument, mais elle ne voulait pas arriver hors d'haleine et que Bill pense qu'elle s'était dépêchée. De toute façon, il ne lui parlerait probablement que de Lila.

En sortant de l'avenue, elle tomba droit sur lui. Pas de voiture, cette fois, simplement Bill planté sur ses grands pieds. En fait, elle tomba vraiment sur lui parce qu'il surgit brusquement de derrière le montant de la barrière et qu'elle ne put éviter le heurt. La course avait avivé son teint et elle était essoufflée. Il n'avait aucune raison de se cacher derrière les montants de la barrière et de la piéger de la sorte alors qu'ils s'étaient mis d'accord pour se retrouver au *Sanglier*. S'il y était resté, elle aurait marché tranquillement jusqu'à l'hôtel et joué avec brio le numéro de la fille qui fait toujours attendre les hommes. Mais, après s'être cognée dans Bill, elle fut tout juste capable d'aspirer l'air comme un poisson et de marmonner :

— Miss Silver m'a retenue.

Dieu, qu'elle était minable ! Une gamine de seize ans s'en serait mieux tirée. A seize ans, d'ailleurs, elle aussi s'en serait mieux tirée. Ce qui vous mine, c'est l'amour. Or, à seize ans, Ray n'avait que faire des garçons et de l'amour.

L'esprit chaviré par ces pensées brouillonnes, Ray finit pourtant par réaliser que Bill lui serrait brutalement le bras, qu'il la tirait et la repoussait tour à tour, qu'il avait les sourcils froncés et son air le plus rogue. Il la serrait, il avait l'air furieux et il lui dit d'une voix sèche et rageuse :

— Tu ne peux pas aller au *Sanglier* !

— Et pourquoi donc ?

— C'est pour ça que je suis venu au lieu de t'y attendre.

— A quoi ça sert de dire « C'est pour ça » comme si tu m'avais dit quelque chose que tu n'as pas dit ?

— Je te l'ai dit : tu ne peux pas aller au *Sanglier*.

Ray tapa du pied sur un gravier pointu. Douloureux, mais elle ne pouvait s'en prendre qu'à elle, si bien que sa colère contre Bill monta d'un cran. Que c'était bon de se mettre en colère ! Sa fureur contre Bill chassait l'inquiétude incessante et terrifiante que lui inspirait le sort de Bill.

Il la tenait toujours par le bras. Mais, au bruit d'une voiture qui approchait sur la route, il l'entraîna vivement vers la grille, derrière un conifère.

— Au nom du ciel..., commença Ray.

Il lui lâcha le bras et l'interrompit :

— Il ne faut pas qu'on te voie avec moi, ni ici, ni au *Sanglier*, ni ailleurs. Si tu avais un minimum de bon sens, tu aurais trouvé ça toute seule. Tu n'as rien à voir dans ce gâchis et plus vite tu disparaîtras, mieux ça vaudra. Il y a un train l'après-midi, vers deux heures et demie. Prends-le et disparais.

— Bravo, Bill ! N'est-ce pas toi qui m'as demandé de venir ?

— Je sais. Et je m'en mords les doigts ! Je ne pensais pas à toi. Je pensais à Lila.

La rage de Ray s'éteignit d'un coup.

— Lila est toujours ici, tu sais, dit-elle d'une voix douce. Ma présence est toujours aussi justifiée qu'elle l'était, tu ne crois pas ?

— S'ils arrêtent Lila, tu ne pourras pas l'accompagner. Et tu ferais mieux de filer avant que ça n'arrive ou tu seras mêlée à l'histoire.

— Ne fais pas l'idiot, Bill ! Il y a du nouveau ?

— Pas encore mais cela ne saurait tarder. Je ne sais rien à propos de Lila, mais je suis sûr que je vais être arrêté avant ce soir. On raconte dans le village qu'une huile de Scotland Yard doit arriver et qu'on reproche à Abbott de ne pas avancer et de ne pas nous avoir arrêtés.

Ray eut soudain l'impression d'avoir fait une longue route pour n'arriver nulle part. S'ils arrêtaient Bill, il y aurait encore un interminable chemin à parcourir, un chemin solitaire.

— Comment le sais-tu ? demanda-t-elle d'une voix éteinte.

— J'ai entendu deux filles qui en parlaient. Elles étaient dans le jardin, moi dans ma chambre. Une des filles, la nièce de Mrs Reed, trouve que je n'ai pas vraiment une gueule d'assassin, mais qu'on ne peut jamais savoir, et c'est ça qui est terrible. L'autre lui a annoncé l'arrivée de l'inspecteur principal de Scotland Yard et elle sait que c'est vrai « parce que Lizzie Holden, qui le lui a dit, tient l'information de Mrs Newbury à qui elle a promis de rester bouche cousue et qu'elle n'en parlerait à personne, sauf à moi, parce qu'elle sait que je suis une personne de toute confiance ». Etc.

— Mrs Newbury n'a pas à parler.

— Bien sûr qu'elle n'a pas à parler ! Mais tu connais, toi, le moyen de faire taire une commère ?

— D'accord mais, quoi qu'elle dise, je doute qu'elle en sache beaucoup. Et, de toute façon, tout ce qu'elle a pu dire aurait fait boule de neige avant d'avoir atteint le pub du village.

— Ce n'est pas tout, reprit Bill sombrement. Une meute de reporters grouillent dans le coin, ils veulent tout savoir sur tout : Lila, moi, toi, ce qu'on ressent quand on rentre d'Amérique pour découvrir que votre fiancée doit épouser un autre gus dans huit jours, ce qu'on ressent quand on est suspect...

— Ils ne t'ont pas demandé ça ?

— Non, mais ils le voudraient bien et ils ne vont pas tarder à le faire.

« Ce sont les reporters qui lui tapent sur les nerfs », se dit Ray.

— Si tu t'étais montrée au *Sanglier*, reprit-il rageur, ils se seraient jetés sur toi et t'auraient mise en pièces. Je passe mon temps à répéter « Pas de déclaration », dans mon meilleur style jeune diplomate, et Mrs Reed m'a aidé à les semer. J'ai l'impression qu'elle fait partie des gens qui pensent que peut-être je ne l'ai pas tué ou que, si je l'ai tué, il l'avait cherché et n'a eu que ce qu'il méritait. Apparemment, il ne s'est pas rendu très populaire ici et les gens sont désolés pour Lila mais... Oh ! Ray, je t'assure, c'est un vrai merdier ! Tu ferais mieux de filer, franchement.

Il posa lourdement ses deux mains sur ses épaules et les y laissa.

Debout devant lui, les yeux levés vers lui, son visage clair et pâle tendu vers lui, elle répondit :

— Non, Bill. Tu ne penses pas vraiment que je vais partir, n'est-ce pas ?

— Je ne veux pas que tu y sois mêlée.

— Si tu y es mêlé, et que Lila y est mêlée, alors je le suis aussi.

— Je ne veux pas que tu le sois.

— Tu n'y peux rien. Je suis ici et je compte rester. De toute façon, la police ne t'a pas encore arrêté. Tu sais de quoi sont faits les ragots de village? De pièces et de morceaux longtemps bouillis et passés au presse-purée; chaque fois que quelqu'un pense savoir du nouveau, il y ajoute un nouveau morceau, et demain, une histoire nouvelle surgira, sur quelqu'un d'autre. Après tout, Bill, tu n'as pas tué Herbert Whitall et quelqu'un d'autre l'a fait. Cramponne-toi à cette idée. Quelqu'un l'a tué et la police va trouver qui c'est. Si la police ne trouve pas, ce sera Miss Silver.

Voilà. Ray avait vidé son sac. L'insupportable douleur s'éloignait. Elle était de nouveau prête au combat. Le courage revenait. Le visage levé vers Bill était si vivant et lumineux que s'il ne s'était pas éloigné d'elle, s'il n'avait pas reculé, il l'aurait embrassée. Et s'il embrassait Ray maintenant, cela signifierait trop pour tous deux. Le temps était passé où il pouvait l'accueillir d'une bourrade affectueuse ou d'un gros baiser distrait sur la joue. Ce temps ne reviendrait pas. Quelque chose de vif et de fort circulait entre eux. Il recula et déclara :

— Très bien, mettons notre foi en Miss Silver. Mais il faut qu'elle fasse vite. Je ne vois pas les policiers faisant des heures supplémentaires pour me tirer du trou. On dirait qu'ils se dirigent tous vers la direction inverse.

— Comme nous, dit Ray fermement. Nous allons au *Sanglier* pour boire ce café.

— Ah ça non! Nous n'irons pas.

De nouveau, elle tapa du pied mais, cette fois, la terre était meuble.

— Tu veux que j'y aille seule? Si tu ne veux pas m'accompagner, j'y vais.

— L'hôtel est bourré de reporters.

— Que veux-tu que ça me fasse ? Je veux mon café et je vais le boire au *Sanglier* ! Et si tu ne m'escortes pas, j'irai trouver les journalistes et leur raconterai des anecdotes sur ta jeunesse, tout ce qui me passe par la tête : comment tu as réussi soixante-quinze lancers dans un match de cricket de village, comment tu as plongé d'une jetée à Brighton pour sauver un enfant...

— Je n'ai jamais mis les pieds à Brighton !

— Ce n'est pas ça qui me gênera ! s'exclama-t-elle en riant. Plus tu nieras, plus ils penseront que tu es modeste. Je peux inventer des tas d'histoires, tu sais, et je le ferai si tu ne m'emmènes pas au *Sanglier* et que tu ne m'offres pas ce café.

— Ray, ne fais pas l'enfant ! Tu ne vois pas que si nous y allons ensemble...

— Bien sûr que si, je vois, l'interrompit-elle avec désinvolture. Ils penseront que je suis ta petite amie et ils penseront peut-être que ça n'était pas tellement sérieux avec Lila et tout ça sera excellent.

— Je vois, tu me serviras d'écran de fumée ! Je ne pense pas que j'en veuille un.

Ray commençait à craindre d'être allée trop loin. Elle n'avait pas l'intention d'en dire tant. Les mots lui avaient échappé.

— Oh ! Bill ! dit-elle, la voix frémissante.

— Je ne veux pas.

— Bill, je suis désolée... Ce n'était pas ce que je voulais dire.

— Et maintenant, tu essaies de m'enjôler.

— Bien sûr. Et je veux vraiment ce café. Oh ! Bill, ne nous bagarrons pas. Je déteste ça !

Elle glissa sa main dans la sienne. Il y eut un moment curieux, l'émotion sans doute. Trop peu de temps pour se disputer. Pas le temps, peut-être, de se réconcilier. C'était au tour de Bill de forcer sa répugnance :

— D'accord. Allons-y !

CHAPITRE XXXVI

Miss Silver était restée dans la chambre bleue et réfléchissait à ce que serait sa prochaine démarche. Un entretien avec Frederick ? Si elle sonnait de cette pièce, c'est lui qui viendrait. Mais elle aurait préféré une occasion plus naturelle. Elle n'avait aucune envie de le surprendre ou d'aggraver sa nervosité manifeste. Comme cette pièce relevait apparemment de sa charge, il viendrait sans doute dans un moment pour s'occuper du feu. Elle décida de rester où elle était et de laisser venir les événements.

Quelques instants plus tard, le téléphone sonna. Bien entendu, ce n'était pas à elle de répondre mais, comme elle était près de l'appareil, elle le fit.

— Allô, fit la voix de Frank Abbott.

— Miss Silver à l'appareil.

— Je viens de rencontrer le patron. J'appelle pour vous dire que j'ai posé à Newbury la question que vous aviez soulevée et il m'a dit : « Oui, la sœur a une bicyclette. » Il l'a remarquée quand il y est allé. C'est tout. Au revoir. Vos affections au chef, je suppose ?

Il avait raccroché avant que Miss Silver ait eu le temps de stigmatiser cette impertinence. Et l'échange avait été si bref qu'il était terminé avant que Marsham ait eu le temps de gagner son office et de soulever le combiné.

La mine satisfaite, Miss Silver se rassit. Elle était pratiquement certaine qu'il y avait une bicyclette. Elle reprit son tricot et l'avait bien avancé quand Frederick entra dans la pièce avec un panier de bois. Bien dressé par Marsham, il referma soigneusement la porte derrière lui avant de s'agenouiller devant la cheminée pour recharger le feu. Miss Silver fut de nouveau frappée par sa pâleur. Soit il était malade, soit il était tourmenté moralement. Gloria Good était peut-être à l'origine du tourment moral, mais pas forcément. Ce pouvait être quelque chose de beaucoup plus sérieux.

De son siège au coin de la cheminée, elle voyait avec netteté le profil de Frederick.

— Vous n'êtes pas à Vineyards depuis longtemps, n'est-ce pas, Frederick ? demanda-t-elle.

— Non, miss, répondit Frederick en se tournant vers elle.

Elle toussa doucement.

— C'est un événement terrible et très troublant qui est arrivé dans cette maison. Vous avez dû être très bouleversé.

La main du jeune homme qui plaçait une bûche tremblait de façon perceptible. La bûche, d'ailleurs, dégringola et heurta bruyamment les chenets. C'était une réponse amplement suffisante pour Miss Silver qui continua :

— Je vois que ce meurtre vous a bouleversé. Mais il ne faut pas vous laisser abattre. Pour vous, bientôt, toute cette affaire s'estompera. Bien entendu, d'autres personnes seront plus tristement affectées et plus durablement, si ce n'est pour toujours. Il serait terrible que des soupçons continuent de peser sur Miss Lila Dryden.

Une détresse profonde creusait le visage livide de Frederick. Les mots qu'il avait employés devant Ray Fortescue jaillirent de ses lèvres :

— Elle n'a pas fait ça !

L'atmosphère amicale qui émanait de Miss Silver lui

avait valu beaucoup de confidences dans le passé. Son attitude n'était jamais feinte ni calculée; elle était la conséquence naturelle de son intérêt profond pour les problèmes des autres et de son désir chaleureux de les aider. Miss Silver était sincèrement préoccupée par l'état de Frederick et l'intonation de sa voix l'exprimait.

— Je ne pense pas que ceux qui la connaissent puissent la croire capable de violence.

— Oh ! non, miss, ils ne le croient pas ! C'est ce que j'ai dit à... à quelqu'un... Seulement ils ne voient pas les choses de cette façon.

— Vous en avez parlé à un ami ?

— Oui, miss. Quand une chose vous pèse à ce point, on a besoin d'en parler à quelqu'un. Seulement, elle ne voit pas ça de la même façon.

Miss Silver sourit.

— C'était donc à une jeune fille. Peut-être ne connaît-elle pas Miss Lila.

— On ne peut pas dire connaître, miss. Elle l'a déjà vue, bien sûr. Nous, nous sommes amis depuis que nous étions des gosses. Elle travaille chez Mrs Considine et ce que je lui dis, c'est qu'elle devrait y rester jusqu'à ce qu'elle soit un peu plus vieille. Elle n'a que seize ans et Mrs Considine lui apprend très bien la cuisine.

— Ça sera très utile quand elle aura une maison à elle.

— C'est juste ce que je pense, dit Frederick ingénument. Mais Gloria veut aller dans un magasin à Emsworth et je n'aime pas ça pour elle, par les soirs d'hiver, avec cette longue route pour rentrer dans le noir, et on ne peut pas toujours attraper un bus juste au moment où les magasins ferment.

— Si j'étais vous, Frederick, je ne lui dirais pas que vous êtes contre, suggéra Miss Silver d'un ton indulgent. Les jeunes filles aiment en faire à leur idée, vous savez, et c'est bien dommage quand une discussion tourne en querelle.

— C'est vrai, reconnut Frederick, le front soucieux. Nous nous sommes disputés samedi à ce sujet.

Miss Silver tricotait toujours en regardant Frederick avec intérêt.

— On ne devrait jamais laisser une querelle se poursuivre. J'espère que vous avez réussi à faire très vite la paix.

Le sang afflua brusquement sous sa peau pâle. Il détourna la tête et tisonna le feu.

— Nous nous sommes réconciliés, dit-il.

— Samedi soir ? demanda Miss Silver.

Il y eut un silence pénible. Elle répéta sa question.

— Samedi soir, Frederick ?

— Oh ! miss ! s'écria-t-il, la gorge serrée.

— Vous vous êtes faufilé dehors pour aller la voir et faire la paix avec elle, n'est-ce pas ? reprit-elle avec une douce autorité. Quand la maison était silencieuse et que vous pensiez que tout le monde était couché. Je vous en prie, mon cher garçon, ne soyez pas si inquiet. Vous avez transgressé une consigne, mais je suis toute prête à croire que vous n'avez réellement rien fait de mal. Jc suis sûre que vous vouliez seulement faire la paix avec Gloria, mais je pense qu'en chemin, à l'aller ou au retour, vous avez vu ou remarqué quelque chose qui pèse sur votre conscience et que vous ne devriez plus à présent garder pour vous.

Frederick avait l'air égaré. Il transpirait abondamment. Une bûche tomba de ses mains moites sur le devant de la cheminée sans même qu'il s'en aperçût. Le regard bénin de Miss Silver lui faisait l'effet d'un projecteur braqué sur le souvenir odieux : le départ furtif de sa chambre, le retour encore plus furtif et l'horreur qui s'était déroulée entre les deux. Dans un moment, le terrible secret que tous ignoraient, auquel il osait à peine penser, le secret qui hantait ses rêves et le réveillait en sursaut, inondé de sueur, serait proclamé bien haut. Dans un instant, ici, dans cette pièce, il devrait entendre les mots contre lesquels il luttait, en se bouchant les oreilles la nuit, en se cachant la tête sous les couvertures et en se recroquevillant dans son lit, tremblant de terreur autant qu'il tremblait à présent.

Miss Silver laissa son ouvrage et se pencha pour poser la main sur son bras.

— Mon pauvre garçon ! Je vous en prie, ne soyez pas si angoissé. Personne ne vous fera de mal et vous-même ne pouvez pas en faire à des innocents.

La sollicitude dont elle faisait preuve eut raison de la maîtrise de Frederick sur ses nerfs. Il fondit en larmes.

— Miss Lila n'a jamais fait ça... bégaya-t-il en sanglotant. Elle est innocente, elle... elle n'aurait jamais fait de mal à personne... pour rien au monde. J'aurais dû le dire avant... mais je ne pouvais pas, je ne pouvais pas. Pas seulement à cause des ennuis avec Mr Marsham, bien que j'aie fait ça très bien, me faufiler dehors le soir, et il aurait pensé que c'était pire que ça n'est. Il n'y avait pas de mal à ça, miss. Je veux bien le jurer sur ma Bible qu'il n'y en avait pas, seulement voir Gloria et se réconcilier.

Les mots sortaient par saccades, étouffés par les larmes et les reniflements, bientôt interrompus par la recherche frénétique d'un introuvable mouchoir. Toujours à la hauteur de la situation, Miss Silver en offrit un, net et bien repassé, d'un format généreux. Grâce à ses soins et à ses manières apaisantes, les sanglots perdirent peu à peu de leur violence et les phrases qu'ils entrecoupaient y gagnèrent un minimum de cohérence.

Quand son expérience lui souffla que le moment opportun était venu, elle dit vivement :

— Et si vous me racontiez maintenant toute l'histoire ?

CHAPITRE XXXVII

L'inspecteur principal Lamb n'était pas d'humeur à plaisanter. Sa seconde fille, Violet la volage, avait éprouvé ses nerfs au-delà du possible et bouleversé sa mère dans la même mesure en annonçant son intention de se fiancer à un Sud-Américain, chef d'un orchestre de variétés. Sa fille aînée, Lily, aujourd'hui sage mère de famille, et sa cadette, Myrtle, qui terminait ses études d'infirmière, lui répétaient à satiété, mais en pure perte, que Violet était en permanence à la veille de nouvelles fiançailles jamais concrétisées. Alors, pourquoi s'en faire ? Comme le disait Lily : « Si elle ne s'est pas décidée pour le charmant major Lee, ni pour le superbe chef d'escadrille, ni pour le jeune homme dont l'oncle possède une usine de cirage, pourquoi ne romprait-elle pas aussi avec Pedrillo ? » Ce seul prénom faisait monter le sang à la tête de Lamb de façon alarmante. Les étrangers existaient et, aux dires de tout le monde, ils faisaient de tout une fichue pagaille. Voyez Hitler ! Et Mussolini ! Et tous ces communistes étrangers ! D'accord, ils étaient là et il fallait soit s'en arranger, soit s'en débarrasser selon le cas, et il était sûr que certains méritaient qu'on les prenne en pitié et qu'on leur tende une main secourable. Mais les introduire dans sa famille, c'était folie pure et simple. « Tu ne trouves pas qu'il a des yeux noirs étourdissants, pop ? » lui avait demandé Violet pas plus tard que la veille. Pensait-elle vraiment qu'elle réussirait à l'amadouer avec ces absurdes surnoms ? Bien qu'il fût un membre très estimé de l'Église dissidente, jamais de sa vie Lamb n'avait été plus près de jurer.

Il n'était donc pas disposé à la tolérance. Lorsque Frank Abbott croisa le regard des yeux globuleux de Lamb, qui lui faisaient irrésistiblement penser à des bonbons à la menthe, il comprit illico qu'il avait intérêt à surveiller son langage. Le plus léger signe d'arrogance ou de suffisance déclencherait une des formidables harangues de l'inspecteur principal. Frank les connaissait toutes par cœur et ne tenait pas à les subir une énième fois. Il cornaquait donc son patron avec la plus extrême circonspection. Ayant survécu au court déplacement entre la gare d'Emsworth et le bureau que le superintendant[1] du comté avait mis à leur disposition, il fut remercié de ses bons soins par un coup d'œil menaçant et par un raclement de gorge plus proche du rugissement que du bêlement[2].

— Je vous trouve bien doux et docile, brusquement. Je me trompe ? Au point que je me demande ce que vous avez bien pu inventer. Vous n'êtes pas naturel et quand les gens perdent leur naturel, il est grand temps de les surveiller. Qu'avez-vous fait ?

Frank haussa ses sourcils blonds et accentua son débit traînant. Imperceptiblement :

— Rien, monsieur.

Les signes précurseurs d'une tempête s'intensifièrent. Lamb se rencogna dans son fauteuil dont son grand corps prit résolument possession. Son visage rougeaud s'assombrit et sa chevelure noire, qui avait fait récemment l'objet d'une coupe drastique, proclamait sa vigueur par le truchement d'un épi rebelle.

1. *Superintendent of police* : peu différent de commissaire de police. *(N.d.T.)*

2. En anglais, *lamb* signifie agneau. *(N.d.T.)*

— Rien ! répéta-t-il. Et vous imaginez sans doute que je doive mettre ce rien à votre crédit ! Un homme est assassiné dans sa propre maison quatre ou cinq jours avant son mariage ; on a trouvé la fille qu'il doit épouser les mains couvertes de sang, l'instrument du meurtre à ses pieds et l'homme avec lequel elle s'apprêtait à fuir — un amoureux plaqué pour un homme plus riche — présent dans la pièce.

— Une seule main, monsieur.

— Une seule ! répéta l'inspecteur principal qui retint sa respiration et la relâcha bruyamment. Il suffit d'une main pour poignarder un homme, non ?

— Oui, monsieur.

Lamb se frappa le genou de son poing puissant.

— Et alors, arrêtez-la et arrêtez le jeune Waring ! C'est clair comme de l'eau de roche, non ? Elle allait fuir avec lui. Sir Herbert Whitall est descendu, les a surpris et l'un d'eux l'a poignardé. Il semble que ce soit la fille. La dague était là, à portée de main et elle l'a saisie.

— C'est-à-dire, monsieur...

Il n'alla pas plus loin parce que la tempête éclata.

— Trop facile pour vous, je suppose ! Pas assez intelligent ! Pas une affaire à sensation dont on peut se vanter de l'avoir résolue haut la main ! C'est parce qu'elle est trop simplette, c'est ça ?

— Non, monsieur.

— « Oui, monsieur », « Non, monsieur », « Bien, monsieur » ! J'ai l'impression d'avoir affaire à un pantin qui parle. Poli et respectueux tant que vous voudrez en apparence et par en dessous plus insubordonné qu'un démon ! Tout ça m'irrite au dernier point. Et vous le savez ! Si vous avez quelque chose à dire, ce que je pense, vous avez intérêt à le lâcher !

Frank Abbott lâcha tout : le rapport médical, la déposition de Grey, les voix dans le bureau, la loupe et la déposition du professeur, Miss Whitaker et son alibi, Mr Haile, son legs, sa situation financière douteuse et son étrange conversation avec le majordome enregistrée par Miss Maud Silver.

Une teinte lie-de-vin s'étendit sur le visage de l'inspecteur principal Lamb.

— Miss Silver !

— Maudie la Mascotte. En chair et en os et, comme toujours, bienséante au plus haut point. Elle a un nouveau sac à ouvrage, il me semble. Cette fois, ce sont des brassières, pas des chaussons ; rose pâle, pour une petite fille de trois ans.

— Fout... !

Lamb fit un effort louable pour se contrôler. Il était contre ses principes de jurer.

— Oui, monsieur, répondit l'inspecteur Abbott en lui retournant son regard avec une parfaite innocence.

Puis il reprit à la hâte :

— Lady Dryden l'a fait venir ici. Et vous savez, monsieur, c'est extrêmement utile d'avoir Miss Silver dans la maison. Je me souviens, vous aviez dit que c'était un avantage qu'elle soit sur les lieux. Elle observe le comportement naturel des gens dans leur vie de tous les jours.

— Je ne me rappelle pas avoir proféré quoi que ce soit de ce genre !

— C'était pendant l'affaire du Marc maudit, je crois, monsieur. Vous aviez tellement bien exprimé la chose...

— Et maintenant, on me passe de la pommade, hein ? Oui, bien sûr, il y a de ça. Vous débarquez dans une affaire, tout le monde est ébranlé, la plupart des gens ont quelque chose à cacher. Rappelez-vous ce cas dont je vous ai parlé. La femme avait l'air si coupable, à croire qu'elle avait commis non pas un meurtre mais sept. Et tout ce qu'elle craignait, c'était que son mari s'aperçoive qu'elle portait une perruque. Il était un peu plus jeune qu'elle et en extase devant ses beaux cheveux. C'est le genre d'incident qui embrouille complètement une affaire et je ne dis pas que, dans ce domaine, Miss Silver ne peut rendre quelques services. Non, je lui rends justice. Elle connaît les hommes et les perce à jour. Si elle avait vécu deux cents ans plus tôt, on lui aurait vite fait faire le plongeon dans la mare aux sorcières. Ils n'y allaient pas par quatre chemins avec elles. Si la pauvre créature flottait, ils l'en sortaient pour la pendre ou pour la faire mourir sur le bûcher. Si elle coulait, cela prouvait tout simplement qu'elle était innocente, si bien qu'elle était seulement noyée. Et chacun rentrait chez soi satisfait. Autres temps, autres mœurs ! Mais je me suis souvent demandé à propos de ces vieilles femmes s'il n'y avait pas quelque chose là-derrière. Poison ou autre, ajouta-t-il très vite.

Un coup frappé à la porte précéda l'apparition d'un jeune agent au visage avenant :

— Vous demande pardon, m'sieur, mais y a une dame au téléphone : Miss Silver. Veut parler à l'inspecteur Abbott. Dit que c'est très important.

« C'est le bouquet ! Juste au moment où il commençait à se calmer », songea l'inspecteur Abbott qui se leva, impassible.

— Je pense qu'il est souhaitable que j'aillc voir ce dont il s'agit, monsieur.

Son supérieur fronça les sourcils.

Frank suivit le jeune agent jusqu'au téléphone. D'une voix prudente, Miss Silver s'enquit :

— Inspecteur Abbott ?

— Soi-même.

— Je suis désolée de vous déranger, d'autant plus que j'apprends que vous êtes avec l'inspecteur principal Lamb. Mais il y a un nouveau témoignage, réellement très important, et j'estime ne pouvoir retarder le moment de vous mettre au courant et de le faire savoir à l'inspecteur principal.

Frank siffla.

— Important à ce point ? Il n'apprécie pas particulièrement de se déplacer pour rien.

— J'ai dit : très important. J'ai ici un témoin que vous devriez voir immédiatement, le jeune valet de pied, Frederick. Il n'était pas dans la maison le soir du meurtre et il a surpris quelque chose. Je crois que si vous pouviez amener l'inspecteur principal jusqu'à Vineyards et que le témoignage pouvait être entendu sur les lieux...

Après un silence, Frank Abbott se décida :

— Bien. J'avais suggéré que vous sortiez un lapin de votre chapeau et nous sommes tous les deux dans le coup. Mais, je vous préviens, nous risquons de n'être pas très bien vus. J'y vais et je lui en parle. Restez en ligne !

Après un épisode tumultueux, il revint.

— Vous êtes là, Miss Silver?... C'est d'accord, nous partons. Nous avons intérêt vous et moi à ce que ça vaille la peine. Sinon, gare aux retombées. *Au revoir*[1].

L'inspecteur principal, qui avait fait irruption dans la pièce à la manière d'un bulldozer, entendit ces derniers mots. Il était bien capable de déverser incontinent son homélie la plus véhémente sur « le vaste vocabulaire proposé par la langue anglaise pour la pleine expression de tous les sentiments dont il convient qu'un officier de police dispose. Et si l'officier de police éprouve le besoin d'emballer ses propos dans une langue étrangère, c'est parce qu'il a attrapé la grosse tête et veut se faire remarquer, ou parce qu'il a quelque chose à dire qu'il a honte de formuler en anglais décent ».

Frank connaissait déjà la musique. Il espérait de toute son âme que son chef estimé aurait vidé tout ce qu'il avait sur le cœur avant qu'ils n'arrivent à Vineyards.

1. En français dans le texte.

CHAPITRE XXXVIII

Répondre à la porte d'entrée à cette heure faisait partie des attributions de Frederick. Il introduisit l'inspecteur Abbott qu'il connaissait et un homme de grande taille, en pardessus noir, sûrement « le gros bonnet de Scotland Yard » que les gens du village avaient annoncé; il devait arrêter quelqu'un et Frederick, le cœur battant, se disait que ce quelqu'un pourrait bien être lui. Irrationnelles mais terriblement vivantes, des images défilaient devant ses yeux : le banc des accusés, la cellule des condamnés, la potence...

Miss Silver qui l'accompagnait serra chaleureusement la main de l'inspecteur principal Lamb. Son plaisir de rencontrer un vieil ami était si évident, ses questions à propos de Mrs Lamb et de ses filles si chaleureuses qu'il ne pouvait qu'y répondre.

— Et les enfants de Lily? Ernest vous ressemble-t-il toujours autant?

— C'est ce qu'on dit. Pauvre petit bougre! Mais Jenny ressemble à sa mère; tout à fait Lily au même âge.

Le nuage apparu sur le front de l'inspecteur principal lorsqu'elle évoqua Violet incita Miss Silver à passer rapidement à Myrtle, dont il n'avait jamais que du bien à dire.

— Le seul ennui avec elle, c'est son altruisme : elle

pense toujours aux autres. Sa mère s'inquiète et dit qu'elle devrait se soucier davantage d'elle-même.

Ils étaient arrivés à la porte du bureau. Frederick, sa mission accomplie, espérait filer discrètement mais l'œil impérieux du gros bonnet s'arrêta sur lui.

— Est-ce le jeune homme en question ? Très bien. Entrez et fermez la porte !

Il obéit avec le sentiment que le sol tremblait sous ses pieds, mais la main de Miss Silver s'était posée sur son bras.

— A présent, Frederick, vous n'avez qu'à dire la vérité. Vous n'avez strictement rien à craindre.

Les mots semblaient sans aucun lien avec les faits horribles auxquels il était maintenant confronté. Ils ne pourraient pas faire disparaître ces formidables policiers, ils ne pourraient pas retarder la pendule ni faire que l'histoire qu'il avait balbutiée moins d'une heure plus tôt n'ait pas existé. Il fallait qu'il endure l'épreuve et quand on doit faire quelque chose, il faut trouver le courage nécessaire.

On lui donna un siège. Le gros bonnet s'installa devant le bureau de Sir Herbert. L'inspecteur Abbott sortit son calepin. Ils allaient tout consigner par écrit.

Miss Silver s'était assise de façon qu'il puisse la voir. Son regard rencontra le sien, lourd d'appréhension. Elle lui adressa un sourire rassurant avant de s'adresser à l'inspecteur principal Lamb :

— Voici Frederick Baines, monsieur. Il s'était disputé avec son amie samedi dernier et il est sorti de la maison sans être vu pour aller au village et se réconcilier avec elle. Il va vous dire ce qui s'est passé.

Lamb tourna son grand visage rougeaud vers le malheureux Frederick. Il n'avait pas du tout l'air d'un policier citadin, s'étonna Frederick, il avait l'air d'un fermier. Il ressemblait terriblement à Mr Long, de Bullthorne, qui les avait une fois surpris, Jimmy Good et lui, en train de voler ses prunes par une belle soirée d'août. Il leur avait flanqué une belle rossée et avait menacé de les traîner au poste de police. Il s'aperçut qu'il avait toujours le mouchoir de Miss Silver dans la poche de sa livrée de lin gris. Il l'en tira et s'épongea le front.

Les yeux bruns et globuleux de l'inspecteur principal le regardaient sans laisser filtrer la moindre expression.

— Eh bien, mon garçon, parlez. Vous avez quitté la maison la nuit du meurtre pour aller voir une fille. C'est bien ça ? demanda-t-il avec une pointe d'accent provincial.

— Oui, monsieur.

— Vous vous étiez disputé avec elle et vous vouliez vous raccommoder ?

Le ton n'était pas déplaisant. Il était même plutôt indulgent. Trente-cinq ans plus tôt, un garçon dénommé Ernest Lamb avait lui aussi fait le mur une nuit pour aller jeter un caillou dans la fenêtre d'une jeune fille qui était aujourd'hui Mrs Lamb.

Encouragé par le fait qu'on ne lui demandait pas de dévoiler immédiatement l'épisode dramatique de son expérience, Frederick produisit un certain nombre de faits ingénus à propos de lui et de Gloria Good. Au fur et à mesure, sa voix s'affermissait et ses recours au mouchoir prêté devenaient moins fréquents. Miss Silver était satisfaite ; il faisait bonne impression.

Lamb écoutait, posait de temps à autre une question et finit par dire :

— Donc, vous vous êtes réconciliés et les choses en sont restées là. Bien entendu, vous n'auriez pas dû quitter la maison de cette façon. Vous le savez sans qu'il soit besoin que je vous le dise.

— Oui, monsieur.

— Bien. Quelle heure pouvait-il être quand vous êtes sorti ?

— Un peu plus de onze heures, monsieur. Il y avait le

gentleman avec le cyclomoteur, le professeur Richardson. Il venait de derrière la maison. Il a pris son cyclomoteur et il a descendu l'allée.

— Il faisait nuit noire, hein ? Comment saviez-vous que c'était le professeur ?

— Je regardais dehors, monsieur. Ma chambre donne sur la façade. Il avait laissé son cyclomoteur juste en dessous de ma fenêtre. Il s'est cogné les tibias contre une pédale et il a juré. Quand le professeur jure, monsieur, on ne peut pas s'y tromper.

— Quelle heure était-il ? Vous avez l'heure dans votre chambre ?

— Oui, monsieur, un réveille-matin.

— Pourquoi regardiez-vous par la fenêtre ?

— J'avais vu le professeur arriver et j'attendais qu'il parte, monsieur.

— Et ensuite ?

— J'ai pensé que Mr Marsham était en train de faire sa ronde. Il avait commencé par les pièces du fond et devait être à l'autre bout de la maison. J'ai écouté du haut de l'escalier de service et j'ai filé.

Lamb était assis dans le fauteuil du bureau, ses mains massives sur les genoux. Frank sténographiait, vite et bien. Comment souvent auparavant, il pensait : « Le patron est bien avec les gens. Il pense que ce garçon est honnête et il lui donne le moyen de se calmer et de dire ce qu'il sait à sa manière. S'il le malmenait, il n'en tirerait rien de sensé. »

Lamb hocha la tête.

— Par où êtes-vous sorti ? Par la porte de derrière ?

— Non, monsieur, Mr Marsham la verrouille et le verrou grince. Il y a — il bredouilla mais se reprit — il y a une fenêtre dans la pièce de la gouvernante, monsieur.

Lamb le regardait fixement.

— Alors, vous n'êtes pas sorti par le bureau ?

— Oh ! non ! monsieur, s'écria Frederick horrifié. Sir Herbert y était.

— Comment le saviez-vous ?

— A cause du professeur, monsieur, il venait juste de partir. Sir Herbert veillait toujours tard.

— Vous n'êtes pas entré dans le bureau ?

— Non, monsieur.

— Sûr ?

— Oh ! oui ! monsieur.

— Très bien, poursuivons. Vous êtes sorti et vous avez vu votre amie. Qu'avez-vous vu d'autre ?

Frederick devint livide.

— C'était quand je suis rentré, monsieur.

— Alors ?

— J'étais dans l'avenue, presque en haut, près de la maison, et j'ai entendu quelque chose derrière moi, comme des brindilles qui craquent. Je me suis immobilisé et elle m'a dépassé sur sa bicyclette.

— Qui vous a dépassé ?

— Je ne savais pas bien, monsieur, pas à ce moment-là. Elle roulait sans phare et juste après m'avoir dépassé, elle est descendue et elle a poussé sa bicyclette à la main et j'ai pensé que j'allais la suivre et voir qui c'était.

Frank Abbott leva la tête et fit un signe à Miss Silver qui lui répondit par le même moyen.

Sans se presser, Lamb demanda :

— Alors, qui était-ce ?

— Je ne distinguais pas bien, monsieur. Elle a posé sa bicyclette contre un arbre un peu plus loin que le haut de l'avenue et elle a pris l'allée qui passe entre les arbustes. Elle passe tout du long entre des arbustes et j'ai pensé : « C'est quelqu'un qui connaît la route. » Mais j'étais derrière elle parce que ça ne me semblait pas normal qu'elle laisse sa bicyclette comme ça. Je veux dire, je ne pouvais pas savoir qui ça pouvait être parce que Miss Whitaker était allée chez sa sœur et qu'aucune des domestiques ne couche ici.

— Continuez, dit Lamb.

— L'allée débouche sur la terrasse. Elle a monté les marches. Je n'osais pas trop me rapprocher, au cas où elle me verrait, parce que je commençais à penser que c'était Miss Whitaker et qu'elle m'aurait fait des ennuis parce que j'étais sorti. Elle ferait des ennuis à n'importe qui et elle aime ça, on le sait tous. Si bien que je restais très en arrière. Je pensais qu'elle allait entrer par la porte-fenêtre du bureau. Je trouvais ça un peu drôle et je pensais que ce n'était peut-être pas Miss Whitaker et que je ferais bien de savoir. Aussi je suis monté sur la terrasse et là, il y avait de la lumière et la porte vitrée était ouverte.

— Continuez.

— Il y a deux marches, monsieur. Je suis monté et j'ai regardé.

Il tira son mouchoir et s'épongea d'une main tremblante.

— Oh, monsieur ! c'était horrible ! Sir Herbert était étendu par terre, il était mort et ce couteau avec une poignée d'ivoire sortait de son plastron.

Frank Abbott leva les yeux et demanda :

— Le poignard était planté dans sa poitrine ? Vous en êtes sûr ?

— Oh ! oui ! monsieur, c'était horrible !

De ses deux poings serrés, Lamb tambourinait sur ses genoux.

— Que faisait la femme ?

— Elle était debout et elle le regardait. C'était Miss Whitaker, monsieur.

— Était-elle penchée vers le corps ?

— Non, monsieur, elle était debout, simplement. Elle parlait, monsieur.

— Qu'a-t-elle dit ?

— Ça m'a glacé les sangs, monsieur. Elle a dit : « Tu l'as cherché et tu l'as eu. » Et j'ai pensé qu'elle allait faire demi-tour et sortir quand l'autre porte s'est ouverte.

Il désigna la porte du corridor.

— Celle-ci, monsieur. Et Miss Lila est entrée dans la pièce.

— Miss Dryden ?

— Oui, monsieur, elle était somnambule, monsieur. Ma sœur qui est morte l'était souvent aussi et le docteur disait qu'il ne fallait jamais la réveiller brusquement.

— Vous êtes absolument sûr qu'elle était somnambule à ce moment-là ?

— Oui, monsieur, à cause de ma sœur ; elle était toute pareille. Elle est entrée dans la pièce. Miss Whitaker pouvait tout voir, exactement comme moi. Elle a ri d'une façon horrible, monsieur, et elle a dit tout tranquillement : « C'est là que vous entrez en scène, je crois. »

— Oui, continuez. Qu'est-ce que Miss Dryden a fait ? A-t-elle touché le corps ?

— Non, monsieur. Elle s'est seulement avancée jusqu'au milieu de la pièce et elle est restée là. Ils ne savent pas ce qu'ils font quand ils sont comme ça et ils ne se rappellent rien. Miss Whitaker est allée vers Sir Herbert et elle a sorti le couteau à poignée d'ivoire...

— Les mains nues ?

— Non, monsieur, elle avait des gants. Elle l'a tiré et elle a essuyé le sang sur le devant de la robe de Miss Lila et elle l'a mis dans la main de Miss Lila. Oh, monsieur, c'était horrible !

— Vous l'avez vue le faire ?

Nul ne pouvait douter qu'il avait réellement vu la scène. Son visage était convulsé d'horreur et sa pâleur avait pris une teinte verdâtre. Ses yeux se souvenaient. Il tremblait.

— Oh ! oui, monsieur, je l'ai vue ! Je voudrais n'avoir jamais vu ça mais je l'ai vu. La robe de Miss Lila et cette horrible tache et le sang sur sa main !

— Vous avez dit, je crois, qu'elle avait essuyé le couteau avant de le mettre dans la main de Miss Dryden.

Frederick le regarda hébété.

— Oui, monsieur, elle l'a fait. Mais elle n'a pas tout ôté, il y avait encore du sang qui est resté sur la main de Miss Lila.

— Qu'a fait Miss Lila?

— Elle n'a rien fait, elle était juste là. J'avais peur qu'elle ne se réveille. C'est très mauvais pour eux quand ils se réveillent tout d'un coup mais elle ne s'est pas réveillée. Elle a lâché le couteau qui est tombé par terre.

— Vous pouvez me montrer l'endroit?

— Oui, monsieur.

Il allait mieux maintenant. Le plus dur était sorti, le pire moment passé. Il leur montra où se trouvait le corps et où Lila Dryden se tenait et avait laissé tomber le couteau.

— Et Miss Whitaker?

Il put aussi leur montrer où elle était pendant qu'il regardait entre les rideaux, et l'endroit où elle s'était redressée, le couteau à la main, avant de se diriger vers Miss Lila.

Frank Abbott griffonna sur un morceau de papier qu'il passa à l'inspecteur principal. Lamb y jeta un coup d'œil : « Positions O.K. » et se retourna vers Frederick.

— C'est bien, mon garçon, vous pouvez vous rasseoir... Maintenant, dites-nous ce qui s'est passé ensuite.

— Elle est partie... Miss Whitaker. Elle a dit quelque chose comme : « Votre affaire est bonne, ravissante Lila. » J'ai vu qu'elle allait se tirer, si bien que j'ai descendu la marche et me suis caché derrière le buisson, et elle est sortie et elle est descendue sur la terrasse à toute vitesse, sans faire le moindre bruit. J'ai pensé qu'il valait mieux que je file, mais ça ne me plaisait pas du tout de laisser Miss Lila comme ça.

— Pourquoi n'avez-vous pas donné l'alarme? demanda Lamb de sa voix grave. C'est ce que vous auriez dû faire, vous savez.

Frederick révéla une veine de perspicacité jusqu'alors insoupçonnée.

— Et tout le monde aurait cru que c'était Miss Lila qui l'avait tué et que c'était moi qui inventais toute une histoire contre Miss Whitaker que personne n'aime dans la maison ! J'y ai réfléchi du mieux que je pouvais et j'ai bien vu l'allure que ça aurait... Je n'ai pas osé.

— Alors, qu'avez-vous fait ?

— Je suis resté là à réfléchir et je ne savais pas quoi décider. Et ensuite j'ai entendu quelqu'un qui arrivait par l'allée le long de la maison et qui montait sur la terrasse. C'était Mr Waring, monsieur. Miss Whitaker, elle avait laissé la porte du bureau entrouverte quand elle était partie, alors, quand il a pris la poignée, la porte s'est ouverte. Je l'ai vu entrer. D'abord il a regardé entre les rideaux, ensuite il les a ouverts et il est entré. C'est à ce moment-là que j'ai vu que c'était Mr Waring. Je savais qu'il est amoureux de Miss Lila parce qu'il m'avait donné une lettre pour elle le jour où il était venu ici et où Lady Dryden l'avait renvoyé. Alors j'ai pensé que, puisqu'il était là, il allait s'occuper d'elle bien mieux que je n'aurais pu, moi, et donc il n'était pas besoin que je sois mêlé à tout ça. Et je suis parti.

— Et ensuite ?

— Je suis rentré par la fenêtre de la pièce de la gouvernante, je suis monté et je me suis couché.

Lamb tambourina un bon moment sur ses genoux avant de formuler sa question suivante :

— Avez-vous idée de l'heure à laquelle tout ceci s'est passé : à quelle heure Miss Whitaker a-t-elle parcouru l'allée à bicyclette ? A quelle heure Mr Waring est-il entré dans le bureau ?

— Oui, monsieur, il était minuit passé.

— Comment pouviez-vous le savoir ?

— L'horloge de l'église, monsieur. Quand le vent est dans le bon sens, on l'entend sonner.

— Vous l'avez entendue sonner samedi soir ?

— Oui, monsieur. Miss Whitaker était montée sur la terrasse et j'attendais, comme je vous l'ai dit. C'est à ce moment-là que j'ai entendu l'horloge, juste avant que je monte aussi.

Frank prenait des notes. Ça correspondait, tout correspondait. Le garçon disait la vérité. Bill Waring avait entendu les douze coups de minuit peu après avoir entendu quelque chose remuer sur l'allée buissonnière et un peu avant de se diriger vers le bureau.

L'inspecteur principal posa longuement sur Frederick un regard empreint de gravité :

— Tout ce que vous venez de nous dire est-il vrai ?

— Sur mon honneur, monsieur !

— La vérité, toute la vérité et rien que la vérité ? Vous devrez prêter serment, vous savez. Êtes-vous prêt à le faire ?

— Oh ! oui ! monsieur.

— Parfait. L'inspecteur Abbott a pris note de ce que vous avez dit. Tout va vous être lu ; ensuite, vous pourrez signer. Ne mettez pas votre nom sous des affirmations dont vous n'êtes pas absolument sûr.

Soulagé, Frederick s'essuya soigneusement le front. C'était fini, il était allé jusqu'au bout de ce qu'il devait faire. Le terrible fardeau qu'il portait depuis samedi soir avait été transféré sur les larges épaules de la police. Il avait l'impression de s'éveiller d'un long cauchemar.

CHAPITRE XXXIX

On avait frappé à la porte de la chambre de Miss Whitaker mais elle continuait d'arpenter la pièce. Elle s'était levée tôt car son lit lui était devenu intolérable pendant les heures épuisantes d'une nuit d'insomnie. Le feu était presque éteint mais deux bûches à demi consumées fumaient sur les cendres encore chaudes. Elle souffla dessus doucement, longuement, puis plus fort jusqu'à ce qu'elles rougeoient et qu'en jaillissent quelques étincelles. Elle tenait une liasse de papiers à la main. Jusqu'à minuit passé, elle avait relu les vieilles lettres qu'elle présentait maintenant aux flammèches, feuille après feuille. Parfois, une ligne surgissait en lettres de braise et retenait son attention, le temps que le feuillet se ratatine et tombe en cendres. Comme les promesses de Herbert Whitall. « Toi et l'enfant », c'était une de ses formules. Il lui venait à l'esprit avec une certitude atroce que si l'enfant avait été robuste et bien portant, elle n'aurait pas eu à se battre pour ces dix mille livres. Mais il était frêle et délicat, il avait constamment besoin de soins et c'était pourquoi Herbert lui refusait les moyens de payer ces soins. Jamais, jamais elle ne le lui pardonnerait. Elle nourrissait les flammes de ses lettres comme elle nourrissait sa colère de l'idée qu'il était mort et de l'image de Lila Dryden, du sang plein la main, du sang plein sa robe. Herbert était mort et la fille serait pendue. Elle nourrissait sa colère.

Quand toutes les lettres furent brûlées, elle reprit sa marche forcenée dans la pièce. Sa porte était fermée à clé pour décourager la femme de chambre.

— C'est votre thé, miss.

— Posez-le par terre. Je le prends dans un instant.

Elle avait avalé le thé brûlant. Alors seulement, elle avait réalisé à quel point elle avait froid, au plus profond d'elle-même, malgré la colère et malgré les flammes jaillies des lettres de Herbert Whitall.

Dans un instant, elle s'habillerait et reprendrait son va-et-vient. Huit pas jusqu'à la fenêtre, six pas jusqu'au lit. Compter les pas, c'était s'empêcher de penser. Compter les pas, il le fallait pour ne pas se remettre à réfléchir.

On frappa à sa porte pour la seconde fois. Rejetant brusquement la tête en arrière, elle cria :

— Je ne veux rien. Laissez-moi tranquille !

La voix de Marsham lui répondit :

— L'inspecteur principal Lamb et l'inspecteur Abbott sont au bureau, Miss Whitaker. Ils seraient heureux que vous les y rejoigniez.

Elle s'immobilisa un instant avant de déverrouiller la porte. Puis elle alla vers sa table de toilette, effleura ses cheveux ondulés, se poudra et se passa du rouge à lèvres. Elle portait son austère robe noire, celle qui évoquait le deuil. Elle était nettement plus mince qu'à l'époque où elle l'avait achetée. Dans son visage pâle, ses yeux sombres brûlaient. Elle passa devant Marsham comme s'il n'existait pas, descendit l'escalier et prit le couloir du bureau.

Lorsqu'elle entra, trois paires d'yeux se tournèrent vers elle. Frank Abbott murmura : « Méduse », un ton plus haut qu'il n'eût fallu car l'oreille fine de Lamb saisit le nom. N'ayant jamais entendu parler de cette dame, il la classa immédiatement dans la catégorie des étrangers. Le regard absent du candide inspecteur Abbott ne fit rien pour ébranler cette conviction. Sans importance. Pour le moment, Lamb avait affaire à Miss Whitaker.

Il lui offrit un siège et la regarda s'asseoir. « Une reine de tragédie », se dit-il en son for intérieur. Il la prévint que tout ce qu'elle dirait serait enregistré et pourrait être utilisé comme témoignage. Cela fait, il dévoila ses armes.

— Miss Whitaker, dans une déposition faite dimanche matin, vous avez dit que...

Il y eut une pause; Frank Abbott lui tendit un feuillet qu'il déplia soigneusement. Puis il lut :

« J'ai reçu un coup de téléphone de ma sœur, Mrs West, vers vingt et une heures environ samedi soir. Elle n'était pas bien et j'étais inquiète de la savoir seule dans la maison avec son petit garçon qui avait été malade. J'ai dit à Sir Herbert que j'allais passer la nuit chez elle et j'ai demandé à Mrs Considine de m'emmener en voiture jusqu'au village pour que je puisse attraper le dernier bus pour Emsworth. J'ai pris le bus, je suis descendue à la gare d'Emsworth et je suis allée au 32 Station Road où ma sœur habite. J'ai passé la nuit chez elle et je suis revenue par le bus de dix heures le matin suivant à Vineyards où j'ai appris la mort de Sir Herbert Whitall. »

— Voici donc votre déposition. Voulez-vous la modifier ou y ajouter quelque chose?

Elle se tenait très droite, les mains posées à plat sur les genoux. Mains blanches aux ongles rouge sang. Robe noire. Visage blanc aux lèvres rouge sang. Les yeux étaient de braise.

— Non, dit-elle, sans desserrer les dents.

— Eh bien, Miss Whitaker, vous êtes en droit de savoir que j'ai ici la déposition d'un témoin prêt à jurer que vous n'avez pas passé toute la nuit avec votre sœur à Emsworth car vous êtes revenue à bicyclette à Vineyards où vous êtes arrivée peu avant minuit. Le témoin dit que vous avez posé votre bicyclette contre un arbre près du haut de l'avenue et que vous avez continué à pied à travers les buissons. Il vous a suivie et vous a vue monter sur la terrasse. Il a attendu un instant puis s'est remis à marcher derrière vous. La porte vitrée du bureau était ouverte. En regardant entre les rideaux, il a vu Sir Herbert étendu mort sur le parquet, la dague d'ivoire encore plantée dans la blessure. Il déclare que vous étiez debout près du corps et qu'il vous a entendue proférer les mots : « Tu l'as cherché et tu l'as eu. » Après cela — je dis « après cela », Miss Whitaker —, Miss Dryden est entrée par la porte du corridor. Elle était en état de somnambulisme. Le témoin est formel sur ce point. Il avait une sœur atteinte du même trouble et il assure formellement que Miss Dryden était alors dans cet état et n'avait pas conscience de ce qui se passait. En revanche, je pense que vous-même savez ce qui s'est ensuite passé. Ce témoin vous a vue retirer la dague, l'essuyer sur la robe de Miss Dryden et la lui mettre dans la main. Il vous a entendue dire : « Votre affaire est bonne, ravissante Lila. » Miss Dryden a laissé tomber la dague mais, bien entendu, l'on y a décelé par la suite l'empreinte de ses doigts et elle avait la main souillée.

Millicent Whitaker n'avait pas sourcillé ni manifesté par le plus petit changement d'expression que ces mots l'atteignaient ou l'émouvaient. Son visage présentait une surface froide et inanimée, aussi peu capable qu'un masque d'exprimer quoi que ce fût. Seuls les yeux vivaient ; une étincelle y luisait, prête à flamboyer.

Après une pause délibérément prolongée, Lamb demanda :

— Souhaitez-vous dire quelque chose ?

Elle fit un mouvement : elle desserra l'étreinte de ses mains croisées pour les croiser dans l'autre sens. Ses lèvres s'entrouvrirent.

— Vous dites que vous avez un témoin. Qui est-ce ?

— Frederick Baines, le jeune valet de pied, dit Lamb. Il était dehors samedi soir, parti voir son amie. Vous l'avez doublé dans l'avenue quand il rentrait. Il vous a suivie.

— C'est un mensonge, dit-elle d'une voix blanche, dénuée d'expression.

— Il est prêt à jurer qu'il vous a suivie dans cette pièce, qu'il vous a vue retirer la dague de la blessure et souiller la robe et la main de Miss Dryden. Étant donné ce témoignage, je n'ai pas d'autre choix que de vous arrêter. Je dois vous conduire au poste de police et vous inculper du meurtre de Sir Herbert Whitall.

Le masque éclata, la vie reprit possession de son visage. Elle redressa vivement la tête, comme si elle s'apprêtait à jeter un objet au loin.

— Je vous dis que c'est un mensonge ! Un odieux mensonge ! Il a tout inventé ! Il est toqué de cette stupide Lila Dryden ! Il a monté toute cette histoire pour la protéger et pour me perdre ! C'est un mensonge du début jusqu'à la fin ! Je n'ai doublé personne dans l'avenue... il n'y avait personne à doubler...

Elle s'arrêta, saisie, sa main sur la bouche comme si elle voulait y faire rentrer de force les mots qui lui avaient échappé. Mais ils avaient été dits. Leur son vibrait encore dans l'air. Ils ne pouvaient être annulés.

— Ainsi, vous étiez dans l'avenue un peu avant minuit la nuit du meurtre.

Elle le regarda, puis elle regarda Miss Silver et Frank Abbott, trois visages dont un seul exprimait aussi la compassion. Le risque ultime, celui qu'elle ne pouvait prévoir et contre lequel elle ne pouvait s'assurer l'avait fait trébucher. Tout son plan si soigneusement préparé, si efficacement conduit avait échoué à cause d'une amourette de gamin pour une fille de village. La voix brisée, elle reprit :

— Il s'est trompé. Vous vous trompez tous. Je ne l'ai pas tué. J'en avais l'intention. J'ai pris la bicyclette de ma sœur et je suis revenue. J'avais l'intention de le tuer. Il refusait de me laisser partir. Il ne voulait plus de moi mais il voulait m'obliger à rester pour le voir, lui et sa Lila. Je devais rester, continuer d'être la parfaite secrétaire.

— Vous auriez pu partir, repartit Lamb.

Elle émit un étrange petit rire.

— Le pouvais-je ? Écoutez, je vais vous raconter quelque chose et vous verrez l'homme qu'il était. C'était à propos d'un chèque, mon salaire. Il était aux États-Unis. L'enfant était malade, son enfant. Je n'avais pas assez d'argent. J'ai truqué un des chiffres. Je le lui ai dit dès son retour, je n'ai pas essayé de le lui cacher. Ce n'était pas pour moi, c'était pour notre enfant. Il m'a dit que ça n'avait aucune importance et de ne pas m'en faire. Mais quand j'ai voulu partir, il m'a révélé qu'il avait gardé le chèque et il m'a menacée, si je ne restais pas, de l'utiliser pour me perdre. C'est pourquoi je voulais le tuer.

— Vous espériez hériter de dix mille livres s'il mourait avant d'avoir signé le testament qu'il était en train de mettre au point, n'est-ce pas ? intervint brusquement Frank Abbott.

Elle leva la main et la laissa retomber.

— Oh ! oui ! Là encore, il m'avait trompée. J'aurais dû m'en douter.

— Ce sont des aveux que vous faites, Miss Whitaker. Devant témoins. Je vous avais prévenue.

Elle le regarda, l'air abasourdie :

— Vous voulez dire à propos du chèque ? Il y a des années de ça.

Lamb se pencha en avant :

— Non, Miss Whitaker, je ne parle pas de chèque truqué. Je parle de meurtre.

Elle secoua la tête.

— Oh! non, je vous l'ai dit. Vous vous trompez. J'avais l'intention de le tuer mais je ne l'ai pas fait. J'avais un couteau, j'étais décidée à l'utiliser. Je savais qu'il serait dans son bureau, j'avais déverrouillé la fenêtre...

— Quand ça? demanda Frank Abbott.

— Après le dîner, quand ils étaient tous au salon. Il m'avait rappelé cette histoire de chèque juste avant que Mr Haile n'arrive et j'allais le tuer. Je pensais que ce serait une soirée très appropriée pour le faire parce qu'il y avait beaucoup de monde dans la maison. Mr Haile venait pour le taper une fois de plus et Herbert se bagarrait toujours avec le professeur. Alors j'ai déverrouillé la porte vitrée et j'ai demandé à Mrs Considine de me conduire au bus pour aller chez ma sœur à Emsworth. Elle avait vraiment téléphoné. L'enfant n'allait pas bien depuis quelque temps et elle m'appelait tous les soirs. Bref, tout s'arrangeait bien. Ne croyez surtout pas qu'elle savait quelque chose. Ma sœur ne se doutait de rien. J'ai dit que j'allais me coucher directement. Elle ne savait pas que j'allais sortir et prendre sa bicyclette. J'avais tout prévu. C'était un très bon alibi. Mais je n'avais pas besoin de me donner tant de peine, un tas de gens haïssaient Herbert. Il était mort quand je suis arrivée. L'un d'eux l'avait tué.

Elle parlait avec une lassitude tranquille. La terrible tension des derniers jours était tombée. A présent, plus rien n'importait que cette détente. La peur, l'espoir, la passion, le poison de la jalousie et même la volonté de survivre se dissolvaient. Ils avaient disparu.

Lorsque Lamb lui demanda si elle souhaitait faire une déposition, elle accepta sans manifester d'intérêt. A quelques mots près, la transcription de Frank Abbott ne différa pas de ce qu'elle avait déjà dit.

Quand la déposition lui eut été relue et qu'elle l'eut signée, elle demanda si elle pouvait retourner dans sa chambre pour s'étendre. Elle pensait qu'à présent, elle arriverait à dormir.

Lamb le lui accorda. Avec Mary Good présente dans la maison et un agent sur le palier, il était préférable de repousser l'arrestation jusqu'à ce que la déposition de Miss Whitaker eût été contrôlée, parallèlement à celle de Frederick Baines.

CHAPITRE XL

— Eh bien, ceci met Miss Dryden et le jeune Waring hors de cause, conclut l'inspecteur principal lorsque Miss Whitaker eut quitté la pièce. J'avais bien l'impression que Frederick disait la vérité et elle ne l'a pas nié. Elle dit simplement qu'elle a trouvé Sir Herbert mort, que ce n'est pas elle qui l'a tué. Un peu gros, son histoire !

Miss Silver toussa.

— Vous n'envisagez pas que cela pourrait être vrai ?

Il pivota sur son siège pour darder sur elle un regard courroucé.

— Allons, allons, Miss Silver, ne commencez pas à nous compliquer les choses. Vous nous avez amené Frederick et son témoignage. Il aurait bien dû, d'ailleurs, se résoudre à nous le livrer tôt ou tard, mais je ne conteste pas que vous ayez fait du très bon travail en le lui soutirant avant que l'on ait procédé à des arrestations. Après avoir déterré tout ce matériau, vous n'allez pas maintenant jeter le doute dessus !

L'attitude de Miss Silver demeurait aimable et réservée. Elle avait de l'estime pour l'inspecteur principal mais le trouvait parfois un peu tranchant. Le ton de sa réponse informa Frank Abbott, et peut-être Lamb lui-même, qu'elle le jugeait tel dans le cas présent.

— Oh non, monsieur l'inspecteur principal, je n'ai pas

l'intention de mettre en doute le témoignage de Frederick. Je suis sûre qu'il a dit la vérité. Mais vous avez certainement noté, comme moi, que le facteur temps joue dans cette affaire un rôle très important. Frederick déclare avoir suivi Miss Whitaker à travers les buissons mais être demeuré au bas des marches lorsqu'elle est montée sur la terrasse puis entrée dans le bureau. La question est : combien de temps a-t-il attendu ? Ce laps de temps était-il réellement suffisant pour que Miss Whitaker ait pu commettre le meurtre ?

— Cela n'a pas dû prendre beaucoup de temps, vous savez, repartit Lamb. Elle reconnaît s'y être rendue dans l'intention de le tuer. Elle reconnaît qu'elle avait laissé la porte vitrée déverrouillée pour pouvoir entrer. Bon, elle entre. Il est là, assis à son bureau, la dague posée devant lui. Peut-être, mais ce n'est pas sûr, était-il en train de l'examiner avec la loupe du professeur. Cela paraît probable et expliquerait que la loupe soit tombée et qu'elle ait roulé jusqu'à l'endroit où on l'a trouvée. Bien. Miss Whitaker entre. Il se peut, mais ce n'est pas sûr, qu'il ait su qu'elle était là; de toute façon, il ne se serait pas dérangé pour elle. Elle n'avait qu'à passer derrière lui, se pencher sur son épaule pour attraper la dague et le poignarder là où il était. Il est peu probable qu'il se soit douté de quelque chose avant qu'il n'ait été trop tard. Si les choses se sont passées ainsi, il n'a pas fallu beaucoup de temps.

Miss Silver inclina la tête.

— D'après les résultats du rapport médical, cependant, Sir Herbert était assis à son bureau quand il a été poignardé, il a repoussé son siège, il s'est levé, s'est tourné pour faire face à son agresseur, puis il a fait un ou deux pas en arrière en chancelant avant de s'effondrer. Y avait-il assez de temps pour tout cela ? N'y a-t-il eu aucun échange verbal entre Sir Herbert et la personne qui l'a assassiné ? Pas un cri ? Pas même le bruit d'une chute ?

Tous ces points doivent être examinés et vous souhaitez naturellement interroger Frederick très minutieusement. Pour ma part, je n'ai fait aucune tentative en ce sens et je pense qu'il vous appartient de recevoir son témoignage tel qu'il le produira, sans qu'il ait été provoqué ou influencé par des questions que j'aurais posées.

— Très aimable à vous, dit Lamb bourru, je vous suis très obligé. Il est en effet facile de faire passer des idées dans la tête d'un témoin. Vous ne l'avez pas du tout interrogé ?

— J'ai soigneusement évité de le faire.

— Fort bien. Faisons venir le garçon. Sonnez, Frank !

Marsham vint prendre le message. Il se donna aussi le temps d'attiser le feu et de balayer le devant du foyer. Comme ni le feu ni le sol ne nécessitaient ces soins, Frank Abbott en conclut que si le majordome lanternait ainsi, il avait ses raisons. Peut-être désirait-il voir à quoi ressemblait l'inspecteur principal. Peut-être voulait-il que l'inspecteur principal puisse évaluer ce que lui-même était. Quel qu'ait été de ces objectifs celui qu'il avait à l'esprit, les deux furent atteints. Quand la porte se fut refermée sur sa silhouette majestueuse, Lamb s'envoya une bonne claque sur les genoux :

— Il serait parfait sur une scène de théâtre, non ? Je croyais cette espèce disparue. Il me rappelle le majordome du château quand j'étais enfant.

Frederick entra. Chacun pouvait lire sur son visage le désarroi causé par cette nouvelle convocation. Il s'assit gauchement sur le bord du siège qu'on l'avait invité à prendre, en se demandant ce qu'ils attendaient encore de lui.

Lamb lui adressa un signe de tête amical.

— Tout va bien, mon garçon. Aucune raison d'avoir le trac. Vous avez fait une déposition et nous voulons examiner de plus près combien de temps prendraient les différents épisodes que vous avez décrits. Vous dites que vous étiez en bas des marches quand vous avez entendu l'horloge sonner minuit.

— Oui, monsieur.

— Vous regardiez Miss Whitaker monter les marches et entrer dans le bureau et vous avez attendu encore un peu avant de la suivre.

— Oui, monsieur.

— Combien de temps avez-vous attendu ?

— Seulement jusqu'à ce que je l'aie vue entrer.

— Vous pouviez voir la porte de l'endroit où vous étiez ?

— J'ai monté une marche ou deux et j'ai vu la porte bouger. Il y avait un peu de lumière qui passait à travers les rideaux et la vitre a brillé quand elle a bougé. Alors j'ai pensé qu'elle était entrée.

— Et après que vous avez pensé qu'elle était entrée, combien de temps avez-vous attendu avant de la suivre ?

— J'y suis allé tout de suite, monsieur.

— Tout de suite jusqu'à la porte ?

— Oui, monsieur. Je ne savais pas que c'était Miss Whitaker avant de l'avoir vue dans la pièce. Je pensais que je devais savoir qui c'était.

Lamb approuva.

— Vous avez bien fait. Autre chose : après que la porte eut bougé et que Miss Whitaker fut entrée, avez-vous entendu quelque chose ?

— Seulement Miss Whitaker.

— Vous êtes sûr de n'avoir pas entendu Sir Herbert parler ou appeler au secours ?

— Oh ! oui, monsieur.

— Pas de cri, pas de siège qui racle le parquet, pas de bruit de chute ?

— Non, monsieur. Il n'y avait aucun bruit, seulement Miss Whitaker qui parlait.

— Quand l'avez-vous entendue parler? questionna Lamb brusquement.

— Quand je suis monté vers la porte, comme je vous l'ai dit, monsieur.

Lamb fronça les sourcils. Sa main se promena sur la table à la recherche d'un papier. Il se leva pesamment et déclara :

— Dites donc, nous allons faire un essai de reconstitution dehors. Miss Silver, seriez-vous assez aimable pour tenir le rôle de Miss Whitaker ? Maintenant, mon garçon, vous descendez ces marches avec Miss Silver. Elle va les monter puis passer par la porte comme vous l'avez vu faire par Miss Whitaker, et vous la suivrez exactement comme vous l'avez fait samedi soir.

Il se tourna vers l'inspecteur Abbott :

— Chronométrez, Frank !

Miss Silver gravit les marches, monta sur la terrasse puis gravit encore les deux marches devant la porte vitrée que Lamb avait laissée entrebâillée. La porte s'ouvrit et Miss Silver entra.

Douze secondes plus tard, la tête blonde de Frederick apparut au-dessus du rebord des marches de la terrasse. Il s'arrêta un instant quand il eut atteint le sommet, puis passa lentement entre les romarins et monta jusqu'à la porte vitrée.

Frank Abbott avait fermé les rideaux. Lui et Lamb se tenaient sur la terrasse et regardaient. Ils virent Frederick s'arrêter, écarter les rideaux et regarder par l'échancrure. Trente secondes du début à la fin.

Ils le ramenèrent dans la pièce et fermèrent la porte. Lamb reprit son siège et son interrogatoire.

— Vous n'avez rien entendu du tout, vous en êtes bien sûr ?

— Seulement Miss Whitaker.

— Ah ! oui, vous dites que vous l'avez entendue parler. Où étiez-vous ?

— Je montais les deux marches devant la porte, monsieur.

— Ce n'est pas ce que vous nous avez dit précédemment, mon garçon. Vous avez dit que vous regardiez entre les rideaux, que vous l'avez vue debout près du corps et que vous l'avez entendue dire : « Tu l'as cherché et tu l'as eu. »

— C'est vrai, monsieur, mais ça, c'était après.

— Parce que vous l'avez entendue dire quelque chose avant ça. Pourquoi ne nous l'avez-vous pas dit ?

— Je n'avais pas compris ce qu'elle voulait dire, monsieur.

— Qu'a-t-elle dit ?

— Quelque chose comme de lui épargner de la peine.

— Quoi !

— Oui, monsieur, j'ai trouvé ça drôlement bizarre. C'était quand j'ai vraiment reconnu Miss Whitaker. J'étais juste en haut des marches et je l'ai entendue dire : « Quelqu'un m'a épargné cette peine. » Je ne voyais pas du tout ce qu'elle voulait dire.

— Et vous ne voyez toujours pas ?

— Je ne sais pas, monsieur.

— J'aimerais pouvoir en dire autant ! répliqua vivement Lamb.

CHAPITRE XLI

— On dirait bien que nous voici retombés à la case départ, proféra l'inspecteur principal sur un ton lugubre.

Frederick était reparti. A l'usage de Frank Abbott et de Miss Silver, Lamb exprima l'opinion que seule leur négligence avait pu engendrer ce fâcheux état de choses. Il n'alla pas jusqu'à formuler nettement l'accusation mais il était manifestement dans l'état d'esprit d'un homme profondément déçu, qui cherche à trouver sur qui faire retomber le blâme.

Parfaitement consciente de la situation, Miss Silver ouvrit son sac à ouvrage et se mit à tricoter. Elle observait un silence discret, laissant à Frank Abbott le soin d'entériner les propos de son supérieur.

— En gros, c'est ça, acquiesça Frank.

Lamb frappa du poing sur la table.

— Il a semblé d'abord qu'il s'agissait d'une affaire limpide : tout accusait Miss Dryden et le jeune Waring. Puis, après avoir tout embrouillé, vous vous êtes lancés sur la piste du professeur. Pour ce que nous en savons, il a pu commettre le crime. Je vous accorde qu'il ne semble pas qu'il y ait un mobile adéquat mais beaucoup de meurtres sont commis pour bien moins. Ce n'est pas toujours le mobile qui compte, ce peut être l'état d'esprit d'un homme. Si on le provoque à l'excès, il perd son contrôle, il perd les pédales et se met à frapper avec le premier objet qui lui tombe sous la main. Prenez le professeur. Lui et Sir Herbert entretenaient une sorte de querelle sourde, il leur fallait sans cesse marquer des points l'un contre l'autre. Comme si Sir Herbert avait l'argent et le professeur l'intelligence. Un type de relation et une situation dont naissent la jalousie et les pires sentiments. Bon, le professeur a passé ici une vingtaine de minutes avec Sir Herbert entre onze heures moins des poussières et onze heures un quart. Et qu'est-ce que vous avez tiré de lui ? Sa parole : Sir Herbert était vivant quand il l'a quitté. Il y aurait tout à fait de quoi l'accuser. Si la situation de Waring et de Miss Dryden ne s'était présentée sous un jour aussi noir, j'aurais pu vous dire : « Reprenez la piste du professeur. » Et maintenant que Waring et Miss Dryden sont hors de cause, je pense que nous ferions mieux de nous rabattre sur lui.

— Je ne pense pas qu'il l'ait tué, intervint Frank. Comme vous le dites, le mobile est faible. Celui de Mr Haile est beaucoup plus puissant ; celui de Lady Dryden aussi. Rigoureusement rien ne prouve que Sir Herbert l'ait contrainte par le chantage à obliger sa nièce à l'épouser, mais je suis convaincu qu'il exerçait sur elle une pression. Très franchement, je pense que l'argent de Lila Dryden a disparu et que Lady Dryden sait où. Nous pourrions contrôler ce point, vous savez, et elle se trouverait incontinent pourvue d'un mobile. Quant à l'occasion, toutes les personnes présentes dans la maison cette nuit-là auraient pu se rendre au bureau et liquider Whitall. L'ennui, comme l'a fait remarquer Miss Whitaker, est que nous sommes confrontés à l'embarras du choix. Tant de gens le détestaient et se seraient trouvés tellement mieux s'il était mort. A mon avis, Haile est le principal bénéficiaire : quelque sept cent cinquante mille livres après que le Chancelier aura effectué sa ponction. Beaucoup de gens se sont laissés détourner du droit chemin pour bien moins.

Lamb leva les yeux au ciel et pinça les lèvres.

— Sept cent cinquante mille livres ! Ma parole !

— Et Haile était endetté jusqu'au cou. D'après Lady Dryden et Miss Whitaker, il est venu ici samedi soir pour solliciter un prêt et Whitall le lui aurait refusé. Il reconnaît qu'il espérait un legs de son cousin. Ç'aurait été le cas selon les termes du testament ancien. Mais trois ou quatre jours plus tard, un testament nouveau serait entré en vigueur. Il avait de bonnes raisons de croire que ses espérances auraient diminué. C'est ce que j'appellerais un sacré mobile.

Dubitatif, Lamb hocha la tête.

— Mais il n'y a pas l'ombre d'une preuve ou d'un témoignage à l'appui.

Ils discutèrent longtemps encore à propos de Haile, de Lady Dryden et du professeur. Le résultat final se résumait à ceci : il n'y avait pas assez de preuves pour porter une accusation contre aucun d'eux. Haile avait un mobile très fort s'il connaissait les clauses du premier testament, mais il n'existait aucune preuve sur ce point. Lady Dryden avait un mobile si Herbert la faisait chanter pour qu'elle contraigne Lila à l'épouser, mais il n'y avait aucune preuve de chantage. Les femmes qui poussent une jeune fille à faire un mariage qu'elles estiment avantageux courent le monde. On ne pouvait dire que le professeur Richardson avait un mobile. Néanmoins, il reconnaissait s'être chamaillé avec Sir Herbert Whitall et il était certainement une des dernières personnes qui l'avaient vu vivant. D'après sa déposition et le témoignage de Frederick, il avait quitté Vineyards à onze heures un quart. Après son départ, aussi bien Haile que Lady Dryden avaient pu descendre et poignarder Sir Herbert. Ou encore Adrian Grey, Marsham, Mrs Marsham ou Frederick. S'agissant de la possibilité matérielle, ils en avaient tous disposé et auraient tous pu en profiter. Et l'on ne pouvait produire aucune preuve que l'un d'eux l'ait fait.

Miss Silver, qui était demeurée silencieuse et pensive pendant la discussion, toussa discrètement :

— Puis-je me permettre une suggestion...

Lamb se tourna vers elle :

— Vous pensez tenir quelque chose ?

Elle eut un sourire désarmant :

— Je ne m'avancerais pas si loin. Il s'agit d'une simple suggestion.

— Eh bien ?

— Le laps de temps critique s'étend de onze heures un quart, lorsque le professeur Richardson est reparti, à minuit quand, selon les témoignages de Miss Whitaker et de Frederick, il semble probable que Miss Whitaker ait trouvé Sir Herbert mort. Le rapport médical confirme cette probabilité. Nous avons donc un peu moins de trois quarts d'heure pendant lesquels toute personne présente dans la maison a pu se rendre au bureau et poignarder Sir Herbert. Puisque vous avez vu le témoignage du professeur Richardson, vous vous rappelez qu'il dit avoir entendu Sir Herbert verrouiller la porte derrière lui, cependant que Miss Whitaker l'a trouvée ouverte. Sir Herbert a pu faire entrer quelqu'un de l'extérieur, auquel cas nous ne disposons d'aucun indice sur l'identité de ce personnage ; mais si le crime a été commis par un hôte de la maison, le meurtrier a pu déverrouiller la porte pour faire croire que quelqu'un s'était introduit de l'extérieur.

L'inspecteur principal hocha la tête.

— Jolie démonstration ! Qui ne nous mène pas à grand-chose. Je me trompe ?

Une nuance de reproche voila le regard de Miss Silver.

— Je crois que cela pourrait nous avancer. J'allais ajouter ceci : pendant la période critique que nous devons considérer, nous avons la certitude qu'une des personnes présentes dans la maison s'y déplaçait furtivement. Je veux parler bien entendu de Frederick. Il est descendu par l'escalier de service, il s'est assuré que Marsham n'était pas dans les pièces du fond et, finalement, il a quitté la maison par la pièce de la gouvernante. Je pense qu'il pourrait être profitable de l'interroger plus minutieusement sur la raison pour laquelle il était si sûr que Marsham se trouvait dans la partie donnant sur la façade. Vous avez certainement remarqué que, s'il répond à toutes les questions qui lui sont posées, il ne s'aventure pas au-delà.

— On peut le pousser un peu sur ce point. Je doute que nous en tirions grand-chose.

Miss Silver tricotait.

— Au cours de la conversation que j'ai surprise entre Mr Haile et Marsham, il m'a semblé que le second insinuait qu'il avait surpris le premier dans des circonstances dont celui-ci était peu désireux qu'elles soient divulguées. Cela pourrait — simple hypothèse — être en relation avec la nuit du meurtre, et je suis portée à croire que tel est le cas. Enfin, je pense que Mr Adrian Grey devrait faire l'objet d'un interrogatoire plus poussé sur ses faits et gestes pendant la soirée de samedi. Selon sa version, il a entendu Miss Dryden sortir de sa chambre et l'a suivie jusqu'au bureau, mais cette version est contredite par ce que Miss Whitaker et Frederick nous ont dit. Il n'a pas pu suivre de si près Lila Dryden, sinon il aurait vu Miss Whitaker et aurait entendu ce qu'elle disait; auquel cas, il serait certainement intervenu et aurait donné l'alarme. Je pense qu'il pourrait être maintenant fermement sollicité de corriger sa déposition.

Elle se tut, sourit de façon encourageante et conclut :

— Telles sont mes suggestions; je pense qu'elles pourraient produire des éléments dont vous admettriez qu'ils sont des preuves.

L'air revêche, Lamb tambourinait sur ses genoux mais il finit par hocher la tête :

— C'est entendu, faites venir Mr Grey. Je ne pense pas que ce soit d'aucune utilité, mais nous verrons bien ce qu'il dira.

CHAPITRE XLII

Égal à lui même, Adrian avait reconnu avec un calme et une simplicité désarmants qu'il n'avait pas été parfaitement franc lorsqu'il avait fait sa première déposition. Il avait suivi Lila Dryden au rez-de-chaussée, mais pas aussi vite qu'il l'avait dit.

— Voyez-vous, j'étais en train de réfléchir, à moins que je ne me sois légèrement assoupi, c'est possible. J'ai entendu sa porte s'ouvrir, comme je l'ai dit, mais, sur le moment, je n'ai pas fait immédiatement le lien entre ce bruit et Miss Dryden, je ne me suis pas interrogé. Comme je vous l'ai dit, je pensais à autre chose. Ensuite...

Lamb l'interrompit.

— Combien de temps après ?

— Une minute ou deux, je ne sais pas. J'ai repensé à ce que j'avais entendu, je me suis levé et j'ai regardé sur le palier. La porte de Lila était ouverte. Je suis allé jusqu'au haut de l'escalier et je l'ai vue dans le hall. Elle se dirigeait vers le bureau. Je suis rentré dans ma chambre pour enfiler une robe de chambe et des pantoufles, puis j'ai traversé le palier pour fermer sa porte, au cas où quelqu'un passerait par là. Ensuite, je suis descendu et je l'ai suivie jusqu'au bureau.

Face à Grey, la corpulence de l'inspecteur principal et

sa robuste personnalité exprimaient conjointement le blâme absolu.

— En fait, Mr Grey, votre déposition initiale devant l'inspecteur Abbott était délibérément mensongère.

— C'est une façon très rude de présenter la chose. Je savais que Miss Dryden était tout à fait incapable de poignarder qui que ce soit, mais je ne pouvais pas ignorer qu'elle était dans une situation périlleuse. Je désirais la protéger.

Les yeux bruns et globuleux de Lamb le fixaient, imperturbables. Un gentleman très posé, si l'on considérait qu'il venait d'être convaincu de mensonge et contraint de le reconnaître. Épris de la fille, cela sautait aux yeux. Trop soulagé d'apprendre qu'elle était tirée d'affaire pour se soucier de quoi que ce soit d'autre. Un gentleman tranquille et agréable. Lamb se rappela le proverbe : « Il n'est pire eau que l'eau qui dort. » Une apparence infiniment paisible que celle de Mr Adrian Grey ; néanmoins, il avait reçu un legs de cinq mille livres. Lamb commençait à se demander jusqu'à quel point cette eau dormante était innocente.

— Lorsqu'un témoin reconnaît qu'une partie de son témoignage est faux, dit-il, on se demande fatalement ce qu'il en est de l'autre partie ? N'est-ce pas, Mr Grey ?

Adrian esquissa un pâle sourire.

— Oui, naturellement. Mais, dans le mien, il n'y a pas grand-chose de plus qui pourrait être faux. Je suis entré dans le bureau exactement au moment où je l'ai dit, vous savez, puisque Bill Waring m'a vu et que lui et moi étions de part et d'autre du divan, et que nous regardions Lila Dryden qui s'était évanouie quand Haile est entré dans la pièce une ou deux minutes plus tard. Si bien que tout le reste de mon témoignage est confirmé.

Lamb hocha la tête.

— Cela vaut mieux ! dit-il, lourdement réprobateur. Inutile de vous rappeler, je pense, qu'essayer de tromper la police dans l'exécution de ses fonctions est un délit grave. Si les gens cessaient de penser à leurs intérêts personnels, pour se protéger par-ci ou pour dissimuler par-là, il serait infiniment plus facile d'élucider les choses. Bien, Mr Grey, je pense que vous serez d'accord sur le fait qu'il vous appartient de rectifier vos dires. Je veux que vous repassiez mentalement chaque minute qui s'est écoulée entre onze heures et minuit un quart, je dis bien chaque minute. Donc, vous étiez éveillé ?

— Oui, il se peut que je me sois un peu assoupi mais je ne dormais pas.

— Il était onze heures quand vous avez vu Mr Haile dans sa chambre avec la porte ouverte, alors que vous reveniez de la salle de bain ?

— Oui.

— Il était en pyjama ?

— Oui.

— Quelque chose de bizarre dans sa personne ? De surprenant ou d'inhabituel dans ses manières ?

— Non, répondit Adrian Grey, mais on percevait dans sa voix une hésitation.

— Vous n'avez pas l'air d'être tellement sûr de ce que vous dites, fit remarquer Lamb.

Adrian n'avait pas l'air heureux.

— Ce n'est rien, bien sûr... Je me suis simplement demandé pourquoi sa porte était ouverte... C'est tout.

— Elle était grande ouverte ?

— Oui.

— Et lui, où était-il ? Que faisait-il ?

— Il était de l'autre côté du lit. Il ne faisait rien. Il était simplement debout et regardait du côté de la porte.

— Comme s'il attendait que vous passiez et que vous le voyiez ?

— Écoutez, je ne crois pas que ce soit très élégant...

Lamb l'interrompit :

— Il aurait pu vouloir que vous disiez que vous l'aviez vu prêt à se coucher à onze heures ce soir-là.

Adrian secoua la tête.

— Monsieur l'inspecteur principal, vous n'attendez sûrement pas que je réponde à cela.

— D'accord, d'accord. Ensuite ?

— Je crains qu'il n'y ait rien à dire. Je suis rentré dans ma chambre et j'y suis resté jusqu'à ce que j'entende Miss Dryden qui ouvrait sa porte.

Lamb le harcela un moment encore, lui fit préciser l'heure au plus juste et, pour finir, le libéra.

— Pas grand-chose de ce côté, dit-il quand la porte se fut refermée derrière Adrian Grey. Passons à Haile.

Installé dans le fauteuil que venait de quitter Adrian, Mr Haile offrait avec celui-ci un contraste saisissant. Robuste et rubicond, imbu de sa personne, fat et complaisant, l'affable maître de maison manifestait son désir de se porter au secours de la loi et de l'assister de son mieux.

— Je suis sûr que vous mesurez, monsieur l'inspecteur principal, combien je serais heureux que cette pénible affaire soit élucidée. Si je puis faire quoi que ce soit...

Lamb était sur la réserve.

— Naturellement, Mr Haile. Nous-mêmes sommes très désireux d'avoir une idée précise de ce qui s'est passé entre onze heures et minuit un quart samedi soir. Si vous pouviez nous dire ce que vous avez fait, vu ou remarqué...

— Je crains de ne pouvoir vous satisfaire. J'ai pris un dernier verre avec mon cousin juste après dix heures et demie, puis je suis monté et j'ai pris un bain. Je me suis couché peu après onze heures.

Lamb hocha la tête.

— Oui, Mr Grey est passé devant votre chambre à onze heures et vous a vu en pyjama. Votre porte était ouverte. Voulez-vous nous dire pourquoi ?

Haile éclata de rire.

— Parce que je ne l'avais pas fermée ! Enfin, monsieur l'inspecteur principal, autant se demander pourquoi le poulet a traversé la route ?

Lamb ne rit pas. Il ouvrit ses yeux globuleux et dit :

— Pourquoi ne l'aviez-vous pas fermée ?

— Je n'en sais fichtre rien.

— N'est-ce pas parce que vous entendiez Mr Grey arriver dans le couloir ?

Haile eut un geste insouciant.

— Maintenant que vous en parlez, je pense que oui. C'est déplaisant de fermer une porte au nez de quelqu'un.

— Vous auriez pu souhaiter qu'il vous voie prêt à vous mettre au lit.

Le rire de Haile fusa spontanément.

— Piètre alibi, monsieur l'inspecteur principal. Je pense sincèrement que j'aurais pu trouver mieux que ça si j'en avais eu besoin.

Puis, après une pause et devant le visage solennel de Lamb, il ajouta :

— Vous ne parlez pas sérieusement, n'est-ce pas ?

— Très sérieusement, Mr Haile.

— Bon sang ! Mais quel mobile aurais-je pu avoir de souhaiter que mon cousin dégage le terrain ?

Le regard clair et froid de Frank Abbott ne le lâchait pas et appréciait. Tout cela sonnait si merveilleusement juste.

Le visage de Lamb, en revanche, semblait taillé dans le bois ; il était aussi impavide qu'une figure de proue. D'une voix dénuée d'expression, l'inspecteur principal proféra :

— Certaines personnes pourraient considérer que sept cent cinquante mille livres représentent un mobile important.

Cette fois, la veine comique l'emporta franchement sur le visage de Haile qui protesta :

— Mais, mon bon monsieur, je n'avais pas la moindre idée que j'allais les avoir ! Un petit legs, peut-être, qui aurait dépendu de l'humeur de mon cousin au moment où il avait fait ce testament. Mais légataire universel, plus tout l'argent ! Je vous donne ma parole que je n'avais jamais rêvé chose pareille. Considérez la situation de mon point de vue, monsieur l'inspecteur principal. Je suis le genre de type qui dépense à tort et à travers, j'ai fait ça toute ma vie. Je suis un des rares heureux d'une espèce en voie de disparition qui vivent perpétuellement à découvert. Quand mon banquier devenait trop pressant, j'arrivais généralement à émouvoir mon cousin et j'obtenais un prêt. Que le diable m'emporte ! C'est ce que j'ai fait pendant ces vingt dernières années. Il était franchement désagréable quand je venais le taper mais, la plupart du temps, il payait mes dettes. C'était aussi bien que d'avoir un second découvert. Maintenant, le sentiment de la famille et une répugnance naturelle pour les effusions de sang mis à part, j'aurais été un foutu imbécile de couper l'approvisionnement en tuant mon cousin dans l'espoir hasardeux qu'il aurait eu à mon égard un geste élégant, concrétisé dans son testament. Tenez compte aussi du fait que, pas plus que les autres, je ne savais s'il avait rédigé un nouveau testament en prévision de son mariage, et que j'ignorais totalement s'il l'avait ou non signé. Il n'était pas du genre à parler de ses affaires, tout le monde vous le dira. En tout cas, il ne m'en a pas parlé à moi. Si le nouveau testament avait été fait à temps, le hasard heureux que j'évoquais aurait été pratiquement un hasard malheureux. Telle est ma position et je pense qu'elle est raisonnable.

— Très raisonnable, dit Lamb.

Il revint au bureau, remua les papiers qui s'y trouvaient, en choisit un et pivota sur ses talons.

— Vous avez eu, je crois, une conversation avec le majordome, Marsham, hier soir.

Haile leva les sourcils.

— Ce sont des choses qui arrivent quand on a un majordome. Il entre et il demande : « Monsieur a-t-il besoin de quelque chose ? » et vous dites « Oui » ou

« Non », ou quelque chose de plus précis selon la circonstance.

— Il s'agissait d'une conversation de plus longue durée, Mr Haile. Et quelqu'un l'a surprise.

— Vraiment ? Comme c'est intéressant ! Puis-je savoir quelles informations votre espion a piquées ?

— Certainement. Je m'apprêtais à vous le dire. Marsham a commencé par s'enquérir de vos intentions concernant le personnel. Pensiez-vous le garder ? Vous lui avez alors appris que vous aviez connaissance de certains faits regrettables le concernant. Il avait escroqué votre cousin et Sir Herbert se proposait de le renvoyer sans certificat. Après avoir affirmé qu'il avait simplement reçu des commissions sur les vins et les cigares — une pratique qui était déjà sienne lorsqu'il était au service de son employeur précédent —, Marsham a nié qu'il avait été congédié et affirmé que c'était le contraire : il désirait quitter son emploi et Sir Herbert l'avait menacé de poursuites judiciaires pour le contraindre à rester. Un échange tout à fait curieux s'est ensuivi dont je vais vous lire la transcription.

De sa voix la plus officielle, il fit la lecture du passage incriminé puis résuma :

— Jusque-là, vous sembliez avoir le dessus : Marsham s'était mis en infraction avec la loi et vous lui aviez dit que vous le saviez. Mais maintenant, il avance ce qu'il appelle « une hypothèse ». Il dit : « Chacun a ses affaires privées dans lesquelles il ne souhaite aucune intrusion. Revenons au problème de samedi soir, ou de n'importe quelle autre nuit, monsieur. Il y a toujours un certain nombre de personnes dans la maison dont l'une ou l'autre pourrait se livrer à ses affaires privées, à une heure et dans un lieu qui pourraient être considérés comme compromettants. Par la police, par exemple. Une profession qui développe des habitudes mentales très suspicieuses. Si je peux me permettre, monsieur, il serait très peu judicieux de l'introduire dans la matière en question. »

Lamb fit une pause prolongée pour indiquer la fin de la citation puis enchaîna lourdement :

— Là-dessus, vous partez immédiatement du principe qu'il essaie de vous faire chanter. Il vous répond en citant ce qu'il qualifie de proverbe vulgaire : il est sage de laisser dormir le chien qui dort. Vous demandez combien de temps le chien dormira et s'il ne reviendra pas réclamer encore et encore à manger. Marsham déclare qu'il trouve ce sujet pénible et que moins l'on en dit à ce propos, mieux cela vaut ; il laisse entendre que si vous acceptez son préavis et que vous lui donnez ainsi qu'à sa femme un certificat, il sera pleinement satisfait. Là-dessus, vous éclatez de rire, vous lui dites qu'il est un formidable hypocrite et vous tombez tous deux d'accord sur le fait qu'il est préférable d'oublier certaines choses. Eh bien, Mr Haile ?

Eric Haile ne s'était pas départi de son sourire amusé. Maintenant, il riait franchement.

— Quel ramassis d'inepties et de billevesées ! J'ignore qui est votre informateur mais franchement... Connaissez-vous le jeu appelé « scandale russe » ? Le premier joueur chuchote quelque chose à l'oreille du suivant et ainsi de suite. Vous n'avez pas idée de ce qu'est devenu le message initial après que quelques personnes l'ont manipulé. Toutes ces sornettes en sont un exemple. J'ai vu Marsham, je lui ai dit que je savais qu'il avait détourné de l'argent et il a contre-attaqué en insinuant qu'il savait sur moi des choses dont je n'aimerais peut-être pas qu'elles soient divulguées. Voilà ce qu'il a fait, et comme je préfère ne pas être suspecté de meurtre, je vais vous dire de quoi il s'agit. Nous sommes tous des hommes et, lors de mon dernier séjour à Vineyards, Marsham est tombé sur moi dans des circonstances qui auraient pu être compromettantes pour une dame. Vous n'attendez pas de moi, j'en suis sûr, que j'aille plus avant dans la confidence.

Lamb consulta le papier qu'il tenait toujours et lut :
— « Revenons au problème de samedi soir »...
— ... « ou de n'importe quelle autre nuit », monsieur l'inspecteur principal, l'interrompit Haile. Ce n'était pas à ce samedi soir qu'il faisait allusion en ce qui me concerne, et que votre espion l'ait pensé ou non ne change rien à l'affaire. Et vous savez parfaitement bien que tout ce fatras de rumeurs ne constitue pas une preuve et que vous ne pouvez l'utiliser. Marsham est un remarquable majordome et un coquin fini. Il m'a bien amusé et je n'ai pas l'intention d'être vache avec lui. Que le diable l'emporte ! Même votre espion reconnaît que j'ai bien ri. Vous croyez vraiment que j'aurais ri si j'avais pensé qu'il insinuait que j'étais pour quelque chose dans la mort de mon cousin ?
Il se leva, toujours souriant, toujours aimable.
— J'ai beaucoup à faire et je vous prie de m'excuser à présent. Si vous avez d'autres colles à me poser, je ferai de mon mieux pour vous répondre. Plus tard.
Lamb ne bougea pas plus qu'un soliveau.
— Encore un instant, Mr Haile. Il y a quelque chose que je voudrais vous demander.
— Je suis tout ouïe.
— Vous étiez prêt à vous mettre au lit à onze heures mais à minuit un quart environ, vous étiez en bas, au bureau, en train d'écouter une conversation entre Mr Waring et Mr Grey.
— Et alors ? questionna Haile, impatienté cette fois.
— Vous êtes arrivé très à propos, non ? J'aimerais savoir ce qui vous a conduit au bureau.
— Est-ce que vous vous endormez toujours sitôt que vous avez éteint la lumière, monsieur l'inspecteur principal ? Moi, non. Il me semble l'avoir dit dans ma déposition. Je n'étais pas couché. J'ai cru entendre du bruit dans les buissons et je suis allé regarder par la fenêtre. Puis j'ai pensé qu'un dernier verre me ferait du bien. Que mon

cousin soit allé se coucher ou non, le whisky serait toujours à sa place. Si bien que je suis descendu. Simple comme bonjour.

— Vous avez dit, je crois, dans votre déposition que vous n'étiez pas tranquille à cause du bruit que vous aviez entendu et que vous étiez descendu pour vous rendre compte par vous-même.

Haile riait.

— L'un n'empêche pas l'autre, monsieur l'inspecteur principal. Peut-être n'avais-je pas très envie de vous avouer ce dernier verre! Prenez la chose comme il vous plaira. Et maintenant, si vous n'avez réellement plus...

— Pour le moment, Mr Haile.

CHAPITRE XLIII

En ouvrant la porte, Haile faillit heurter Frederick qui arrivait, chargé d'un panier de bûches pour remplir le coffre à bois. Le garçon recula, murmurant des excuses. Haile lui fit signe d'entrer.

— C'est bien, tu peux entrer. Ça ne vous dérange pas, monsieur l'inspecteur principal ? Vas-y, Frederick. Entre.

Aurait-il régné sur Vineyards depuis un quart de siècle, il n'aurait pas été plus à l'aise. Le maître des lieux disparut dans le corridor.

Après avoir rangé ses bûches, Frederick reprit son panier et s'apprêtait à quitter la pièce.

Miss Silver se pencha vers l'inspecteur principal et lui glissa quelques mots à voix basse. Lamb commença par froncer les sourcils, puis opina d'un mouvement de tête et interpella Frederick :

— Une minute, Frederick. Ferme cette porte et viens ici. Miss Silver a une question à te poser.

Rassuré par le fait que ce n'était pas la police qui voulait le questionner, Frederick approcha, son grand panier à bout de bras.

— Oui, miss.

L'œil attentif et brillant de Miss Silver se posa sur lui.

— Un simple détail, Frederick. Vous avez dit que

vous étiez sorti de votre chambre après avoir vu le professeur Richardson partir à onze heures un quart.

— Oui, miss.

— Marsham n'était pas monté dans sa chambre ?

— Oh ! non, miss.

— Vous l'auriez entendu ?

— Oh ! oui, miss.

— Comment pouviez-vous savoir que vous n'alliez pas le rencontrer dans l'escalier ?

— J'avais bien écouté, miss. J'ai pensé que je l'entendrais s'il était dans le coin. J'ai pensé qu'il était de l'autre côté de la maison. Il commence toujours par fermer les pièces du fond. J'ai pensé que j'entendrais battre la porte capitonnée s'il la passait et que j'aurais le temps de me glisser dans une des pièces.

Les mains de Miss Silver étaient croisées sur son tricot. Elle demanda d'un ton ferme :

— Et vous avez entendu la porte capitonnée ?

— Non, miss, murmura Frederick d'une voix tremblante.

— Je pensais que vous aviez vu quelque chose, ou entendu quelque chose.

— Non, miss, seulement...

Frank Abbott releva la tête. Lamb, qui semblait jusqu'alors se désintéresser de l'interrogatoire, croisa les jambes et se concentra.

Miss Silver poursuivit sur le même ton :

— Seulement quoi, Frederick ?

— Il n'y avait rien, miss... seulement j'ai pensé que je ferais mieux d'aller jusqu'à la porte capitonnée et de jeter un coup d'œil pour voir si le terrain était dégagé. Je veux dire que je ne tenais pas à ce que Mr Marsham me surprenne en train de sortir par une fenêtre.

— Bien sûr, vous n'y teniez pas. Alors vous avez ouvert cette porte ?

— Elle a à peine grincé... Personne ne pouvait le remarquer.

— Parce que quelqu'un aurait pu le remarquer ?

— Oui et non, miss, d'une certaine manière.

— Vous voulez dire que vous avez vu quelqu'un mais que ce quelqu'un ne vous a pas vu ?

— C'est ça, miss.

Frank Abbott retenait sa respiration. Lamb avait l'air d'un monolithe.

D'une voix égale, Miss Silver demanda :

— Qui avez-vous vu ?

— Seulement Mr Marsham qui allait au bureau, miss. J'ai eu de la chance : une minute plus tôt, et il m'aurait vu entrouvrir la porte.

— Il ne vous a pas vu ? Vous en êtes sûr ?

— Oh ! oui, miss. Il était à mi-chemin... Il ne regardait pas de mon côté.

— Vous êtes certain que c'était Marsham que vous avez vu ? Qui allait au bureau à onze heures vingt environ samedi soir ?

— Oui, miss.

La grande main de Lamb s'éleva et s'abattit sur sa cuisse avec un bruit retentissant.

— Alors, pourquoi ne l'avez-vous pas dit plus tôt ?

— Monsieur... Je... bredouilla Frederick interloqué, en tournant vers l'inspecteur principal son regard apeuré.

— Pourquoi-ne-l'avez-vous-pas-dit-plus-tôt ?

— C'était seulement Mr Marsham, monsieur, qui faisait sa ronde.

Si saisissant que fût le spectacle de l'inspecteur principal cramoisi et du jeune garçon au bord des larmes, l'attention de Miss Silver et celle de Frank Abbott furent irrésistiblement captées par l'apparition subite et dynamique du professeur Richardson qui, ayant grimpé quatre à quatre jusqu'à la terrasse, agitait avec énergie la poignée de la porte vitrée qu'il heurtait de l'autre main dans le but évident de se faire ouvrir.

Frederick se retourna, Lamb se retourna, puis Miss Silver et même Frank. Avec un haussement d'épaules résigné, Abbott se leva et lui ouvrit. Le professeur propulsa vivement dans la pièce sa lourde personne bardée d'un costume de tweed à la coupe préhistorique et couronnée de cheveux roux, sauvagement hérissés autour de son crâne chauve.

— Ah! dit-il, j'aime mieux ça. J'ai cru que cette sacrée porte était bloquée. Qu'est-ce qui vous prend de fermer les portes à clé pendant la journée? Je ne ferme jamais les miennes... une insulte aux voisins. Si un voleur veut entrer, qu'il entre. Et la police, à quoi sert-elle? Vous n'avez encore arrêté personne, hein?

Glacial, Frank Abbott fit les présentations :

— Voici le professeur Richardson, monsieur.

Le professeur déroulait l'ample écharpe couleur moutarde qui enserrait son cou.

— Vous chauffez beaucoup trop cette pièce. J'ai toujours dit à Whitall qu'il faisait une chaleur de bête chez lui. Dans un salon, la température ne devrait jamais dépasser quinze degrés centigrades. Avez-vous déjà arrêté quelqu'un? Si oui, vous avez probablement commis une erreur, et si vous continuez à vouloir m'arrêter, vous en ferez une encore plus énorme. Alors je suis venu vous dire quelque chose.

Dès l'apparition du professeur, Frederick avait reculé aussi loin qu'il l'avait osé. A genoux devant le foyer, il s'ingéniait à faire croire qu'il s'occupait du feu.

Le professeur fit le tour du bureau, jeta son écharpe par terre puis s'affala dans le fauteuil que le jeune garçon venait de quitter.

— Maintenant, écoutez-moi sans m'interrompre! tonna-t-il, ignorant le regard dominateur de l'inspecteur principal.

Il était venu là pour dire quelque chose et il le dirait.

— Hier, j'ai fait une déposition à ce petit jeune homme. Parfaitement exacte et je la maintiens, du premier au dernier mot. Mais maintenant, j'ai quelque chose à y ajouter.

Il se tourna vers Lamb.

— Je suppose que vous êtes le grand ponte je-ne-sais-quoi de Scotland Yard et que vous êtes au courant de ce qui s'est passé.

— Monsieur l'inspecteur principal a vu toutes les dépositions, répondit Frank Abbott, le front plissé.

Il fouilla dans un dossier dont il sortit une liasse de feuillets dactylographiés qu'il tendit à son patron.

— Très bien, c'est ce que je voulais savoir. Maintenant, on peut y aller ! déclara le professeur en s'adressant à Lamb. Si vous lisez la fin de ma déposition, vous verrez que j'ai dit que j'étais parti vers onze heures un quart. J'avais sacrément bien cloué le bec à Whitall — bien entendu, il n'avait pas voulu l'admettre mais il le savait parfaitement — et je n'avais aucune raison de m'attarder. Aussi suis-je sorti par la porte qui donne sur la terrasse qu'il a pratiquement claquée sur mon dos avant de la verrouiller. Un adulte devrait contrôler un peu mieux ses humeurs. Ensuite, j'ai contourné la maison, pris mon cyclomoteur — je ne suis pas comme vos ploutocrates, moi, je ne roule pas en voiture — et j'ai descendu l'avenue. Je n'étais pas bien loin quand je me suis souvenu que j'avais oublié ma loupe : Whitall l'avait à la main et je ne la lui avais pas reprise. C'est une bonne loupe, je ne voulais pas la perdre. Il était d'une telle humeur qu'il aurait pu la jeter au feu, ou par la fenêtre ou Dieu sait où. Aussi, je suis revenu sur mes pas.

L'auditoire retenait son souffle.

— S'il s'agit d'aveux, je dois vous prévenir que... commença Lamb.

— ... Tchah ! l'interrompit le professeur au bord de l'explosion.

— Je dois vous prévenir...

— Vous n'avez pas à me prévenir. Je ne fais pas

d'aveux ! Vous me prenez pour un cinglé ? Je suis plongé dans des travaux de recherche et je n'ai pas de temps à perdre en prison. Quoi qu'il en soit, je n'ai pas d'aveux à faire et si vous m'écoutiez au lieu de m'interrompre, je vous le prouverais. Pourquoi croyez-vous que je sois ici ? Maintenant, écoutez !

— Allez-y. Qu'avez-vous à dire ? demanda Lamb.

— Je préfère ça ! Donc, je suis revenu, j'ai posé mon engin contre un arbre en haut de l'allée et j'ai contourné la maison pour aller vers la terrasse. En grimpant les marches, j'ai pensé : « C'est bizarre. » Comme je vous l'ai dit, Whitall avait claqué et verrouillé la porte derrière moi et elle était ouverte ; ou, plus précisément, elle était en train de s'ouvrir. Les rideaux étaient entrouverts parce qu'il y avait un homme debout entre eux et il ouvrait la porte. J'étais aux deux tiers de l'escalier à ce moment-là mais je ne suis pas allé plus loin. Je trouvais que c'était foutrement bizarre et je me demandais pourquoi diable Whitall ouvrait cette porte à cette heure de la nuit.

— Vous dites que c'était Sir Herbert Whitall qui ouvrait la porte ?

— Je n'ai jamais dit ça ! Je croyais vous avoir dit de ne pas m'interrompre ! J'ai pensé que c'était Whitall juste assez longtemps pour que j'aie le sentiment que c'était bizarre. Puis j'ai vu que c'était simplement le majordome qui faisait sa ronde pour s'assurer que tout était fermé pour la nuit, encore que la raison pour laquelle il avait voulu ouvrir cette fichue porte m'échappât complètement. Sans doute estimait-il être le seul capable de le faire correctement, me suis-je dit. J'ai toujours pensé que ce type avait la grosse tête. Il ne vous reste plus qu'à l'interroger et il vous dira qu'il était dans le bureau après que je l'avais quitté et Whitall...

Il se tut brusquement, rougit jusqu'au sommet du crâne, poussa un rugissement :

— Oh, mon Dieu !

S'il avait souhaité méduser l'entourage, c'était chose faite.

L'inspecteur principal fut le premier à reprendre pied. Pesamment autoritaire comme il savait l'être, il demanda :

— Vous dites que vous avez vu Marsham venir vers cette porte vitrée et l'ouvrir?

— Pas un de vous ne comprend donc l'anglais? Bien sûr, je l'ai vu, c'est très exactement ce que je suis venu vous dire. Parce que je pensais qu'il pourrait me faire évacuer et, croyez-le ou non, c'est seulement quand les mots me sont sortis de la bouche que j'ai compris que cela pouvait signifier que le type lui-même avait perpétré le crime.

Il tira de sa poche un mouchoir à pois écarlates, s'épongea vigoureusement le visage et le fit disparaître.

— Ma parole, il fait une chaleur à crever ici!

Lamb frappa sur la table.

— Il s'agit là d'une déposition très sérieuse, professeur Richardson.

— Sérieuse? Bien sûr qu'elle est sérieuse, rugit le professeur. Je suis une personne sérieuse, je n'ai pas de temps à perdre à des balivernes.

De nouveau, Lamb frappa le bureau.

— Vous dites que vous avez vu Marsham ouvrir la porte à... Quelle heure pouvait-il être?

— Entre onze heures cinq et onze heures vingt, je dirais. C'est approximatif. Je ne passe pas mon temps à regarder ma montre.

— Cela aurait-il pu être plus tard?

— Peut-être... une ou deux minutes, pas plus.

— Vous étiez revenu pour récupérer votre loupe mais vous êtes reparti sans même avoir essayé. Pourquoi?

— Je ne sais pas. J'ai pensé que Whitall était monté se coucher et que le type fermait tout. J'ai pensé que je pourrais faire un saut le lendemain matin... Bon, écoutez, si vous voulez tout savoir, j'ai pensé que ça ferait un peu étrange que j'apparaisse comme ça dans la nuit noire. Je n'ai jamais pu blairer ce type, je ne me sentais pas d'humeur à tolérer ses grands airs supérieurs.

Il avait tellement l'air d'un collégien piteux que Frank Abbott dut promptement recourir à sa main pour dissimuler un sourire. Tout comme au temps de Shakespeare, une touche de naturel suffit à rapprocher l'homme de tous ses frères humains. Même Lamb se souvenait avoir tremblé devant un majordome. Sa jeunesse était loin derrière lui mais, en cet instant, il se la rappela.

— Alors je suis rentré chez moi, conclut le professeur revenu à plus de modération.

Frederick était toujours posté devant le feu, les oreilles bourdonnantes et l'esprit en déroute, partagé entre la terreur et la consternation.

— Hé, vous, là-bas, Frederick Baines ! l'interpella Lamb. Laissez donc ce feu brûler à sa guise et venez nous voir par ici.

Frederick approcha, sa joue pâle barrée d'un trait de charbon de bois.

— Oui, monsieur.

— Vous avez dit que vous aviez vu Marsham entrer dans cette pièce quelques minutes après que le professeur Richardson l'avait quittée.

— Oui, monsieur.

— Après combien de temps ?

— Trois ou quatre minutes, monsieur.

— Pas davantage ?

— Non, monsieur.

— Ensuite vous êtes sorti par la fenêtre de la pièce de la gouvernante pour aller au village. Avez-vous vu ou entendu le professeur sur son cyclomoteur ?

— Il n'a pu faire ni l'un ni l'autre, tempêta le professeur, pour la bonne raison que je ne roulais pas quand il m'a doublé. J'avais oublié ma loupe et j'explorais mes poches pour en être sûr. Je marchais sur l'herbe, pas sur la route quand cette grande ficelle longue et maigre m'a dépassé en courant. Il filait comme un dard.

— Est-ce exact, Frederick ?

— J'étais pressé, monsieur.

Le professeur s'esclaffa bruyamment.

— Une fille à sa fenêtre, hein ? Bon. J'ai dit que vous couriez et vous dites que vous étiez en train de courir. Qu'en dites-vous, monsieur l'inspecteur principal ?

— Que cela concorde. Frederick voit Marsham entrer dans cette pièce à onze heures vingt, environ. Vous, professeur, vous le voyez ouvrir la porte qui donne sur la terrasse à peu près entre cette heure et onze heures et demie. Il disposait de cinq, six, sept, huit minutes. C'était bien assez. Ça n'a probablement même pas dû prendre autant de temps. Sir Herbert est assis à son bureau. La dague est là. Marsham traverse la pièce en passant derrière lui pour aller à la fenêtre. Personne ne fait attention à un domestique qui fait son travail. Il se penche, prend la dague et frappe. C'est ainsi que cela a dû se passer. Puis il ouvre la porte-fenêtre pour faire croire que le meurtrier est arrivé de l'extérieur. Il avait fait son beurre et Sir Herbert l'avait démasqué, il était menacé de dénonciation. C'est un homme orgueilleux et il y avait quantité d'autres gens plus susceptibles que lui d'être suspectés... Il a joué son va-tout.

L'air absent, la voix sourde, Lamb avait parlé comme s'il pensait tout haut. Retrouvant brusquement son tonus, il questionna sur un ton incisif :

— Qui répond à la sonnette dans cette pièce ?

Miss Silver toussa.

— Marsham, je crois.

Lamb se tourna vers Frederick.

— Sonne, mon garçon.

Ils attendirent en silence l'arrivée de Marsham.

CHAPITRE XLIV

A son retour, Ray Fortescue trouva une maison sens dessus dessous et apprit l'arrestation de Marsham. Mary Good lui servit l'histoire dans la chambre de Lila, une histoire assaisonnée d'innombrables « Qui aurait imaginé une chose pareille ? » et d'une quantité presque équivalente de « Comme quoi, on ne peut jamais savoir ! »

— Et moi, je vous dis que je ne sais vraiment pas comment nous allons tenir le coup avec une maison pleine comme elle l'est en ce moment. Je pense qu'après l'enquête certains partiront, mais d'ici là ! Et Frederick n'a même pas l'air de savoir s'il reste ou s'il s'en va. Pensez qu'il n'a jamais mis une table ! Et ces deux filles qui racontent à qui veut les entendre qu'elles ne seraient jamais venues pour rendre service si elles avaient su qu'elles allaient se trouver dans le voisinage d'un assassin ! Si vous voulez mon avis, la seule qui continue comme si de rien n'était, c'est Mrs Marsham. Ça m'a vraiment effarée mais elle est là, en train de battre ses blancs d'œufs pour son soufflé et elle a tout préparé pour faire son cake à l'orange parce que les tangerines arrivent sur le marché. Et quand je lui ai dit : « Détendez-vous un peu, je vais vous faire une tasse de thé bien corsé », tout ce qu'elle a trouvé à dire, avec ses jolies manières, c'est « Je vous remercie, Mary, mais ce n'est pas nécessaire. Et je dois préparer le déjeuner. » Toujours d'attaque pour cuisiner, Mrs Marsham, mais, pour moi, je ne trouve pas ça naturel. On dit que Marsham était hors de lui quand l'inspecteur principal lui a dit qu'il l'accusait de meurtre. Il a saisi un fauteuil et l'a envoyé promener à travers la pièce. Frederick dit qu'ils ont dû s'y mettre tous les trois, plus le professeur Richardson, pour le maîtriser. Aussi fort qu'un taureau, a dit Frederick, et beuglant comme un cinglé.

Mary Good était intarissable, mais elle se rappela tout à coup qu'il fallait avoir l'œil sur les performances de Frederick et elle s'éclipsa en courant.

Ray avait l'impression que la mer s'ouvrait devant elle. Si tout était vraiment terminé, si Bill était lavé de tout soupçon, si le cauchemar était en mille miettes, alors, tout était possible. Il fallait qu'elle prévienne Bill, il fallait qu'elle descende dans la chambre bleue et l'appelle de toute urgence. Mais quand elle se précipita vers la porte, Lila tenta de la rattraper. Une Lila pâle, aux lèvres tremblantes et aux yeux trop grands.

— Ray...

— Qu'y a-t-il ? Dis vite. Je dois prévenir Bill.

— Non, Ray, attends ! Je t'en prie, je t'en prie, attends ! Je ne veux pas qu'il vienne, sincèrement, je ne veux pas. Ça ne sert à rien qu'il soit en colère, ou que n'importe qui soit en colère.

Ray refréna sa folle impatience. Ça ne servait à rien de s'impatienter avec Lila, ça ne faisait que la plonger dans la confusion.

— Je te promets qu'il ne se mettra pas en colère, dit-elle doucement.

Les yeux bleus étaient noyés de larmes.

— Il le sera quand je lui dirai que je ne veux pas l'épouser. Ils se mettent toujours en colère quand je leur dis ça.

Ray la prit par les épaules.

— Écoute, Lila, mettons les choses au point de façon parfaitement claire. Tu ne veux pas épouser Bill ?

— Oh ! non !

Lila secoua la tête et deux belles larmes s'écoulèrent.

— Tu ne veux pas de Bill Waring, tu en es absolument certaine ?

Lila eut un gros sanglot puéril.

— Je ne veux de personne, de personne, sauf d'Adrian.

Ray se mit à rire, la secoua un peu et embrassa une joue humide.

— D'accord, chérie, ne t'en fais pas. Tu auras Adrian si tu le veux. Personnellement, je pense que je prendrai Bill. « Jack aura Jill, Nought s'ra malade, L'homme r'trouv'ra sa jument, Et tout l'monde y s'ra content ! »

Elle sortit en courant, laissant Lila abasourdie mais réconfortée.

En traversant le hall, elle croisa Adrian Grey. Impulsivement, elle le saisit par le bras.

— Dites-moi, est-ce vrai... pour Marsham ?

— J'ai bien peur que oui.

— Mary Good m'a raconté. Je vais appeler Bill. Si vous avez cinq minutes, soyez gentil, montez voir Lila et tâchez de l'apaiser. Elle est complètement paniquée. Elle a l'air de croire que quelqu'un essaie de lui faire épouser Bill. Voyez si vous pouvez lui faire comprendre que Bill ne désire plus l'épouser. Pas plus qu'elle ne veut de lui.

— Pourquoi ne veut-il plus ? demanda Adrian indigné.

Les joues de Ray rosirent et ses yeux étincelèrent.

— Je pense qu'il voit que c'était une erreur.

L'indignation faisait long feu.

— Lila ne l'aime pas ?

Ray secoua le bras qu'elle tenait.

— Bien sûr qu'elle ne l'aime pas, elle ne l'a jamais aimé ! Elle voulait seulement échapper à Lady Dryden. Il n'y a qu'une personne qu'elle aime. Si vous ignorez qui c'est, vous feriez bien de monter et d'essayer de le découvrir.

Elle le planta là et courut vers la chambre bleue. Avant d'entrer, elle jeta un coup d'œil en arrière. On ne voyait plus que les longues jambes d'Adrian tout en haut de l'escalier.

CHAPITRE XLV

Miss Silver avait invité Frank Abbott à prendre le thé chez elle. Frank, très détendu, en était à son troisième muffin. On l'aurait volontiers pris, en cet instant d'intimité, pour le neveu préféré de Miss Silver dont il appréciait l'indulgence infinie. Pour sa part, il lui vouait un respect affectueux, tempéré d'effronterie. Il venait de la traiter de « Très estimée préceptrice » mais elle le reprit avec beaucoup de sérieux, malgré l'éternel sourire :

— Je ne pense pas être pour beaucoup dans la découverte de la solution, mon cher Frank. De toute façon, Frederick aurait probablement fini par parler.

Frank secoua la tête.

— Eh bien, personnellement, j'en doute. La plupart des gens ne voient que ce qu'ils ont l'habitude de voir. Frederick était si accoutumé à voir le bonhomme faire ses rondes qu'il ne lui serait jamais venu à l'esprit, je crois, que le Marsham qui était entré dans le bureau n'était pas le majordome dans l'exercice de ses fonctions, mais un meurtrier décidé à liquider sa victime. Si vous voyez un type accomplir sa tâche tous les jours de sa vie, vous êtes naturellement porté à l'associer à cette tâche et à rien d'autre. Il est vrai que Marsham n'avait pas l'habitude d'attendre Sir Herbert pour aller se coucher mais, si Herbert Whitall était allé au lit, Marsham serait probablement entré et aurait rangé la pièce, si bien qu'il n'y aurait rien eu de plus. Il est plus que probable que Frederick n'en aurait jamais rien dit si vous ne lui aviez arraché le morceau.

Après avoir soigneusement rincé sa tasse et y avoir versé un peu de lait, Miss Silver se resservit du thé. Puis elle fit observer que les gens simples peuvent être très secrets.

Frank prit dans le plat un quatrième muffin.

— C'est parce qu'ils sont comme les enfants. Je ferais plus confiance à un enfant pour garder un secret qu'à n'importe quel adulte. Rappelez-vous l'histoire incroyable de ces deux petites filles qui avaient trouvé dans un fossé ce qu'elles pensaient être un collier de verroterie. Elles avaient cinq et six ans, c'étaient des petites campagnardes et elles n'en ont parlé à âme qui vive parce que leur mère leur avait confisqué leur trouvaille précédente. Elles ont mis les perles dans une vieille boîte de savon et elles jouaient en cachette avec leurs perles. Une des petites filles est morte, l'autre a grandi. Devenue jeune fille, elle est allée à un bal avec son ami qui était apprenti chez un bijoutier. Faute de bijou plus flatteur, elle portait le collier sombre qu'elle n'aimait pas beaucoup. Dès qu'il les vit, le jeune homme devint très agité, voulut savoir d'où elle les tenait et lui apprit qu'il s'agissait en fait des célèbres perles noires de Lady Baldry dont tous les bijoutiers patentés avaient une description. Elles avaient été volées, en même temps que des émeraudes de grand prix. Surpris en pleine action, le voleur avait été arrêté après une poursuite à travers champs. Il avait toujours les émeraudes sur lui mais avait dû semer les perles en courant. Depuis ce temps, elles traînaient dans une vieille boîte de savon et deux petites gamines s'en amusaient.

— Et ensuite? demanda Miss Silver.

— Ils ont aussitôt téléphoné aux Baldry. Le jeune

homme est allé les trouver avec les perles, la fiancée et son histoire. Ils ont reçu cinq cents livres de récompense grâce auxquelles ils ont pu se marier. Moralité de l'histoire : Frederick aurait très bien pu tenir sa langue jusqu'à ce qu'il soit assez gâteux pour lâcher son secret devant un de ses arrière-petits-fils et un malheureux diable aurait été pendu haut et court en lieu et place de Marsham.

— Mon cher Frank !

Mais Frank Abbott était sérieux.

— C'est réellement effrayant, vous savez, de penser à quel point il aurait été facile de constituer un dossier d'accusation contre Lila Dryden, avec ou sans Bill Waring, ou contre Bill Waring, avec ou sans la belle Lila. Les jurés ne donnent pas cher d'un alibi fondé sur l'avis d'un médecin qui décrète qu'un homme est mort depuis une heure ou depuis vingt-cinq minutes, et je suis persuadé qu'une défense qui se serait appuyée sur le somnambulisme aurait pu n'émouvoir personne. Et n'oublions pas le professeur. Il aurait pu débiter sa version dans des oreilles très incrédules si Frederick n'avait pas préparé le terrain. Non, c'est bien vous qui méritez le bouquet : « Le laurier, la violette et la rose, Symboles floraux de célébrité, modestie et tendresse », selon la formule pertinente de Lord Tennyson.

Miss Silver le regardait, indulgente et réprobatrice.

— Je ne me rappelle pas ce passage.

Comme Frank Abbott venait de le faire jaillir des profondeurs de son inconscient, il n'en fut pas surpris. Il marmonna un vague propos sur « un des poèmes les moins connus » et s'empressa de changer de sujet.

— Ce que j'aurais aimé, c'est en savoir un peu plus long sur les activités de Mr Haile. A mon avis, il doit y avoir anguille sous roche, comme on dit en France, ou nègre dans le bûcher, si vous préférez la version américaine. Apparemment, nous n'avons pas la nôtre, ce qui peut être dû à notre honnêteté native ou à notre belle nature confiante. Si vous optez pour cette dernière, je ne suis pas qualifié. Je soupçonne très fortement Haile d'en savoir beaucoup plus qu'il n'en révélera jamais. Peut-être une dame a-t-elle été compromise, je n'en suis pas sûr, mais je ne crois pas que c'était cela que Marsham insinuait. Qu'en pensez-vous ?

Tout en parlant, il lui tendit sa tasse. Miss Silver la remplit en silence, avant de lui répondre.

— Je pense qu'il y a quelque chose — pas grand-chose peut-être mais néanmoins quelque chose — qui expliquerait les propos de Marsham. Bien entendu, il n'existe aucune preuve mais je crois que Mr Haile avait l'intention de demander davantage à son cousin ce soir-là. Il est possible qu'il ait visé quelque chose de plus. Nous ne le saurons jamais. A mon avis, il a quitté sa chambre après que Mr Grey l'y a vu, et je crois que Marsham aussi l'a vu. Nous ne savons pas s'il est en fait entré dans le bureau et s'il y a trouvé son cousin mort. Si oui, il aurait agi, je pense, comme nous pouvons supposer qu'il a agi. Il n'avait aucune envie d'être celui qui découvre le corps. Il pouvait savoir qu'il serait largement bénéficiaire selon les termes du testament de Sir Herbert. Il pouvait soupçonner que certaines personnes dans la maison savaient qu'il était venu demander un prêt à son cousin, que celui-ci lui avait refusé. Il avait sûrement conscience que sa situation financière ne résisterait pas à un examen. Il avait donc de très bonnes raisons pour ne pas donner immédiatement l'alarme. Je pense qu'il est retourné dans sa chambre et qu'il y est resté jusqu'à ce qu'il ait entendu Lila Dryden ouvrir sa porte ou, plus probablement, Mr Adrian Grey sortir sur le palier. Il était de la plus haute importance pour lui de savoir ce qui se passait, mais il ne pouvait risquer d'être vu ; ceci expliquerait qu'il ait un peu attendu avant de suivre Mr Grey. Ce qui l'amènerait sur les lieux à l'heure où, nous le savons, il est entré dans le bureau. Ensuite, il avait tout loisir de déployer son zèle, son esprit de famille et sa présence d'esprit.

Frank hocha la tête.

— S'il jouait la comédie, chapeau !

Miss Silver but une gorgée.

— Là, je ne vous suis pas, Frank, ce n'était pas nécessairement une comédie. Mr Haile a des qualités certaines et il les a montrées. Je ne dis pas qu'il avait la conscience tranquille et rien à cacher. Je pense qu'il a sincèrement soupçonné Lila Dryden pendant un moment. Plus tard, ses soupçons se sont déplacés sur Marsham. Je crois qu'il serait injuste de le charger davantage. La nature humaine est une bien étrange combinaison. Comme le dit Lord Tennyson :

Nous sommes nombreux en cet instant précis
Qui nous forgeons pour la vie maints ennuis
En prenant le vrai pour le faux, ou le faux pour le [vrai !

» Chez Mr Haile, nous devons être particulièrement attentifs à cet enchevêtrement. Ce n'est pas un homme très scrupuleux. Je crains que sa moralité ne soit très relâchée. Il a un tempérament placide et des impulsions réellement bonnes. Il s'apprête, par exemple, à attribuer une somme d'argent extrêmement généreuse à Miss Whitaker et à l'enfant.

— Comment l'avez-vous su ?

Miss Silver toussa sur le mode réprobateur.

— J'ai pris sur moi de lui parler en faveur de Miss Whitaker. Elle a très mal agi. Elle a été à deux doigts de perpétrer un crime terrible : « La jalousie est aussi cruelle que la tombe. » Mais Sir Herbert s'était mal conduit à son égard. Il l'avait acculée à une situation intolérable et il était de son devoir de père de subvenir aux besoins de son enfant.

— Et Mr Haile y a mis du sien ?

— Je vous l'ai dit, il a réagi avec générosité, dit Miss

Silver d'un ton modeste. Il s'occupe aussi de Mrs Marsham. Si j'ai bien compris, elle reste chez lui.

Frank Abbott éclata d'un rire énorme.

— Il a peut-être bon cœur mais ne pas abandonner Mrs Marsham signifie plutôt qu'il a le palais exigeant et délicat ! On m'a dit qu'il fallait goûter sa cuisine pour y croire... un de ces beaux rêves qui se sont presque évanouis de notre monde utilitaire. Oui, je pense que le palais joue son rôle et qu'il s'accompagne chez Haile d'un puissant intérêt personnel : il pourrait vouloir inciter Marsham à tenir sa langue. De toute façon, le pauvre diable est cuit, et il le sait; si bien qu'il n'a rien à gagner à éclabousser Haile et il pourrait avoir quelque chose à y perdre, si Haile veille sur sa femme. Ce n'est pas grand-chose mais « Un peu plus, cela compte beaucoup. Un peu moins, que de choses perdues ! » comme disait Browning.

Miss Silver posa sa tasse.

— Oui, parfois, tous les mobiles s'intriquent. Il est plus plaisant de se tourner vers les autres. Lila Dryden sera heureuse et en sécurité avec Mr Grey. J'ai bien l'impression que tout son argent a disparu mais lui a quelques moyens et la vie à la campagne sera excellente pour la jeune femme.

L'œil bleu de Frank Abbott brilla d'un éclat sarcastique.

— Je n'envie pas le job de Grey. Tenir à perpétuité la main d'une éternelle petite fille !

Miss Silver sourit.

— Le rôle ne vous convient pas du tout mais Mr Grey y trouvera son bonheur. Quant à Miss Fortescue et Mr Waring...

— ... Oh ! Ils vont être heureux, eux aussi ? s'écria Frank.

— Je l'espère. Ils m'ont invitée à leur mariage. Une cérémonie sans façons. Seulement quelques intimes.

— Comment m'y prendre pour pêcher une invitation

alors que j'ai failli arrêter Waring ? Un lien unique et inoubliable ! En vertu duquel il ne tient probablement pas à m'avoir pour garçon d'honneur. Est-ce vous qui conduirez la mariée à l'autel ? Vous pouvez parfaitement prétendre au rôle de la bonne fée.

Miss Silver secoua la tête. Elle désapprouvait mais elle souriait.

— Mon cher Frank, vous dites parfois d'énormes sottises !

Cet ouvrage a été réalisé par la
SOCIÉTÉ NOUVELLE FIRMIN-DIDOT
Mesnil-sur-l'Estrée
pour le compte des Éditions U.G.E. 10/18
en février 1997

Imprimé en France
Dépôt légal : mars 1997
N° d'édition : 2743 - N° d'impression : 37431